吕 新作品系列

芬芳

吕新/著

山西出版传媒集团 北岳文艺出版社
BEIYUE LITERATURE & ART PUBLISHING HOUSE
·太原·

图书在版编目(CIP)数据

芬芳 / 吕新著. —太原:北岳文艺出版社,2018.1
(吕新作品系列)
ISBN 978-7-5378-5440-5

Ⅰ.①芬… Ⅱ.①吕… Ⅲ.①短篇小说—小说集—中国—当代 Ⅳ.①I247.7

中国版本图书馆CIP数据核字(2017)第275853号

书名:芬　芳	**策　　划:**续小强	**项目统筹:**马　峻
著者:吕　新	**责任编辑:**谢　放	**装帧设计:**张永文
		印装监制:巩　播

出版发行:山西出版传媒集团·北岳文艺出版社
地址:山西省太原市并州南路57号
邮编:030012
电话:0351-5628696(发行部)　0351-5628688(总编室)
传真:0351-5628680
网址:http://www.bywy.com　E - mail:bywycbs@163.com
经销商:新华书店　印刷装订:山西人民印刷有限责任公司

开本:890mm×1240mm　1/32　字数:185千字
印张:8.375　版次:2018年1月第1版　印次:2018年1月山西第1次印刷
书号:ISBN 978-7-5378-5440-5
定价:38.00元

目录

芬 芳

一

天宝站在河边，看着发红的河水。太阳已经落下去了，马太还蹲在河边，看样子仍没有要离去的意思。马太的位置在河流的上游地段，河水就是从他那里，从他的手中，从他的两腿之间，开始变红的，清澈的河水在流经马太身边的时候，忽然面目全非，改变了颜色。

天宝牵着羊来到河边的时候，马太已经把整整一条河水变红了。马太已经干了一个下午，整整一个下午，他一直蹲在河边洗刷一大堆猪下水，霸占着大家的河水。

面对满河发红的流水，天宝的羊发出一阵凄惨的叫声，不停地向后退缩。羊不愿喝猩红的河水。天宝对羊说，怕什么，又不是你的血。多肥的水，你闻都不闻，你想喝什么？

羊像一个满腹心事、烦躁不安的人一样，在河边的草地上转来转去。天宝看到自己的耐心劝慰没有奏效，开始有点不喜欢这只羊。天宝觉得这只羊很狂，还有点忤逆不孝，像崔小平的子女，像刘旺的儿媳。

他们在河边的草地上一遍一遍地兜圈子的时候，天宝忽然看见马太家的一个八九岁的孩子拎着一只桶向河边走来，那只桶看起来不轻，里面盛着什么？一堆脏衣服？几只碗，或者盆子？几斤需要淘洗的米……

会不会又是一堆猪下水？

那孩子送来的很有可能又是一副猪下水。这会儿，在河流的上游地段，马太得意扬扬地吹起了尖利的口哨。

天宝停止了与羊的周旋，迷惑不解地望着眼前的情景，他不明白马太为什么这么高兴，他家里发生了什么事？一会儿一副猪下水，一会儿又一副猪下水，不是要办喜事吧？

他哪来的那么多猪下水呢……

送桶来的那个孩子，这时拎着一只腾出来的空桶，顺着来时的路晃晃悠悠地走了。马太点了一支烟，把两只手浸在河里。不久，天宝看见马太的那两只手又从水里出来了，仿佛从中捞起了一团紫红色的布。天宝出神地望着那团东西，很快，还没有想明白的时候，马太又把那团东西沉到了河里。

马太好像在干什么坏事。天宝想。

那团湿漉漉的东西，又像紫色的布匹，又像一个刚出生不久的死婴，他这么鼓捣来鼓捣去，有什么意思呢？难道是一个什么见不得人的东西，要让它顺水漂走么？

天宝这样想的时候，突然意识到马太的那种尖利的口哨声不知什么时候已消失了，沿河一带静得出奇，只有马太轻轻搅水的声音。

蜻蜓在河边飞舞。

这时，天宝的羊突然将天宝仰面朝天地撞翻在河边的草地上，这只羊，今天已经是第三次这样撞他了。天宝猝不及防地倒下，又莫名其妙地从地上爬起来，他不知道这个一向温文尔雅的畜生今天到底中了什么邪，变得翻脸无情，性情坏得惊人。它是不是疯了？被满河猩红的流水捉弄疯了？……天宝用力扯住一条羊腿，向上一提，羊哀叫了一声，立即倒下了。

天宝说，想干什么，要暗算我？

没见过这样的羊，三番五次地撞他，三番五次地向他反攻倒算。天宝的一只手从羊的脊骨摸到羊的腹部，一只瘦羊，只有尾巴还比较大，摸上去感到茸厚，可尾巴有什么用呢？那只不过是一坨纯粹的羊油而已。

天宝对羊说，你这会儿瘦得像只鸡，你浑身没有一点肉，你要是多少有一点儿肉，我这就把你宰了，我也像马太一样在这里一遍又一遍地洗刷你的下水，我也要像他那样干整整一个下午。走着瞧吧，冬天下第一场雪的时候，过小雪的时候，我就要开刀问斩了……

河水突然清澈起来。

天宝抬起头，发现河流的上游地段这时已变得空荡荡的了。这么一会儿工夫，马太就不见了，已经离去了。在马太刚才蹲过的地方，现在来了两只乌鸦，在那里忙得不亦乐乎。

两边的树林，除了树梢上有一抹残红，其余的枝干都变成青色的了，看上去如同经过了长时间的浸泡与蜡染。

镀金般的河水，表面上闪烁着一部分零碎的光芒。马太已经洗好了，心满意足地离去了，拎着两大桶洗好的猪下水，得意扬扬地吹着尖利的口哨，向村里走去，他的女人正在门前虚情假意地迎接他……他这么说走就走了，竟连一个招呼都没打，全村就这么一条河流，平白无故地被他霸占了一个下午。

天宝站在河边，他很想面对河水大哭一场，身上的某些部位不知怎么已经不那么对劲了，仿佛不久前刚刚遭受过一次无情的毒打。从前村里有一个地主，很像现在的马太，那时候很多人都不愿理他……就因为那种发红的河水，天宝在河边等了整整一个下午，什么事也没干成，做了一下午观众，到头来演员悄悄地离去以后，他这个唯一的观众仍然被蒙在鼓里，一无所知。愚人。从前的那些愚人们其实并没有走远，其实都还在，还在一茬一茬地延续。我就是个那样的人，马太其实也是，但是他自以为不是。这种事无论问谁，谁都不会承认，更何况是马太那种自以为聪明绝顶的人。天宝自言自语地说道。

他抬起头，看到村子上空出现了笔直的炊烟，灰色的烟柱，黄色的烟柱，像挤奶一样从众多平静的屋顶上被一缕一缕地挤了出来，当它们正式升起来以后，似乎有人在下面用力举着它们，一直要举到天空的最深处去。他的羊渴了一个下午，这会儿看见河水越流越清澈，开始向河边接近。

天快黑了，所有的山形墙的房屋都千篇一律地倾斜起来。

从某一个视角上望去，眼前的这个记忆中从未变过的村庄似乎并不熟悉。它的一草一木，它的幽深的水井、蜿蜒的墙垣，包括那些像鬼一样走来走去的人，看上去竟是那样的古怪而生疏。这是谁的村庄？住在里面的都是些谁？为什么他们一年到头只在那些幽深狭窄的巷子里闲逛？有一个人，五官还算端正，四肢也很齐全，为什么他笑的时候从来没听他发出过声音，无声无息笑个没完？脸上的笑容像深秋的菊花那样令人手脚冰凉。密不透风的树篱依次消失了……天宝在河边转来转去，他感到自己的眼睛出了一点毛病，视线中，村庄里的房屋与墙垣正在无声地重叠，旧日的门窗和走道变得水泄不通。菜园和磨盘像风车一样转来转去……一个披头散发的露着腰的女人摇摇晃晃地站起来。

一滴无中生有的冰凉的东西突然滴到了天宝的脸上。

他抬起头朝天上看看，却并没有看见什么。

但是，另一种东西在不知不觉中钻进了天宝的心里，使他既舒服又难受。后来，天宝恍然大悟，终于做出了判断：是一种肉味，从村里飘来的肉味，是马太鼓捣出来的。只能是马太鼓捣出来的，这么一会儿时间，马太已经把那猪下水全都煮熟了？他灶里的火是不是烧得太大了？天宝在河边流连忘返，他闻到了生姜的气息，闻到了盐和花椒的气息，马太把那些调料全部放进了锅里？满满当当的一锅热气，这会儿沿着小路传送到河边来了。

这是什么意思？欺负我家里没粮么？他已经在河边洗了整整一下午了，现在算什么？是对河水的酬谢？……这会儿，马太说不定已经烫好了酒，一家老小就要准备开吃了。

我让他吃不成。天宝想。

羊喝足了水，天宝牵着它，心猿意马地向河流的上游地段走去，那里有马太留下的遗址。

有一个穿红衣服的小姑娘来到河边，叫了他一声。但天宝没有在意。

二

五儿背着书包，蹦蹦跳跳地从河边经过的时候，忽然看到了舅舅天宝。

天宝是五儿最小的一个舅舅，一般情况下，五儿叫他老舅。还是在很远的时候，五儿就看见老舅一个人站在河边，脖子伸得老长，像一只鹅。五儿笑了一下，向河边跑来。五儿觉得老舅的模样很滑稽，不知他在玩什么。

五儿叫了一声老舅，天宝回头看了一眼，没有说话，牵着羊朝河的上游方向走了。五儿不知道老舅怎么了。傍晚青色的河水从五儿的身边流过，五儿蹲在河边洗完手，重新站起来的时候，老舅刚才的那种古怪的神色引起了她短暂的回忆与注意。

他满脸阴谋诡计。五儿想。

三

整整一个下午，小学教师梁赞一直在狭窄的校园里走来走去，午后的太阳晒得他头晕目眩，脚下发烫。他那烦躁不安的样子，分散了不少学生的注意力。他们透过窗户，探头探脑地向外面张望，在他们的眼里，梁赞像一个刚从山里捉回来的动物，身上潜伏着一种极大的逃逸情绪，随时都可能挣脱羁绊而逃之夭夭。他们饶有兴趣地望着，开始交头接耳。

学生之间的骚动，引起了校长的注意。校长正在给学生上课，校长只代一门思想品德课。校长的声音戛然而止的时候，不少学生仍然望着窗外，视线停留在梁赞的身上。梁赞心神不宁、抓耳挠腮的样子，很像是遇到了魔法的孙悟空。一名靠近窗户的学生看着看着，忽然笑出了声，校长在笑声中变了脸色——

校长打开门，顺着学生们的视线，看到了外面的梁赞。

校长在门口愣了片刻，眼前的情形出乎他的意料，他没想到将学生们的目光全部吸引过去的，竟然是自己手下的一名教师。可是，朝夕相处的梁赞有什么好看的呢？难道他喝多了酒，现出了醉态？难道他的裤子破了一个洞，或者忘了将前面的两道扣子扣上，在学生们面前露出了不该露出的东西？眼前的情形多少有些莫名其妙。难道是……校长在学生们的注视下来到梁赞身边，压低声音问道：

“找什么呢？是不是把钱丢了？”

“书……”梁赞说，“一本书不见了。”

一本书？……梁赞的回答使校长吃惊得差一点叫起来。真他娘的，一本书也值得这样？太过分了吧。他打量了一下梁赞满脸消沉晦暗的神色。梁赞的气色看上去不大好，唇线苍白，印堂发暗，与一个久病卧床之人没有什么两样。是的，从去年冬天的时候开始，他就隐约地发现他似乎有病。梁赞，一个还不到三十岁的人，身体怎么竟糟到如此地步？一般的人，在过了三十五岁以后，身体才开始明显地走下坡路，梁赞还不到三十，还没结婚呢，他就成了这个样子，娶一个女人回来，不出三天，他准被搞垮了。女人是什么？无底洞，万丈深渊……

一个下流而罪恶的字眼突然出现在校长的脑海之中，校长也为自己的这种突如其来的想法而感到震惊。我怎么会想到那上面去？被培养教育了这么多年，竟像是白培养白教育了，动不动就总是这样轻而易举地对他人产生怀疑，可是，梁赞面黄肌瘦，又说明了什么？难道他真的每天都在暗中干那种下流的见不得人的事情？他真是那样一个貌似忠厚而不露声色的……？校长想起了自己从前的一位同学，班里的一名神思恍惚、走路飘飘欲仙的老大哥，老大哥的斑驳陆离的床铺，常使他们几个年龄小的同学感到好奇而莫名其妙，每逢老大哥外出之际，他们便会聚在一起，指指点点，研究老大哥那张复杂的风云变幻的床铺，一个斑点，一条曲线……一名同学曾断言，老大哥至少把自己的几十名子女全部在黑暗中涂抹到了这张床铺上……

事后，老大哥恼羞成怒、暴跳如雷的样子，给校长留下了不可磨灭的印象。不管怎么说，事情多少有些荒唐。校长不相信梁赞会是那样的人，他是那样的文质彬彬。

也许，该给梁赞调整一下课时了，让他多休息休息，下周的劳动他就免了吧，就不去了吧。一年到头，他也吃不上个什么，马会计的孩子初十满月，请学校里派人去，干脆就让他去吧，我就不去了吧。眼下，可能数他最需要营养了……远远而来的恻隐之心，代替了校长因学生的骚乱而引起的某种不快，他拍着梁赞的肩膀，轻声说道：

“回你的屋里休息去吧，学生们都在看你呢。我白讲了半天，他们一点儿也没有听进去，对了，下周的劳动你就不要去了。”

“对不起，”梁赞说，“我没想到我会暴露在他们的视线里，我像刘成万一样犯了一个不可饶恕的错误。我这就走。”

校长望着梁赞转身离去的背影，他不明白梁赞在说什么，那两句近似自言自语的表白，听起来竟是那样的含糊而混乱，语焉不详，扯得也太远了一点，没想到……暴露……不可饶恕……错误……视线……刘成万……

刘成万……这个似曾相识的名字，把校长的心搞乱了。

校长在重新走进教室以后，讲课立即失去了一贯的章法，他的闪烁其词、语无伦次的讲述方法，很快使学生们的心收了回来，并将所有的目光都集中到他的脸上。

四

梁赞回到自己的屋里，积存在窗帘后面的浮土使他略感惊讶，他在找书的过程中偶然看到了那些面粉一样的尘土，一些图钉、铅笔被掩埋其中，犹如几件破土而出的古董。

这天下午，梁赞没有课。午饭之后，他去枕边抽取那本书，打算在床上读一下午，他有足够的耐心与热情度过这一个下午，他想象着阅读的速度与可能出现的事物，轻轻翻动书页的声音是任何一种声音都无法代替的，每一页里都暗藏着忧伤的哭泣与言不由衷的欢笑，阴雨、阳光、睡眠、河水、烟囱、车辙、裙带、断发、窥视的位置、劳动的意义……

那本书就是在梁赞的手伸向枕边的时候，突然消失了的，像一只受惊的鸟，在不安之中忽然闻到了手的气息，闻到了渐渐逼近的人的气息而突然逃遁了……在一度的慌乱之后，梁赞找遍了屋里的各个角落，窗帘后面，桌子下面，床铺下面，都搜寻遍了，那本书依然踪迹全无。一个人可以突然失踪，下落不明，但一本书怎么会自动销声匿迹？

我真是命苦，连一本书都不配拥有。

他沮丧万分地从屋里走到屋外，又从屋外走回屋里，午后刺眼的阳光发出阵阵呛人的气息，远处的树木与墙垣在波动、跳跃。不翼而飞的书籍，给梁赞投下的并非一道阴影，而是漆黑一片。连一本书都管不住，还能考虑别的什么，看起来一切都是妄想。

四周一片寂静，朗朗的读书声仿佛远在天边，远在从前的梦中。

……几个月前的一天，当梁赞初次接触到那本书的时候，他的心跳得十分厉害，多年来的秉烛夜读并没有使他的视线与心灵走向麻木不仁，他获得了某些经验。现在，他预感到这将又是一部比较有趣的书。后来的事实证明正是如此。这本名为《复述》的书，有四百多页，它的许多方面都使梁赞爱不释手，变得谦虚谨慎而小心翼翼。《复述》，一本多好的书，一个多么危险的名字，稍有纰漏，便会导致魂飞魄散、香消玉殒。这无疑是一部十分复杂的书，通常情况下的那种短短的一段内容提要无力概括它的全貌，它覆盖着一些貌似平静而危机四伏的时期，牵引着无数使人思绪联翩、想入非非的事物，萧条与繁荣事实上全是假象。这样的书，四百多页的篇幅是不是太少了？在梁赞看来，它完全可以达到一千页，甚至四千页。一个人一生，读这样一部书，或动手写这样一部书，就足够了，还图什么？

梁赞不想很快把这部书读完，每天读一章，在刮风下雨的日子里，略多几页。《复述》的结尾部分使梁赞感到由衷的自下而上的可怖，虽然他至今尚未正式领略，这也正是他一直不愿一翻到底的原因之一。

连续几个月以来，他一遍一遍地在《复述》的开头和中间部分流连忘返。他像一只迷途的羔羊，一个无家可归的浪子，他如同站在一条河边，河对岸秘密的交谈如在耳边，人影与树木相互重叠，烟笼雾锁。他想起了那些日常的物品，《复述》中的大部分的陶瓷器皿都被勤劳的女人们擦得一尘不染，光可鉴人，都在各自的位置上闪烁着团团幽晕。就是这样的一些可爱的陈列之物，有时候被人搬来搬去，有时候突然碎裂在台阶前或马车旁。书中所有耐寒的鸟雀都隐匿在那些大雪纷飞的日子里，在它们的附近，隔年的金黄的谷物堆积如山。粮食，昂贵如珍珠的粮食，在某些章节里变得形同粪土，一文不值。……马车……耕牛……风琴……地雷……砒霜……帐幔……海棠……含情脉脉、暗送秋波……

鸟一样的女人。

黄玫瑰一样的铜号。

连环计一样的社会关系。

零星的几门大炮，如同几件不宜轻易示人的稀世之宝，隐匿在全书的深处。

《复述》中的某些简易的插图，常常与书中前后的内容都毫无瓜葛，第七章有一幅插图，上面画着一个女人，就是这个长发像柳枝一样的女人，她身上的某些位置在阳光下看上去金光闪闪，虽然画的是黑白的图画，但那种光泽还是很容易感觉到的。插图下面有一行字。

在梁赞看来，图中所画的女人很显然是在向画外的另一个人呼唤，但梁赞在读过十几章以后，始终没有发现那样的一个人。《复述》中的大部分人物都不需要谁的召唤，他们有的来去匆匆，稍纵即逝；有的终年足不出户，闭门思过。还有相当一部分人没有受过教育，缺乏必要的礼貌与涵养，毫无节制地砸门，愣头愣脑地走路、说话，昏天黑地地蒙头大睡。更重要的是，从来不会与别人打交道，更别谈与世界打交道，不知道如何才能让身边的所有人满意。几个从学堂里逃出来的孩子说，让我回家，我们不需要接受教育。就说图中画的那个女人，书中似乎根本没有她的位置，甚至连一个影子也没有。梁赞仔细核对过书中的一些女人，发现都与她对不上号，相去甚远。只有一个名叫刘菊的女人，情形略有所同，但出入较大，有些勉强。画中的那个女人至少三十五岁了，而刘菊是一个尚未出嫁的姑娘。

《复述》第三章里的一幅插图上，画着一个文质彬彬的先生，站在一棵树下，画中有一轮圆圆的东西，看不清是太阳还是月亮，插图的运笔与意境，近似于一种漫画。插图下面的那段文字是这样写的：

> 谢谢，谢谢，该看的都已看过了，连一些不该看的也看了，这么一大堆东西，都不知该往哪里放。

这是什么意思？连续几个月来，梁赞一直百思不解。什么东西一大堆？

对《复述》的阅读，使梁赞萌发了要写作一本书的念头。

这个多少有些羞怯的愿望，最初滋生于一个阴雨霏霏的午后……

五

刘菊是在大雨来临之前的那段晦暗闷热的时间里遭到污辱的。

事后，她看到那个人惊慌失措地夺门而出，抱头鼠窜。

……

闷热终于结束了，在她略感凉爽之际，外面已下起了雨，午后传来一阵沉闷的雷声。她是从什么时候开始变得如此松弛的？那个人仓皇的背影，竟然引起她一丝笑容。他跑出去并没有多远，便迎面遇上了午后的滂沱大雨。

刘菊抬起手梳理蓬乱的头发的时候，又一次闻到了遗留在白色绸衫上的那种似曾熟悉的气息，这气息足以使她铭记一生。刘菊站起身来到门前，一手扶着门框，望着雨中的树林和林间的一条光线黯淡的小路。这会儿，她听到了从学堂那边传来的一阵钟声，钟声是短促而沉闷的，听起来一片潮湿，响了没有多久，很快便在外面的雨声中匆匆忙忙地消逝了。

昨天上午，刘菊在河边等待父亲回来，河水像丝绸一样在她的眼前飘着。她打开一块手帕，一边嗑瓜子，一边眺望着沿河一带的景色。有两个女人正在河流的中下游地段洗衣裳，她们裸露的小臂与小腿在阳光下看上去亮闪闪的，柔软的青草在她们的身后迎风起舞，如同绿色的帐幔。在磨坊后面的一片草地上，一个放牧的男人正在睡觉，草帽压在脸上，遮挡着阳光。

雪白的柳絮无声地在沿河一带缓缓飘荡，几簇挂着像红色的辣椒一样的花枝在刘菊的身边轻轻摇曳。刘菊回头向村庄里注目的时候，耳边忽然传来一阵窸窸窣窣的树枝的摇晃声，她看见了学堂里那位戴眼镜的教书先生，他穿着一件蓝色的长衫，沿着树林中那条光线晦暗的小路，向河边走来。

午后，刘菊坐在窗前。从墙垣之外，从芬芳的枝桠之间，传来了远处的一阵朗朗的读书声。悠扬而起伏的读书声，犹如清澈整齐的童声合唱，在午后疏松、黄白的阳光里奔走、流泻，在途经村中那些茅屋与石舍的旁边时，如同一条浅澈的流水。时间已过了午后，父亲仍然没有回来，刘菊心不在焉地打量着树荫遮蔽不住的光线。一个男人正在对面的一片低矮的屋顶上晾晒麻黄，那个袒胸露臂的男人，在屋脊后面不断闪现，又不断消失。翠绿的麻黄像屋顶上茂密的青草一样簇拥在他的身边。

烟囱里已经看不到晌午时的炊烟了，那个人古铜色的脊梁在闪闪发光。

连日来，从村中的学堂里传来的那种朗朗的读书声，使刘菊变得心绪不宁，她仿佛从中听到了某种不该听到的声音。昨天晚上，她对一位前来看她的女友说，学堂里的那种读书声在村里四处飘散的时候，很像是一只只迷途的羔羊……在女友迷惑不解的目光里，刘菊打开午后的一扇窗户，放学的钟声像远去的鸽哨，余音仍在附近缭绕。暗红色的、锈迹斑斑的钟声，如同一条条晾着衣物的绳子，在傍晚潮湿的空气里轻轻抖动，不安地跳跃着……这时，她们从窗户里看到有一个人站在树林中的那条晦暗的小路上，站在纷乱的枝叶后面……在她们的注视下，一只苍白失血的手突然缓缓地从树叶后面举了起来，手势像是在作最后的告别……刘菊听到身后传来一声尖叫，女友惊恐不安地望着窗外那片寂静的树林，失声叫道：

“那是谁——”

午后那场来势迅猛的大雨其实并没有持续多久，临近傍晚的时候，雨水已经完全停止了，西边的天上出现了一片片沙滩一样的红色的云彩，挂满了水珠的树叶依次闪着亮光，街上出现了匆忙的人影。

刘菊站在门前，听到一些人从家里出来，正在奔走相告，查看漏雨的房子和发霉的麦子。

雨后的傍晚，空气异常清新，到处都湿漉漉、亮闪闪的，到处都弥漫着一种树木和青蛙的气息，四周灰色的屋瓦被洗得焕然一新，雨水在村前的南瓜地里和土豆地里流失。

就在那时，街门突然被推开了，刘菊吃了一惊。一个人从外面跑进来，脚下夹带着街上的泥水，看到站在门口的刘菊时，他焦虑不安的脸上放出了一线晴朗的光亮：

“小姐，老爷还没有回来吗?”

“丁二伯，出了什么事?”

“谷仓进水了，小姐，……我打开仓门，里面全是……老鼠……”

六

天黑下来的时候，校长来到梁赞的屋里。梁赞的桌子上铺满了零散的白纸，梁赞歪着头坐在灯下，正在不停地斟酌、思索、自言自语。校长来到桌子前，随手拿起桌上的一张白纸，看到上面涂着一些墨点，这是一张作废了的纸，上面只有孤零零的一行字：

……一个夏天的黄昏，

校长放下手里的纸，对梁赞说：

“这是在干什么？你在写诗?”

“不,”梁赞说，“这不是诗。”

“看你愁眉苦脸、一筹莫展的样子，不是写诗，还能干什么呢?”校长笑着，轻轻地拍了一下梁赞的肩膀，梁赞的身体神经质地颤抖了一下。校长十分认真地对梁赞说：

“出去活动活动，别憋坏了，写诗应该到大自然中去，那里到处都是诗，一块石头、一只鸟、一口井……”

“校长，我……”

“我年轻的时候也写过诗，一天写十几首，差一点……”

“校长，我真的不是在写诗。”

梁赞的脸变得通红，抓起面前的一张纸，慢慢地在手里揉成一团，“再说，我哪能跟您比呢，我连书都教不好……上个月……”

梁赞把手里的纸团向墙角扔去。

校长抬起头，看到屋顶上布满了复杂的蛛网，校长皱了一下眉头，屋里的灯光多少有些昏暗。这会儿，梁赞抬起头望着校长，他的深度的近视眼镜一闪一闪的，那些从镜片上反射出来的亮光，像一些不易捕捉的银币，不断地在屋里的墙壁上，在校长的脸前一掠而过，校长感到有些昏昏沉沉，他对梁赞说道：

“明天就是初十了，你准备一下，去马会计家，他的孩子过满月。”

“为什么要我去？”梁赞吃惊地望着校长，校长的脸色是坚定的，似乎不容分说，他的目光瞟着桌上的那些凌乱的白纸。

梁赞在椅子里欠了一下身体，对校长说：

“我不去。”

“不去？说什么傻话，去，要去的。哪能不去呢？一定要去，马会计发了很多请柬。”校长的目光从纸上移开，停留在梁赞的脸上，“你应该明白你的身份，你是代表咱们学校去的。去吧。再说马会计怎么了？他又不是坏人。”

“换别人去不行吗？”梁赞恳求地看着校长，“我又不会喝酒，坐在那里只会给咱们学校丢脸。再说，那样的场合……没有三两个钟头，是吃不完的。您知道我，只要超过一个小时，我就会腰疼，我怕我坚持不下来……半途而废，不能够善始善终……”

“别傻了，你以为没人想去吗？你去问李富，你看他去不去？我敢保证他跑得比兔子还要快。我是为你着想，你营养不良，我每天看着都担心、忧虑。请柬上本来写着我的名字，是让我去的。”

“既然是让您去，那您就去嘛。您要是不去，就换个别人。我是真的不能去，也不想去。”

“你这个人啊，我又得说你两句，去了是让你吃饭喝酒的，帮助咱们学校与村里搞好关系。人家马会计又不是要剥你的皮，要把你怎么样。”

校长说着，来到梁赞面前，用一双手比画着，对梁赞说：

“我听说马会计准备了十几副猪下水，昨天在河边整整洗了一个下午……”

校长走了，吹着忧伤而缠绵的口哨，消失在无边无际的夜色之中。

梁赞站在门口，目送着校长的背影，校长很快便在一道残破颓败的断墙后面消失了，口哨声也越来越远了，仿佛沉入了潮湿的草丛之中。仰望乡村寂静的夜空，梁赞听到自己的心跳得十分厉害。一些破烂的窗纸在暗夜里被吹出了阵阵响动。有一瞬间，梁赞感到自己变得心血来潮，想立即冲上前去，出其不意地在校长的身后大喝一声——

潮湿的夜风吹过来，屋里桌子上凌乱的纸页发出哗哗的响声。梁赞回到屋里，关上门后，情不自禁地冷笑了一声。

现在，梁赞已可以初步认定，自己丢失的那本《复述》，十有八九已落入了校长的手中。校长在晚间无意中暴露出了某种蛛丝马迹，使梁赞在一筹莫展之中突然得到了一种歪打正着的喜讯，与其说那是一种有些含混的影影绰绰的线索，倒不如说是一线晴朗的生机，一个令人振奋的消息。梁赞事先根本没有想到自己与校长的一番谈话会变得峰回路转、柳暗花明。早知如此，梁赞会设法套出校长心中的更多的秘密。

一个可疑的人……梁赞想。

校长如果刚才不提后面的那句话，梁赞做梦也不会把丢书的事与校长联想到一起，但使他感到意外和震惊的是，校长竟然用一种十分平淡无奇的口吻将事情的眉目透露了出来。校长说得是那样的轻巧，梁赞现在想起来，校长真像一个隔岸观火的人。“……马会计准备了十几副猪下水，昨天在河边整整洗了一个下午……”他是从哪里听到这些事情的？当然是从书上面看来的，那书里就是这么写的——

现在，梁赞想起了自己突然丢失的那本书《复述》。《复述》第二章的内容清晰地浮现在梁赞的眼前。

《复述》第二章一开始，村里的那个品行不良的人就出现在河边，那时候的时间正值一天中的午后，天气十分闷热。种种征兆都在十分明了地预示着不久以后的一场大雨。在河流的上游地段，栽种着一片刚刚生长起来的玫瑰花，远远看去，那些尚未开放的花苞像一只只紫色的铃铛，在有风的时候轻轻摇曳。现在河边没有风，到处都又潮又闷，堆积在河边的十几副猪下水，染红了整整一条河水……

如果一切顺利的话，校长无疑已经读过这一章了。校长在合上书不久，便开始火烧火燎地卖弄刚刚读到的某些细节，看起来他有些不太谨慎，忘乎所以，谁说他一向老谋深算？不也照样有马失前蹄的时候么。他这才看了几页，后面的事情还多得很呢，那里要比村里的阶级斗争复杂一百倍，每一扇窗户，每一只水罐，都是十分可疑的，每一道墙头后面都有阴险的目光在暗中窥视，每一条路上都有窸窸窣窣的跟踪的声音……

梁赞收拾起桌上的那些零散的纸页。刚才，校长的突然到来，打乱了他的思路，今晚看来再无法写什么了。梁赞现在满脑子转悠的都是与那本书有关的一些念头。包括《复述》的杏黄色的封面和其中的几幅背景空旷的插图。梁赞不知道是校长本人亲自偷走了他的《复述》，还是被一位学生或教师偷走后，转手孝敬了校长。有一点梁赞深信不疑，《复述》现在正在校长手里。按照时间和校长今晚的表现来推断，校长至少已经读过前面的两章了。校长刚才离去的时候，梁赞所以不动声色，是为了避免打草惊蛇。与校长相处很久以来，梁赞知道校长的性情与志趣，从某种意义上来说，校长是一个什么事情都能做得出来的人，用校长自己的话说，给我一队人马，我能将村庄和花园全部夷平；给我一块银圆，我会让全县的人民都能看到它银色的反光，到处都能听见银子的响动……这样的一个人，如果一旦把他逼急了，他会不会点一把火，将《复述》付之一炬？

这种事，别人也许不一定，但是校长完全有可能干。

……昨天晚上，梁赞在临睡之前读完了《复述》的第十二章，那时候夜已经很深了，风吹树枝的声音犹如大兵过境，挂在外面墙上的一块木制的小黑板在风中啪啪作响，似乎上面写满了玄奥费解的难题。梁赞合上书，把一名学生的请假条夹在

第十二章与第十三章之间，梁赞从来没有折叠书页的不良习惯，他更不愿意像许多人那样粗暴地翻动书页，某些用一根手指蘸着唾沫翻书的人常使他感到不可遏制的恶心。梁赞觉得，对书页的无情折叠，就等同于对寿命的折叠。

尽管某些心事使他感到疲倦，但熄灯之后，他仍然没有立即入睡。他把那本《复述》小心翼翼地压到枕下，躺在黑暗中，开始考虑自己将要动手写的那本书。他构想的开头部分比较简单，他首先想到了一个人，不远处的一座房子，一个夏天的黄昏……

那时候他做梦都没有想到压在枕下的那本书，会在第二天的中午不翼而飞，像一个熟人一样在突然之间不辞而别……将要入睡时，他听到外面传来一个女人的哭声，那个女人似乎坐在一条潮气弥漫的水沟旁，在她的身后，灰蒙蒙的月亮像一枚破土而出的从前的银圆，虚乏无力地悬浮在树林和山岗之上……

……

梁赞想起了从前的一张似曾相识的、疏而不漏的网。眼下，他多么想用一种勤勉而秘密的文字编织成一张类似的网，使狡诈的校长在不知不觉中迷途难返、束手就擒……

七

校长站在高处，向下面的一片错落的房屋仔细地俯看着，马会计就住在这一带。这会儿，那里传来了阵阵喜气洋洋的鞭炮声。校长注视着弥漫在鞭炮声中的蓝色的硝烟，马会计邀请的客人们正在陆陆续续地到来。一些孩子窜入蓝色的烟雾中，纷纷拾抢地上的鞭炮。一位闻讯赶来的讨饭的老人在树下突然吹响了唢呐，尖利而凄楚的唢呐声很快将那些在烟雾中拾捡鞭炮的孩子吸引到了树下。一个高胸肥臀的女人从屋里出来，端着一只碗向树下走去，吹唢呐的老人停止了吹奏，取下肩上的一个肮脏的口袋，两手撑开个口子……

这时，校长在来来往往的人群中忽然看到了梁赞，梁赞穿着一身崭新的制服，正在马会计的门前反复徘徊。梁赞像是羞于见人，他的厚厚的眼镜片在阳光下不断地闪烁，鞭炮释放出的烟雾笼罩着他。

校长看着看着，突然笑出了声：

也真够难为他的——

校长看到梁赞出现在马会计家的门前时，放心地松了一口气，感到如释重负。这会儿，校长发现周围没有人，便掏出自己的一串钥匙，打开了梁赞的屋门。

校长轻轻地走了进去。

梁赞的枕头下有一把粉红色的梳子，一把崭新的梳子，似乎从未用过。校长不知道梁赞为什么要把一把梳子藏在枕头下，梁赞的某些不可思议的行为，使校长越来越觉得他像一个感情缜密的女人。校长拿起梳子看了一下，又放回到原处，手上却留下了一种十分滑润的感觉，校长把手举到脸前闻了一下。

这时，校长看到了那个灰色的硬皮笔记本，它掩盖在一件叠得整整齐齐的白衬衫下面，但校长还是一眼就看出来了。

校长轻手轻脚地把那个灰色的硬皮笔记本从衣服下面抽出来，翻开第一页，一片空白，第二页上有一首小诗，校长飞快地瞥了一眼，匆匆翻了过去。在第三页上，校长的目光停住了，喃喃自语地念出了声：

亲爱的尼古拉·尼古拉耶维奇·阿列克塞：

再一次请求您，看在上帝的分上，尽快汇四百卢布给我，这可算是我向《祖国纪事》预支的又一笔稿费。上帝作证，亲爱的尼古拉·尼古拉耶维奇，我会好好利用它，每一次写信都免不了向您借钱。请汇到彼得堡涅瓦大街36号我的住处。

尊敬的尼古拉·尼古拉耶维奇，我现在要办一件大事，如果没有钱，那就什么事也办不成了。

……

这是什么意思？校长皱着眉头，继续向下翻看，梁赞写道：

……我想起19ＸＸ年秋天，我上小学一年级的时候，有一天他忽然喝醉了酒，躺在学校后面的那片疏松的小树林里痛哭流涕，谁也劝不回去，他似乎遇到了什么伤心的事情。我们几个一年级的学生，背着书包在一旁看他的醉相。他忽然发现了我们，对我们喝道：“看什么？看你妈的Ｘ。”贺彪炳对他说：“不许胡说！你这是在骂人么？你是在骂你自己，用肮脏的字眼儿比喻自己，你喝多了啊。”

他哭着说：“我不回去，我不想见到她……”

很多年后，我偶然遇到他时，他已经是一名校长了——校长看到这里时，专注的目光突然哆嗦了一下，似乎感到身上什么地方被人掐了一下，掐出一道血痕——，他用疲惫的目光打量着我，对我说："嗯，你长大了。"过了一会儿，他又问我，"结婚了吗……"

我听人说，一天二十四小时，他在绝大部分时间里都处于半昏迷状态。从前他迷恋两样东西：女人和酒，现在，他已对女人彻底丧失了兴趣，天天喝酒，睁开眼就喝，每天有十几个小时烂醉如泥……

……

最初，有人常叫我梁赞诺夫。这个倒霉的称呼，曾给我带来多少意想不到的麻烦，他们伸出漆黑如铁的大手，梳理我出生以来的全部岁月，企图发现某些可疑的黑点或破绽……有一天早晨，校长皮笑肉不笑地对我说道："看样子你读过几本俄国小说？你为什么不叫谢苗诺夫呢？在那里，谢苗诺夫象征着一种身份或财富，凡是叫这个名字的人，至少也是一位不愁温饱的神父……"校长这话是什么意思？他当然是在讽刺我，冷嘲热讽，我又不是傻瓜，我知道他想干什么——

校长看到这里，将手中的笔记本放到一边，腾出一只手捂在胸前，他感到胸口有些疼痛，情不自禁地呻吟了一声。校长在屋里环顾一周，他的目光像一只受了伤害的动物。

墙角里摆着一只黑瓷坛子，校长看到那只瓷坛以后，立即感到自己的牙龈变得肿痛起来，他估计那里面盛放的很有可能是一坛酸牙的泡菜。校长的目光急忙从那只坛子移开。门口的墙上挂着一件雨衣，灰白的墙壁上钉眼随处可见。短短的几年时间，梁赞已经把这间屋子折腾得不成样子了。这会儿校长感到有些心寒：知人知面不知心，我一直以为他在练习写诗，没想到他竟然在偷偷摸摸地写我……他的口吻，他的词语，毫无斟酌的余地……校长想到这里，重新拿起那个笔记本想继续往下看，这时，他忽然听到外面轻轻地咳嗽了一声——校长吓了一跳，他还没来得及将手里的那个灰色的笔记本藏好，就看见一名女学生已经推门走了进来……

八

院子里的十几间房屋像一些疏松陈旧的梦境一样，虚浮而无声。梁赞第一次走进这个庭院以后，吃惊地看到几乎每一扇窗户前都有一只死去的或活着的蜘蛛，蜘蛛依靠着长长的丝垂吊在窗外，丝的顶端悬在屋檐上的木头的夹缝里，有风吹来的时候，弹丸一样的蜘蛛便在窗前荡来荡去，屋檐下细密的木屑和粉尘纷纷掉落。这个里外两进的院落，黑色的石头构成了四周高大而阴暗的墙垣，唯一的一扇临街的月亮形的窗户，如同一只镶嵌在墙壁上的车轮，窗户外面的石头平台上有一道空旷的长廊，几根朱红色的圆柱支撑在廊中。下雨的时候，经常有人站在空空的长廊下避雨。屋脊下半圆形的灰石像是低垂的乌云。

刘成立带着梁赞穿过第一道院子向里院走的时候，梁赞看到了山墙下的一片长方形状的菜地，一个女人的身影正在茂密碧绿的菜垄和向日葵之间起伏出没，山墙下有几个幽深的地窖，耸立在两个院落中间的是一道高大的用浑圆的黑石头砌成的南墙，每一块石头上都分布着雨点一样的坑洞，南墙上爬满了墨绿的青苔。通向里院的一扇小门紧闭着，门槛下积着浮泛的尘土和落叶。

刘成立推开墙上的小门，梁赞躬身走进里院，沿墙一带长满了苍郁的榆树，粗疏的枝叶将无数斑驳的阴影投在他们的脚下。

屋里的地下满是过去日子的灰烬，一些陈年的木器家具在夏日的雨水里发出深长的腐烂的气息，几个霉湿的墙角里长着白伞黑褶的小蘑菇。梁赞的目光渐渐适应了屋里昏暗的光线之后，看到了正面柜子上的一幅照片，梁赞走过去仔细端详着。刘成立打开了一扇窗户，屋里开始明朗起来。刘成立站在雾蒙蒙的光线里，用一种沙哑的声音告诉梁赞说，照片上的那位年轻的姑娘，是他的侄女刘菊……

刘菊？

梁赞的手哆嗦了一下，将手里的照片重新放回到柜子上，茫然若失地对刘成立说道："我有一个学生，也叫……刘菊。"

"你说的是刘仁家的那个丫头吧？"刘成立说，"今年有十八九了，到了嫁人的年龄了，怎么还在读书？"

"她基础不好，"梁赞说，"上课的时候，又常常走神，眼睛瞟着窗外。"

"女大不中留了。"刘成立说，"留来留去，必定坏事。她们就像你地里的瓜，小的时候需要你松土、浇水，精心照料，一旦到了瓜熟蒂落的时候，你就得想办法，不能再留她了，即便勉强留下，也不会再往大长了，或者被人突然偷偷摘走，或者枯萎而死，最终烂在地里。"

从前，刘成立的侄女刘菊就住在这间有木板墙壁的房子里，那时候，窗外常常荡过一些绿色的藤蔓，外面的花坛里栽满了花，充沛的阳光每天像流水一样映照着刘菊梳头时的美丽的倩影……往事已经过去很久了，刘成立现在追忆起侄女临死前的某些征兆时，显得轻松而无畏，仿佛在述说一件于己无关的事情。

……随着夏天的到来，十九岁的刘菊很快就要出嫁了。此前，去年年底的时候，她陪嫁的妆奁已全部办好。近来，从男方那边传来消息，家里上上下下的人都在为这桩喜事四处奔走，一片繁忙，准备摆酒席用的数百张桌椅已全部陈列在村西的一个闲置的打谷场上，前来迎娶的马匹和轿子也已备好。随着婚期的日渐临近，即将初为人妇的刘菊变得有些魂不守舍、沉默寡言。那些不平常的日子里，刘菊几乎天天都要到河边去。每当刘菊出现在河边的时候，在那里洗衣、种菜的妇女们都要向她打听她的嫁妆和彩礼的数目，但刘菊并没有在她们那种惊羡的目光中看到自己的身价。她心不在焉地徘徊在河边，像是在等什么人……

刘成立那时候是一名四处行医的民间郎中，侄女婚期的临近缩短了他在外面的行程。作为刘菊的叔叔，刘成立用行医所得的钱买了两只式样迥异的手镯，还有一些别的赠物。刘成立谢绝了一些病家的挽留，开始匆匆地往家里赶。如果他在侄女的婚事以后回到家里，不但家里的人要说他无故缺席、薄情寡义，他自己也会因此而自责，那将成为他一生中的一个难以弥补的罪过。“……为了赶上她的婚期，我两天两夜没合眼。”刘成立对梁赞说。

刘成立终于在一天晚上回到了村里。

在晦暝的暮色中，刘成立看到河边散落着一些稀稀落落的人影。不久，他又看到有一个人被捆成一团。刘成立近前看去，认出那个戴眼镜的人是村中学堂里的一位教书先生，他的蓝色长衫上散发出阵阵血腥之气，释放在傍晚潮湿的空气里。面对眼前的情景，风尘仆仆的刘成立只是向周围匆匆地瞥了一眼，他不知道村里发生了什么事情，也没有进一步多想，散落在四周的那些像鬼魂一样的人影看上去是那样的难以接近、不可理会。刘成立打消了询问的念头，匆匆地向家里走去。

不久以后，在走到家里围墙外面的两棵榆树下时，刘成立突然听到了一片哭声，他立即愣怔了一下，感到肩上的包袱正在开始下滑（那里面装着他送给侄女的所有贺礼）……刘成立惊愕地抬起头，在围墙里面众多的哭声中，他毫不费力地辨别出了大哥刘成万的声音……

墙下有一口深井，井口用一块圆形的木头盖着，木盖上纵横着几道龟裂的缝隙，几株散发着酸味的绿草从裂缝中生长出来，一直伸向旁边的那个石头槽子前。眼下，院子里几乎听不到任何一种声音，所有的灰尘都停滞不动，黄泥的烟囱掩映在屋瓦上茂密的青草之中。刮风的时候，这里到处都充满了呜咽不休的回声，仿佛有人躲在暗中吹号，风声从来没有超过高耸的屋脊，只在那些窗户和门扉之间低回穿行。

每逢天气晴朗的时候，刘成立便说“洗个澡吧”，然后从光线昏暗的屋里走到院里，穿着一身黑衣服，坐在水一样的阳光里，一坐就是很久。在那种时候，他似乎从明亮的光线中看到了自己从前的身影，每天骑着毛驴四处出诊，归来时，驴身上挂满了病人赠送的礼品，鸦片、茶叶、猪肉、铜板、瓷瓶、布匹……他用一副沙哑的嗓音说话，说天气，说雨水，说瓮里的粮食和笸箩里焦黄的烟叶，说远去的儿子和患软骨病的孙女。刘成立的那个患软骨病的孙女叫刘凤，很多年前死去的刘菊是她的姑姑。岁月如梭，一转眼刘凤也已经十八岁了，到了她的姑姑刘菊当年出嫁时的年龄。走路颤颤巍巍的刘凤，脸苍白而浮肿，雀斑很多，一阵风就能将她吹倒在地。阳光明亮的时候，刘凤偶尔会从那道高墙下的小门里像幽灵一样走出来，到外面看看天，看看太阳。有风吹过来时，刘凤又开始颤颤巍巍地往那个幽深的院子里走，她的稀疏的黄头发和单薄的衣衫被风吹拂着。刘凤是一个尚未出嫁的姑娘，但她的形体却松松垮垮，步履蹒跚而臃肿，像一个生育过很多孩子的中年妇女。

刘成立有一个儿子，名叫老四。老四是一个黄头发黄眼珠的人，三十多岁了，仍尚未娶妻，每天吹着粗犷而嘹亮的口哨出来进去。老四很不孝顺，时常将刘成立打翻在地，再踏上一只脚，一只穿翻毛皮鞋的脚。

梁赞第二次来到刘成立的院里时，老四正在殴打刘成立，老四将刘成立打倒在院里的石头槽子前，边打边问：

“还敢不敢啦?”

“不敢啦，再也不敢啦。”刘成立的身上滚满了泥水，躺在地上哀求道，“老四啊，我怕你还不行吗?”

这时，从一间阴暗的房子里传来了一阵惊悸不安的尖叫声，是刘凤的声音，她好像在房里突然看到了什么……梁赞来到窗前，吃惊地看到刘凤的头巾正在屋里飘扬，里面的光线像一个雨前的傍晚，刘凤慢慢地转过身体，一张苍白的脸离窗户越来越近……

“老四，不要打了。”梁赞对老四说，“他是你爹。”

“你走开，”老四飞快地扫了梁赞一眼，眼前的这个文弱的书生引起了他一丝伤心的回忆，“我最讨厌你们教书的了，当年，在村边的小树林里，要不是那个教书先生的勾引，我的堂姐刘菊也不至于上吊……自杀……”

“教书先生？”

“跟你一模一样，都戴着眼镜，常像狗一样在河边走来走去……”

九

六月里的一个下午，天上下着一场很大很密的雨，在银灰色的雨雾中，有一个人正在垒院墙。那个人像是在与天气赌气，裸露着上身，不停地咒骂那些形状不规则的石头。院墙已有一尺多高了，浑浊的泥水在石头缝隙之间渗漏、流泻，淙淙作响。附近一带的房屋都笼罩在午后的雨雾中，树林里的烟水在缓缓飘移……

校长睁开眼，从这个潮湿泥泞的梦中醒来，看到了停留在窗户上的一片微弱的光线，外面的天色忽明忽暗。他疑心梦中的雨水淋湿了他的衣服，伸手在脸上抹了一把，手中只略感潮湿。屋里这会儿没有人，只有风吹窗纸时发出的一种细碎的声音。校长翻身坐起来，出神地注视着院里的两棵枝叶扶疏的绿树。

中午的时候，一个名叫刘菊的女学生匆匆来到校长家，这个叫刘菊的女学生告诉校长说，不久前，梁赞鬼鬼祟祟地离开学校，在村边的小树林里转了一阵后，突然走进了刘成万的那个阴暗曲折的宅院里……

刘成万？刘成万一家人已经死去很多年了，那个里外两进的院子早就成了一座荒草丛生的空宅，平日里只有喜鹊和山羊在那里出没，梁赞为什么会想起到那里去呢……

校长望着刘菊，眼前这个已发育成熟的女学生使他走神了一小会儿，她几乎是跑着进来的，这会儿她的胸脯还在不停地起伏……校长无声的目光顺着她的胸脯出溜到她的腹部，结实而平坦的腹部，仿佛蕴藏着无尽而新鲜的源源不断的果浆，一旦绽放，势必像春天的花蕾……校长的目光游动着，停留在那两条浑圆的腿上，——不久又回到胸前，他的眼前浮现出那种雪白而丰盈的奶水……校长在不知不觉中突然伸出去的一只手把刘菊吓了一跳：

"校长——您——"

"……扣子……"校长喃喃地说道，"把扣子扣上。"校长的一只手像一种垂死的东西贴在女学生的胸前，费了很大的力气才将她胸前裂开的那道纽扣扣好。刘菊的身体颤抖了一下，她突然夹紧双腿，说道：

"我回去了。"

"我还有话要问你——"这时，刘菊感到自己的两条腿不容分说地被校长的那只手分开了，仿佛有一条虫子正在向她的深处蠕动……她的脸突然变得通红，耳边一片灼热，身体明显地弯曲起来……校长的声音如同回响在她的梦中：

"这么说，你一直都在跟着他？"

刘菊点点头，她的身体在不停地扭动，嘴里仿佛塞满了什么，好半天她才昏昏沉沉地说道：

"好像要出什么事了。"

"你没有去上课吗？"

“我不想上了。”刘菊说着，睁开眼睛，她看到自己置身于校长的羽翼与阴影之下，她的身体被包裹得严实而拘谨。她抬起头，校长的脖颈出现在她的视线之中，校长的喉结正在急促地上下滑动。她看到了他的颏下的一片粉红色的柳叶状的疤痕，墨青的胡楂，遍布在颈上紊乱无序的褶皱，一种腥气……她挺起箍在他两手中的腰肢，有气无力地说道：

“秋天我就要出嫁了。”

“出嫁！很好，这很好。”校长语无伦次地嗫嚅道，听起来像是一连串梦中的呓语。这会儿，他坐在那道木制的炕沿上，分开自己的两条腿，把浑身软弱无力的刘菊抱在了怀里。一双汗津津的手远远地在他的视线里奔走着，左右浏览着，跳跃着。几年前，他在一所医院里用这样的方式抱过一个生命垂危的病人，不过，那是从一辆马车上往医院的病榻上抱……眼前的这位温顺无力、情窦初开的女学生多么像那个危在旦夕的病人……他听见自己正在不耐烦地行走，有人在笑他。想笑你们就笑去吧，他才不管哩，因为他还有更重要的事情要去做。对，是出嫁，有人要出嫁。他在她的耳边喃喃地说道……出嫁是一件多么美好的事情……洞房花烛……柔情似水，一切都很好。梁赞的事，你就不要管他了，他中了邪……已不可救药……

刘菊的头左右摇摆着，头发凌乱地披泻在脸前，她躲开了下面的双手，却仍然难以摆脱他的仿佛来自四面八方的关照。他咚咚地走着，每一声都像是走在她的心上。她听到了一种令人战栗的呜咽之声。

“你读过蒲松龄先生的《聊斋》吗？梁赞就像那里面的那些傻瓜书生一样，也被狐仙迷住了，用不了多久，他的血就会被吸得干干净净，他就完蛋了，只剩下一副空壳……”

“校长……”

“他为什么经常到刘成万的那座阴森的空宅里去？因为那种地方只适合他那种人去。那家的人早在很多年前就都死光了，那是一座凶宅，那些残破的墙垣，那些乱纷纷的一人高的荒草丛中，有的是狐仙。”

“狐仙？”

“是的，这个世界上到处都是狐仙，每一个女人都有可能是狐仙，都有可能是白骨精。”他在到处找她，走得热气腾腾，大汗淋漓，不过还好，最后总算是找到她了。看见她嘴唇湿润，担心她又逃跑，立即压了上去，过了一会儿，他感到有些憋气，又急忙松开了，对她说：

“你也是一个狐仙。”

“校长，我不是狐仙——”

“是的，你是一个狐仙。”

那时候，她的手伸到他的后面，不知在干什么。唉，管她干什么呢，世上那么多的事，哪能都管得过来呢，别说你只是一个小小的乡村学校的所谓的校长，就算是比你更大的，很多时候也很扯淡呢，不是么？谁想做什么就做吧。屋里的光线黯淡得像一个雨前的傍晚，影影绰绰的轮廓，门窗似乎都已封死。他身上挂着的一串钥匙突然叮叮当当地响了起来，他腾出一只手，几经摸索之后，终于把那串叮当乱响的讨厌的玩意儿扔到了一边，他对她说：“你当然是一只狐仙，你要不是狐仙，我怎么会被迷住出不来呢？——来吧，把我身上的血全部吸干，我不准备再活了。”

外面好像起风了，满树的枝叶在风中摇晃得天花乱坠。

从很远的地方传来了马车奔驰的声音，院里有什么东西被吹得东倒西歪。

他永远记得她身上的某些位置，他希望她能够把他变成一个没有血肉没有性格的标本，一个具有警示作用和启迪意义的能够教育他人的标本。就像一只没有水分的蝴蝶或者别的什么东西一样，干干地钉在墙上，或者悬挂在随便什么地方。他的心中溢满了一种从未有过的情调，仿佛他的一生从今天——从这个光线黯淡的午后才算正式开始，以前的那些年月，现在看起来形同虚幻的泡影，是那样的失真而不可信。眼前的这个将要在秋天出嫁的姑娘，这会儿像一只可怜的迷途的羔羊，浑身上下颤抖不止，凌乱的鬓发像乌云一样遮挡着她的目光。不知从什么时候起，她身上所有的那些机关全部裂开了，如同突然洞开的门户。她身上的那些细小的几乎不易察觉的金色的茸毛像是门户中的一部分情景或不可或缺的内容。她的声音越来越微弱了，屋里昏暗的空气在颤动，时光在他们的手势与摩擦之间不胫而走，不知不觉过去了许多，这时，她抬起头，轻声哀求道：

"要下雨了，我会被大雨截住的——"

"说什么傻话，为什么要这么看待一场大雨？"校长说着，用力箍紧她的腰，他想趁势举着她的身体离开地面，但试了几次均未获成功，他的脸因吃力而憋得通红。他盯着眼前的这具散发着青春气息的躯体，她的重量显然令他感到非常吃惊，远远超出了他的想象。他注视了一阵以后，开始用一种十分含混的口吻转移着话题。他莫名其妙地说起一个篾匠—— 一个四处出没的箍桶匠，也不知是何方人士，据说办事滴水不漏，奇怪的是身上常常散发着一种皮匠才会有的气味。

不久以后，校长又一次听到天上的云彩正在集合，正在行动起来，接着就又看见山墙下有影子开始晃动。

他的忍耐也是有限度的。这会儿，他站在一个高处，决定往下跳。在跳以前，忽然又想起有些东西需要托付一下。

但是她并不是他要托付的那个人，她只是轻轻地、试探性地看了一下，便立即惊恐不安地撒开了手。那时候他才终于发现整个世界其实空无一人。

刘菊离去的时候，太阳已经快要落山了，西边一带的山墙微微发红。望着那个渐渐远去的孤独而行的身影，校长的嘴边浮起一丝云彩般的笑容。现在，他感到自己很想干点什么，每当他心满意足以后，他都会凭空滋生出某些难以遏制的情趣，有时候到河边走走，或者到谁家看看，打量一下石堰里来回走动的猪或长势良好的向日葵。他喜欢与村中的女人聊天，几乎无所不谈，粮食、镜子、婚姻、家具、头发、频繁的房事、青黄不接的岁月，甚至包括女人的经期。他所掌握的某些知识足以使她们惊讶而大开眼界，足以使她们把他当一名医生看，他知道阴道炎、肩周炎和肾炎，从她们某些人的脸上一望便知。他还明白什么样的征兆是愁肠百结，什么叫心如止水、万念俱灰……

现在，刘菊的身影在一道逶迤的墙垣后面消失了，街上传来一声短促的口哨。校长无所事事地站在屋里，他想不起这会儿做些什么。他在一面镜子前打量了一下自己，发现脸颊有些虚弱，头发像草一样。他回忆着不久前发生过的一幕幕情景，他有些拿不准，这个下午以来所经历过的那些事情算不算醉生梦死？刘菊的那种近乎窒息近乎垂危的表情使他记忆犹新，一时半会儿难以平息，那些桃花一样的血迹像一种抹不去的记忆，留在了他的颤抖不止的记忆中、手指上，留在了他的寂寞的视线之中，只要他一闭上眼睛，眼前便会升起一片猩红灼热的血光，睁开眼睛之后视线内落红点点……

他拉开一个抽屉，取出一本异常残破的书，刚翻了两页，肩膀突然抽搐了一下，仿佛有人在后面打了他一下。

……当学校里的那种暗红的携带着铁锈气息的钟声在村里回荡的时候，校长已来到河边，他在安详的夕照里走来走去，走来走去，偶尔向河对面那些寂静的土堡匆匆一瞥。更多的时候，他的目光停留在村边那片疏朗翠绿的小树林子里，停留在林中那条光线晦暗的小路上。远处的山岗的色彩越来越严重了，河水低声喧哗着向南边的暮色中流去。校长抬起手看了一下表，钟声不知什么时候已经消失了。这时，他听到从村中的某一个角落里传来了一阵叮叮当当的斧声，斧声似乎已响了很久，而他现在才突然发觉，在他观望的时候，看到几个人从一道土墙后走了出来，他们用绳子和木杠抬着两口尚未油漆的白茬棺材，向村子深处走去。

又有人死了。这一个多月来，好像每天都有人死去……校长自言自语地说着，离开河边，来到树林中那条晦暗的小路上……

十

早晨过后不久，一辆满载粮食的马车突然倾翻在刘成万家的院墙外，车轮陷在一个幽深的洞口上以后，车上的粮食开始向周围流泻，那些被突然震裂开的口袋，像一个个流脓滴血的伤口，珍贵的粮食从其中蜂拥而出……

那时候梁赞还是一个腼腆而勤于幻想的少年，他夹着书本在上学的途中目睹了马车的倾翻与粮食流泻的前前后后，拉车的一匹马受到了重创，前蹄蜷伏在地上，但没有引起一个人的注意。附近的人们携带着簸箕、铁桶和口袋，像潮水一样涌来，面对不断流泻的粮食，他们嘴里发出了心痛的叫声，而手脚却异常灵活敏捷，每个人都高兴忙碌得像过节一样。

有人站在倾翻的马车前，仰起脖子，抓着粉红色的麦粒源源不断地灌进嘴里，梁赞吃惊地注视着那张神奇的无底洞一样的嘴，那个人仰起的喉咙在急剧地变化着……眼前的混乱而繁忙的景象使梁赞想起了《双城记》里的居民在巴黎圣安东区那条狭窄的街道上抢喝葡萄酒的情形，不久前梁赞刚刚读过那本书。不过，由于一大桶葡萄酒的破裂，那条狭窄的街道上的空气是湿润的，充满了醉人的甜丝丝的气息；而眼前的这些被粮食弄疯了的人们却被笼罩在弥漫的尘土里面。《双城记》里的居民在一阵混乱之后喝光了流淌在街上的所有的葡萄酒，仍然回味无穷地、啧啧有声地舔着残留在指头上的酒渍；眼前的这些人们身上却落满了灰尘。梁赞在尘雾中看到一位远房的叔叔，躲在马车的车辕下面，紧紧地守护着一袋已扎好了口子的粮食，他的眼神机警、慌乱，显得既心满意足又紧张焦灼，伺机寻找着出路……

那个可疑而不祥的洞口幽深莫测，倾翻的马车被挪开了，整整一天，霉烂而腥甜的湿气不断地从洞口释放出来，这么多年来，它一直天衣无缝地掩在一片茂密的蒿草下面，瞒过了几乎所有的目光；现在，它的突然暴露，使所有看到它的人都感到难以置信、不可思议。中午的时候，马车被移到了一边。从洞里飘散出来的那种又冷又湿的似乎已经腐烂了一千年的气息在村庄里四处回荡、渗漏……

午后，一位姓沈的组长带着一名随从的秘书从县里来到村里，洞口边站满了闲着无事的人。沈组长与他的秘书俯身向漆黑的洞内看了一下，立即向后退去，他们面面相觑。这时，沈组长听到人群中有人呼喊道：

“让我们进去——”

“我们要进——那里面去——”

“你们要进哪里去?”沈组长一边说着，一边心猿意马地打量着周围的颓败的墙垣和狭窄的通道，水井、草垛、树木、屋脊……依次从他的眼前闪过，茂密的荒草似乎遮住了他的目光，使他的视线受到了重重的阻隔，不能够继续远眺。他掏出一根烟，秘书刚把火点着，从洞中飘然出来的潮气便将火柴熄灭了。人群中发出一阵窃窃的笑声，沈组长手里举着烟，突然熄灭了的火柴使他吃了一惊，他显然没有注意到人群中的那种不怀好意的笑声，只是压低声音对秘书说道：

“这一带的地形太复杂了。”

“是的，一切看起来都是可疑的。”秘书说着，挺挺胸脯，情不自禁地抖擞了一下精神。随即背转过身体，在胸前划着了火柴。

“小鬼，不要怕，有我哪。”沈组长点着烟，深深地吸了一口，他的吸烟的姿势受到了注目。他轻轻地拍了一下秘书的肩膀，转过身体，对着围观的人群说道：

“你们能进去吗？你们进不去。”

人群中传来声音：

“我们要进去——我们就要进——那里面去——”

“好哇，我带领大家进去看一看，到底有什么名堂。”沈组长说着，扔掉手里的烟头，一边吩咐准备灯笼火把，一边率先走向洞口。“不入虎穴，焉得虎子？”他相当轻松地说着，伸手拨开丛生的青草。不久以后，他的身后响起了紊乱而窸窸窣窣的声音。

……洞内的四壁上挂满了水珠，湿漉漉的水珠不断地掉到他们的脸上、手臂上，不时地有人打着寒噤。眼前的情形，从某些方面看来，像是一个霜露遍地的早晨。从走进洞里以后，沈组长让一个提灯笼的人走在自己的身旁。糊着红纸的灯笼并未改变洞内光线的异常昏暗。但当一滴又一滴的冰凉的蕴含着某种气味的水珠纷纷落到沈组长的脸上以后，他命令那个提灯笼的人将糊在外面的一层红纸全部撕掉，以便增强光线。揭去了红纸的灯笼，这时候只剩下一支蜡烛了，几乎在一瞬之间，洞内狭长而漆黑的阴风将那支蜡烛吹灭了。沈组长轻轻地“啊”了一声，有人在他的身后哮喘似的咳嗽了几声，又有一个细嗓门的人说了一句非常下流的话……沈组长正要发作，身边的那个提灯笼的人将熄灭了的蜡烛重新点亮了，借着亮光，一个人来到他的身边，是他的秘书。“沈组长，我在这儿。”秘书说着，伸手在潮湿的鼻梁上摸了一下。有几滴水珠掉进了他的嘴里，使他禁不住干呕起来。黑暗中，他的眼里闪出了泪花。

潮湿的阴风像欢快的舌头一样不断地舔砥着沈组长的薄薄的衣衫与渺茫的目光。秘书在一阵干呕之后，稍稍恢复了镇静，他听到沈组长的牙齿正在上下颤抖，铮铮作响。几乎就在同时，沈组长忽然打了一个响亮的喷嚏，把走在后面的那些人吓了一跳。

“沈组长，您……”秘书低声问道，关切的声音里充满了战栗。

“不要紧。”

秘书停下来，转身阻挡着后面的人，他大声对他们说道：

“同志们，不要挤，不要再往前走了，前面的情况看起来很复杂，”他停顿了一下，随即又补充道，“沈组长受了一点儿风寒，再往前去，好像有些不妙……”

后面有人高声说道：“不行，我们要一直进到底。”

“不要散布这种悲观情绪，要注意工作方法”。沈组长稍事停留了一下，听到后面的喊声后，又开始继续往前走。边走边对秘书说：“不要瓦解大家的积极性，把他们的热情挫伤了，事情就不好搞了。”

“是的，他们的热情就像这蜡烛，只需一阵风，就可以吹灭。”秘书挺了一下胸脯，感到自己发挥得差强人意。

这时，一直走在沈组长身旁的那个提灯笼的人小声告诉沈组长，他手里的蜡烛已经不多了，马上就要流完了。他说这话的时候，身体不自然地抽搐了几下，仿佛蜡油滴到了他的身上。“为什么事先不多预备几根？”沈组长问了一句，没有听到回答，刚才说话的那个人，这时像是睡着了。脚下有什么东西在打滑，沈组长的身体向一边摇晃了一下。洞里变得比任何时候都更加寂静，那些人似乎全都失去了知觉，没有一点声息。“漏洞，全是意想不到的漏洞。”沈组长独自说着，接着又猛然想到，看起来——实际上只有我一个人在走——

这条黑暗而冗长的地下通道，从某些方面来看，它像传说中的鬼打墙一样可怖而迷途难返，它的潮湿的水汽与突出的触角像嶙峋的锯齿一样不动声色地磨蚀着走近它的人的胆量和信念。早在身边的那支蜡烛第一次熄灭的时候，沈组长就感到呼吸有些困难，仿佛有人恶作剧地捏着他的鼻子，不让他正常喘息。许多的迹象都在表明，这儿是一个早已过去了的旧日的时代，漆黑、潮湿、遥远、窒息、暗无天日，霉烂的空气犹如暖风扑面，明确的标记荡然无存，沿途的阴暗的积水不断被走进它的脚踩响，水声听起来像是夏日夜晚里的蛤蟆的叫声。

死水一潭。沈组长摸了一下冰凉的鼻子，如释重负地想着。

前面出现了一片较为宽敞的地方，就是说，有可以同时并排着容纳五六个人的位置。沈组长正在观察的时候，后面那些死气沉沉的人突然开始蠕动起来，蜂拥着挤到前面，他们的身体很快便塞满了那片宽敞的地方，手臂像枯枝，遥远地伸展在身体上方。沈组长吃了一惊，他感到冰凉的积水灌进了他的鞋里，很快便洇湿了他的雪白的袜子。自下而上的寒气从他的敏感的脚掌下开始——一直蹿到头顶上，他不容分说地接连打了几个喷嚏，浑身上下冰凉袭人。

他的秘书走在他的前面，累哑了嗓子，一边推搡周围的人，一边大声制止着混乱的情形：

“不要挤，让一让——请大家让一让——让列宁同志先走——”

“住嘴！闭上你的嘴！”沈组长低声呵斥着秘书，用一只手在他的腰上捅了一下，“不会说话就少说几句，或者不说。我怎么能与列宁同志相提并论？这不是成心让我吃官司吗？”

秘书抬起一只手掩住了自己的嘴，悄悄地用另一只手揉着被捅得有些生痛的腰部，在不经意间犯下的这个错误，使他既感到不可饶恕，又有些满心委屈。这时，他抬起一条腿，朝一直晃动在他前面的一个人的身上狠狠踢了一脚，一声惨叫过后，前面的人影立即消失了。秘书长长地出了一口气，拉着沈组长的一只手，向深处走去。“您老慢着点儿，跟着我就行了。”沈组长顺从地点点头，像个听话的孩子似的乖乖地跟在他的后面。

前面的路突然消失了。

走到尽头了。周围传来滴滴答答的残漏之声，一线光亮出现在头顶上方，那道纤细的亮色像刀刃一样。秘书抬起手向那道“刀刃”上伸去，上面立即出现了一条缝隙。他屏住呼吸从缝隙中看到了一间光线昏暗的房子，堆放在里面的所有的陈设之物，都散发着一种陈旧的气息与幽晕。一位鼻梁上架着一副老花镜的老太太正在做针线，一个像瓷人似的小姑娘坐在她的身边——秘书急忙合上了那道缝隙。

“沈组长，我们好像到了——女儿国。”他的脸从光线中分离出来，迷惑不解地说道。

“胡扯。”

黑暗中，沈组长眨动这一双疲倦的眼睛，他在回忆，辨别，斟酌，反省，他不明白自己到这个冗长的黑洞里来干什么，现在看起来，多少有些鬼使神差……

午后。

刘氏拿着一把钥匙打开房门。小姑娘拽着她的衣襟，跟在她的后面走进屋里。一束微弱的光线照在窗前的一只凳子上。窗户又小又窄，如同挂在墙壁上的两只镜框。

刘氏来到窗前，俯身向外面看了一下，她的脸色不像刚才进来的时候那样了。小姑娘站在那只凳子旁，伸出一根手指划着那道微弱的雾蒙蒙的光线，她抬起头打量刘氏的时候，发现了她脸上的那种微妙的变化。

“你在看什么呢?”

小姑娘好奇地说着，挤到刘氏的身旁，向窗外伸着头，窗户的位置对她来说显得很高，她踮起了双脚，也只能看到一些像灰色的河坝一样的东西。她继续踮起脚，嘴里发出一种吃力的声音，一只胳膊挤到刘氏胸前。“我还是什么也看不见。”她尖声说道，她的胳膊肘在不知不觉中弄疼了刘氏的胸脯，但她毫无察觉。

“下来，给我下来。”刘氏揉了一下胸前，将小姑娘推到一边，小姑娘满脸委屈地看着她。

刘氏对她说道：

“别这样看着我，这儿没你的什么事。”她停顿了一下，飞快地向窗外瞥了一眼，又接着对那个小姑娘说，“我告诉你，打听这些不相关的事，对你可没有什么好处。”

“为什么你，”小姑娘瞟着窗户，“不停地朝那里看个没完?”

“啊……别管我。”刘氏愣了一下，眨动着一双眼睛，脑子里飞快地斟酌着对付小姑娘的词句。但她很快就停止了思索，显然是因为一时没有找到更为合适的满意的措辞，于是用一种近乎蛮不讲理的口吻对小姑娘说道：

“那是我的事，大人的事，明白吗?我愿意朝那里看，什么时候想看就在什么时候看，因为，我是过来的人；而你——不是——你还是一个刚孵出来没几天的……”

小姑娘望着刘氏夸张的口形，她的一番滔滔不绝的声音让她多少感到有那么一种暗含着的强词夺理的味道。

“……你还是一只不懂事的小绒鸡，看见老虎，你会以为是一只猫，看见……”刘氏漫无目的地说着，一双眼睛在屋里来回梭巡着，忽然说道，“行了，——把外面的罩衫脱了，扎好围裙，看能不能帮我干点什么。”

小姑娘脱掉身上的蓝花罩衫，扎上围裙，又将一块旧头巾罩在头上，头巾遮住了她的小辫，使她看上去像一位小老太太。

她在屋里转了一圈，来到刘氏的面前。

“我擦凳子吧。”她说。

刘氏坐在一堆灰白的旧棉絮中间，透过鼻梁上的老花镜，瞧着改变了装束的小姑娘，瞧了一阵，忽然笑出了声。

小姑娘站在灰蒙蒙的光线里，手里拿着一块抹布，抬头望着窗外的天空，她看到了一片云彩——几根树枝。

刘氏总是闲不住，不断地生着各种方法给自己找活儿做。在这种时候，她就声音低低哑哑地哼着一种模糊不清的、似是而非的曲调。她的手不断地在那些蕴藏着呛人的尘埃的棉絮中穿行、出没，十个手指一会儿深深地埋了进去，一会儿又清晰地露了出来。她的这种近乎游戏的方式吸引了小姑娘，使她感到非常有趣。小姑娘心不在焉地擦完凳子后，来到那堆棉絮旁边，刘氏的那双手又伸了进去。

“你掏来掏去，”小姑娘说着，蹲在刘氏面前，将自己的一双小手也伸进去，在棉絮里面一边摸索，一边翻动，“这里面有什么东西呢？”她侧着头问刘氏。

“有宝贝。”刘氏说。

“是糖吗？”

“真是没见过世面，”刘氏轻轻叹了一口气，“糖算什么东西，那也能叫宝贝吗？你见过的东西太少了。”

“你见过什么?”

刘氏想了一下，没有说话，她把小姑娘的那一双伸进棉絮里的手像赶羊似的赶了出来。接着，她又抓起小姑娘的一只手，凑到老花镜下仔细端详了一阵，说道：

“还缠人呢，瞧你这一双胖手，往后哪个男人敢要你?我告诉你，男人可不喜欢笨手笨脚的女人，他们喜欢……”

“你才没人要呢，”小姑娘抽回自己的手，坚定地回敬道，“你的手不胖，可你一辈子都……他们为什么不要你?”

她听见伶牙俐齿的小姑娘这么说，脸上立即失去了血色，变得一片煞白，她的嘴唇半张半合，微微颤动，仿佛在突然之间丧失了继续表述的能力与愿望，她的那双手似乎在厚厚的棉絮中间永久地消失了，一直没有露出来，老花镜滑落到了鼻梁上，快要掉下来了，她仍然毫无察觉。小姑娘很乖地坐在那里，睁大眼睛，用一种惊讶而期待的神情望着她。

过了好一会儿，她从地上站起来，开始收拾屋子，她像是把刚才的事情全忘记了，一边清扫墙上的灰尘，一边用一种劝谏的、息事宁人的口吻说着一个人的婚事，是关于一个十八九岁的年轻姑娘的婚事。她又来到窗户前，在擦拭那些疏朗的窗棂的时候，忍不住又朝外面看去。天色已近黄昏，附近一带的树枝在风中沙沙作响，夕照在屋脊上闪光、流泻。

扫过灰尘以后，刘氏洗干净手，打开一个藏在柜子里的小包袱，里面尽是些零碎的华丽的绸缎，她把那些色彩瑰艳的绸缎拿在手里，比画来比画去，放下这一条，又捡起另一条，迎着光线展开，仔细地注视着。这以后，她又找出了针和线，像是要准备缝制一件什么东西。她一边做一边小声地唱着，有时候，她做手里的活儿做得出了神，一句话就唱得很轻，很慢，甚至要反复地唱好几回，微弱的歌声随着她手里的针线一起在一个地方结束，又在另一个地方开始。时光就在那种宁静而轻松的空气里不知不觉地流着，无声无息地流走了。

她唱完一段以后，低头做着手里的活儿，嘴里却对那小姑娘说：

“你再说一遍，他是怎么死的？”

“他们用乱棒打死了他。”小姑娘说着，坐在地上系她的鞋带。

“他们——是谁？”

“敌人。”

“是仇人。”她抬起头，从镜子上方瞟了小姑娘一眼，纠正道。之后又低头做活儿去了。小姑娘系好了自己的鞋带，伸开两腿趴在地上的一片余晖里，在那里画着什么。

“知道冤死是怎么回事吗？”

刘氏低头缝了一阵，又开口问那个小姑娘。

“不知道。”

小姑娘说，她歪着头，在那里画得很入迷。

“刘成万就是那样的一个……屈死的鬼，这些天，我总梦见他身上的血……”

“我知道，”小姑娘心不在焉地漫应着，“你说过好多遍了。”

“你知道？你当然不知道。再过几年，我才打算正式告诉你。这会儿你就知道了？你是不是觉得你很伶俐？”

“我听着呢。”

小姑娘侧着头，把一只耳朵贴在地上听，她忽然觉得那种姿势很难受，手上弄满了灰尘。“你接着说吧。”

“我的天！”刘氏从镜片后面吃惊地扫了小姑娘一眼，“你躺在那里干什么呢？你不知道地上有灰尘吗？”

“你好像困了。”

小姑娘说了一句，换了另一只耳朵，继续贴在地上听着，一条腿晃了一阵，后来突然不晃了。

刘氏说她不困，人老了就睡得很少了。后来，她手里拿着针线，一再地打着哈欠，这说明她也疲倦了。

“好像有人来了。”

小姑娘说着，从地上爬起来，跑到窗户前听了一阵，接着又回到原来的那个地方重新趴下，将一只耳朵贴在地上，她的辫子上沾上了灰尘。

“你还躺在那里？你不知道地上有灰尘吗？”刘氏停下手里的针线，摘下老花镜，看着那个小姑娘，“你要是再不起来，我可要拿这针扎你了，听见没有？”

“我听见了。”

小姑娘抬起头，从地上爬起来，走到刘氏面前，伸出一只手指着地下，说道：“有人在这下面说话……”

十 一

在村外的那片紫色的旷野上，原来可以望见一些耸立在壕沟边的水车，它们转动的时候，倒映在水沟里的天空和云彩也跟着一起转动。清风吹拂着草丛，几条明亮的水沟像战后丢弃在旷野上的大刀一样，在胡麻地与黄芥丛中显露出耀眼的边缘或触角。胡麻地一直延伸到北面的土崖下面，在那里和一片瓜地连到一起。看瓜的人在那一带挖筑了众多的洞穴，或者在地中央搭一个泥草的棚子，整整一个夏天和秋天，他们日日夜夜住在那里。

一个夏天的黄昏，梁赞来到村外，走在灿烂刺眼的葵花丛中，那种灼热的金色的光芒簇拥在他的身体周围，阻挡着他的视线。这一带有刘成立的一片菜地，刘成立告诉梁赞说他在那片地里种满了辣椒，但梁赞在附近找了许久，始终没有发现。水沟那边坐着一个人，梁赞走过去向他打招呼，那个人显得很诧异，一边说附近一带没有辣椒地，一边蝎蝎螫螫地从水沟旁站起来，心绪不宁、神色慌张地越过梁赞的身体，向梁赞的身后的某一个地方张望着。梁赞以为有什么人跟在自己的后面，回头去看时，却又发现什么也没有。梁赞重新审视了一下对方，眼前的这个人，他的那种虚惊失常的举止使梁赞感到有些莫名其妙、难以理解，好像是处在一件事情的漩涡中心。

“我是说，刘成立的那块菜地——”

梁赞不知道该如何把话向眼前的这个人说清楚，抬起手向旁边的一片苜蓿地里指了一下，说道：

“他在那里种满了辣椒。”

“他的地？”

这个叫天宝的人惊奇地看着梁赞——他认得他，知道他是村中学堂里的一位教书先生，常在河边的那片树林里转来转去，可是，这个梳着偏分头的教书先生怎么会想起来打听一片无中生有的辣椒呢？“他怎么会有地？他没地，他是一个鬼。” ……

“那边有一片辣椒——”天宝说道，脸上现出一丝不怀好意的笑容，“你过去看看，那说不定是他家的。”

顺着天宝手指的方向，梁赞看到了水沟对面那片红得令人不安的、被当地人称为“鬼辣椒”的草本植物，在某些时候，它又叫“头痛花”，此刻，它的那种米粒一样的花蕾正在风中释放出阵阵不祥的气息。梁赞望了片刻，忽然感到自己的头剧烈地疼痛起来……

水沟里出现了远处的一片歪歪斜斜的房屋的倒影。

这天晚上，夜色四合之后，梁赞来到街上。村庄仿佛完全关闭起来了，只留下了某些难以弥合的缝隙。有人正在其中敲敲打打，夜晚潮湿的空气中布满了灰白的雾气，梁赞不时地停下来，摘下眼镜，擦拭模糊一团的镜片。一些高处的窗户上亮起了灯光，里面的人影像幻灯一样闪来闪去。

来到那个镶嵌在灰色宅墙外的车轮状的窗户前时，梁赞停下来谛听了一阵，里面传来几声轻轻的叹息……

月亮升起来了，树枝灰绿，阴凉的湿气从墙苔之间向外面延伸、散发。刘成立正在院里的井台边汲水，水声哗哗作响，仿佛他坐在一条流淌不息的河水的旁边。

梁赞来到井台边，刘成立抬起头看到梁赞时，脸上显出一种微微吃惊的神色，接着，他低头看了一眼梁赞的鞋——他显然是由于刚才只顾汲水，没有听到梁赞进来时的脚步声而感到有些缺憾或困惑。不知怎么回事，他把自己浑身上下弄得湿漉漉的，而他身边的那只水桶却依旧是空的。梁赞走近他的身边时，感到一阵冰凉的水汽向这边迎面袭来。

“我吓了您一跳?”梁赞说。

“没有,”刘成立看着湿漉漉的手，手臂上的水珠在月光下闪着一种冷光，“在我这个年纪，大概再不会害怕什么了。我没有听到敲门声，你是怎么进来的?”

"门没关。"梁赞说。

刘成立回头向高墙下的那道又窄又矮的门望了一眼，门虚掩着，梁赞进来后，留下了一道一尺宽的缝。这会儿，高墙上的柔软的藤蔓在轻轻摇动，发出一阵沙沙的摩擦声，刘成立汲水的声音消失了，院子里一片寂静，灰白滞缓的雾霭从高处的屋脊上弥漫下来，笼罩了一切。

刘成立轻松地对梁赞说道：

"今夜的雾很重。"

梁赞瞟了刘成立一眼，立即将脸转向一边，望着那边的黑魆魆的墙头，墙外的一条巷子里这时传来几声狗叫，梁赞将目光收回来，看着井台边的一片泛着亮色的积水，他的那种闪烁飘移的眼神像是预示即将要逢遭不测，毫无掩饰的变化被刘成立看在了眼里，这个细心的人，脸上现出一抹浅澈的笑容，轻声说道：

"你好像有什么事？"

"没有。"

梁赞说着，又用刚才那种闪烁游移的眼神从刘成立的脸前一掠而过。刘成立眨动了一下眼睛，仿佛在躲开一道斜射过来的刺眼的光线，墙边的树影在他身后形成一道虚实不定的屏障，有的树枝直接垂到他的肩头。

"说吧，年轻人，什么事？"

"我出来走走，"梁赞艰难地说道，他刚在一根木头上坐下，还没有坐稳，又立即站了起来，仿佛那根木头上有刺，"我跟您说过，我的那个学生——与您的侄女一样，也叫刘菊，昨天中午的时候，出事了……"

"出了什么事？"

“在一座谷仓里吊死了，就是木匠们常在那里做棺材的那个空谷仓，人们把她放下来，发现她的肚子——”

“肚子怎么了，破了?”刘成立抢过话头，“怎么回事?”

“您还一个劲地追问我干什么？您其实早已明白是怎么回事了。”

梁赞垂头丧气地说道，张大嘴，仿佛干渴似的，深深地吸了一口并不算是清新阴凉的空气：“作为她的老师，她的事，我实在羞于启齿，虽然她已不常到学校里来了。”

“哦，哦。”

“您哦什么？非要我说出来吗?”

“哦，哦，”刘成立猝不及防地点点头，“不要再说下去了，我明白了，我确实没有别的意思。”

“您怎么看?”

“什么怎么看?”刘成立重复了一句，随即又恍然大悟，“哦，哦，我早就说过，女大不中留，她们就像你地里的瓜……”

“瓜熟蒂落了，你不摘他就摘，总有人要下手。”梁赞抢先说出了刘成立没有来得及说出的那些话。

“要是一直没有人摘，就自己烂在地里。”

刘成立像是被突然抽去了元气，神色惊讶地望着梁赞。现在，他忽然感到自己以前对于这个年轻而文弱的教书先生有些小瞧。他在心里对自己说，这些秀才，原来也不全是书呆子，他们可能并不傻，也知道很多事情，对过日子也越来越熟悉了……想到这里，刘成立开始打破眼前的寂静，十分关切地探询道：

“知道是怎么回事了么？是自己挽了绳子，还是有人害了她？”

“还不清楚。”

“我是说，那个……”刘成立急忙掩住口，停顿了一下，“就是那个让她……蒙羞的人。”说完之后，他立即会心地笑了一下，他还不至于老迈糊涂，还能在关键时刻约束住自己的嘴，使那些下流粗鄙的字眼在脱口而出的时候戛然而止。蒙羞——一个多么好的说法，他为自己能够及时使用这个文雅得体的词语而感到高兴。这会儿，他愉快地搓着双手，又摸摸下巴，一脸轻松地看着梁赞，等待着回答。

“那个人不是那么容易暴露的。”梁赞忧心忡忡地说道，“也许，永远也没办法知道他是谁了。因为，她已死了，不能再开口说话了，不能再指出什么了。”

“一点蛛丝马迹也没有吗？”刘成立问道，“比如说，她喜欢到什么地方去，和谁走得很近，再比如……”

“有人怀疑谷仓里干活儿的那几个木匠。”梁赞说道。

“木匠？”刘成立眨了眨眼睛，“他们三个一起？他们当中的一个？一边做棺材，一边在脑子里转动着那种念头……”

“再过几天，她就要出嫁了。”梁赞神色黯然，惋惜地说道。

“天哪！”刘成立失声地叫道，“她的情形和我那个死去的侄女一模一样，名字都一样，看来，那是一个不吉利的名字。”

“春天的时候，她还常找我给她补课。”梁赞回忆道，“她的底子不好，脑子也不够灵活，常常走神，后来就开始无缘无故地请假，从那时候起，她的心已经乱了。”

“可是她的身体已经完全熟透了，像一颗葡萄，”刘成立说道，“只要轻轻一碰，就会不可避免地流出水来。”刘成立说到这里，感到自己的嘴边挂着一线湿润的口水，急忙抬起衣袖遮住，在暗中不动声色地擦去，他观察着梁赞的反应，看来那一位似乎毫无察觉。

院子里的雾气不知什么时候已经散去了，屋脊和门窗的轮廓重新呈现出来，高大的死气沉沉的院墙仿佛挨着天，它的上方也像寂静的夜空一样隐隐发蓝，寥落而久远。墙边的树丛里传来一阵簌簌声，梁赞抬起头朝那边望了一阵，像是风声在作祟，他对刘成立说道：

“我听人说，您……”

“说吧，没关系。”刘成立睁大眼睛，看着梁赞，“他们说我什么?”

梁赞本来想说，你早已死去多年——你是一个鬼，但他感到无法开口，他当然不会把那种带有捏造色彩的道听途说告诉眼前这位老人，但他不明白为什么许多人都说刘成立已死去多年，与他的兄长刘成万成了一对阴魂不散的鬼。梁赞绞尽脑汁，斟酌着……他忽然想起了自己的那本书，想起了阴阳怪气的校长——昨天午后，当刘菊的尸体被放下来，人们看到她的微微隆起的腹部时，校长的眼睛忽然湿润了……

“又是在说我的那些……历史问题吗?”

刘成立漫不经心地问道。他感到自己猜中了使梁赞吞吞吐吐、难以启齿的那些话。这会儿，他轻轻笑了一下，安慰梁赞说：“别害怕，那些事，我早在很多年前已经说清楚了，已经没有什么了。”

停了一阵，他又补充道：

“我的生活就像一个在沙滩上写字的人，写一段，擦一段，边写边擦，边擦边写，写到今天——擦到今天，连一个脚印也没有留下。”

“真像一只猫……”梁赞想道，“排泄之后立即用土埋起来。”

十 二

昨天上午，校长在走近学校附近的一截断墙时，墙上的一行用白粉笔写的字忽然映入他的眼帘：

> 你是一个卑鄙的人——你干的好事——你他妈的——别以为没人知道。

校长停下来看着，一阵风吹过来，他忽然感到脸上有些火烧火燎，眼皮跳得十分厉害。他不知道是哪个促狭鬼干的，是写着解闷，还是有感而发？校长惴惴不安地向四周看了一眼，远处有一个人正在伸长脖子向这边张望，校长吓了一跳，立即离开墙边。

我这是怎么了？那上面的话又不是说我，我为什么这样不自在，这样没出息？校长边走边想，努力在心中宽慰自己。他想到了那个脖子伸得很长的人，由于距离较远，他无法看清那个人的面目，不知道是干什么的。如果在从前，那个人毫无疑问是一名特务……想到这里，校长渐渐放慢了脚步，就凭他现在这种惊慌失措的样子，谁见了都不免大吃一惊。走过几间临街的房屋之后，那个暗探一样的人不见了。

校长来到学校以后，钟声刚刚响过不久，两名女学生正在一棵杨树下吵架，其中的一个穿花衬衫的女学生嘤嘤咽咽地哭着，另一个又黑又胖的女学生跳起来，喊道：

“……小卖X的，你就是个小卖X的，你快成刘菊了。”

骂声是那样的噎人而刺耳，又像一种灼热的光线一样晃得人睁不开眼睛。校长脸色通红地注视着树下的情形，他打心眼里不喜欢那个又跳又叫的黑胖的女学生，她后来的那句话使校长变得怒气冲冲。岂有此理。校长一边在心里说着，一边快步向那棵树下走去。

“去你妈的，滚！想卖回家里卖去，不要在这里卖——这是学校。”

校长真生气了，他的样子有点发狂。那个黑胖的女学生看见校长边骂边向树下走来时，立即向教室里跑去。跑了一阵，又不甘心地回头对那个哭哭啼啼的姑娘说道：

“回去和你算账。”

校长大喝一声：“住嘴！唐桂莲，你还要不要脸了？”

那一位听到校长的喊声，肥胖的身躯停顿了一下，钻进了教室里。

“好啦，别哭了。”校长来到那个穿花衬衣的女学生面前，“她骂你，你就不会骂她么？人若犯我……”校长说到这里，停住了，似乎感到所说有些欠妥，他的眼珠转了转，咳嗽了一声。

“说吧，她为什么要骂你？”

女学生一边轻声抽泣，一边对校长说，她（唐桂莲）的老姨来了，要带她进城，唐桂莲看中了她的这件花衬衣，非要借去穿一天。她觉得唐桂莲的身材太胖，根本穿不上去。这以后，唐桂莲就生气了，开始骂她。

校长打量着眼前的这个亭亭玉立、眉清目秀的女学生，虽然她的一双眼睛哭得有些红肿，但仍然可以看出这是一个很漂亮的姑娘。校长忽然想起了一句话，红颜薄命，眼前的这个漂亮的姑娘，将来还不一定会有什么遭遇呢。校长想起了刘菊……眼前开始模糊起来。

“难怪她要借你的衣服，谁让你穿得这么好呢，还是丝绸的。”

校长说，伸手捏了一下女学生的衣袖，一种柔滑飘逸的感觉迅速通过手指传遍了校长的全身，他的喉结急速地滑动了几下，他看到树荫以外的阳光如烟似雾。他伸出舌头，小心翼翼地舔了一下干裂的嘴唇，一缕幽香从那件柔软的丝绸衣服上飘到他的脸前。

女学生轻轻地不易察觉地蹙了一下眉头，她感到校长的手很用力，她的胳膊被捏疼了，这时，她听到校长对她说：

“知道唐桂莲为什么要骂你吗？”女学生不知所措地摇摇头。校长接着说道：“嫉妒，纯粹是嫉妒——人类的大部分悲剧都出于嫉妒，当然还有仇视。你穿得比她好，你比她漂亮，你应该感到高兴。无产阶级为什么要对资产阶级进行斗争？因为资产阶级穿得比无产阶级好。当然你不是资产阶级，你是一个好姑娘；唐桂莲，她才是个小卖……”

校长忽然闭上了自己的嘴。

“看到你们梁赞老师没有？”过了一阵，校长问道。

“在学校后面的小树林里。”

女学生说着，趁势将自己的那条胳膊从校长的手里抽了出来。

十　三

经过一个多月的冥思苦想，梁赞写完了最令他殚思竭虑的那部分内容，抽屉里零散的纸页像路边的浮土一样越来越厚了，他粗略计算了一下，有四百多页。在已经逝去的那些黄昏与深夜里，他绞尽脑汁，一遍又一遍地修改那些看起来有些阴郁的文字，

时间进入夏季以后，梁赞几乎每天都要来到学校后面的小树林里，一个人坐在那些低矮的树桩上，聆听着远处的略带着萧瑟的风声。雨前的树林，光线昏暗得像一些夜晚，树桩下蠢蠢欲动的蚂蚁沿着他的踝骨一直向上爬行，常常使他发出神经质的颤抖或痉挛。

昨天晚上，他正在灯下涂改不久前写下的一段文字，眼前却不知不觉地出现了一片密集的屋宇——接连不断的窗户与炊烟，在其中的一片屋顶上，几簇红色的“鬼辣椒”正在随风摇曳，眼前的情景使梁赞想起了那本突然消失了的《复述》……

令人不安的红色花蕊……

外面传来了脚步声——

梁赞抬起头，一个三十多岁的女人推门进来，这个头发上插着一朵白花的女人把梁赞吓了一跳，他迟疑着从椅子上慢慢站起来，闻到了一种浓烈的油漆的气味。油漆味是这个女人带进来的。女人对梁赞说：

“别怕，我不是鬼，吃不了你。”

梁赞的脸上浮起一丝难堪的笑容，不知道说什么好，他的手扶着桌子，手指在不停地抖动……接下去的一段时间里，这

个女人一直都在喋喋不休地说着什么，她头发上的那朵白花在她说的过程中掉了下来，她捡起来，又重新插到头上。不久以后，那朵不祥的花又一次掉了下来，她捡起来后没有往头上插，就拿在手里，不时地瞟上一眼。她穿着一件袖子很短的白色上衣，圆润的胳膊上依稀闪烁着一种若有若无的光泽。

梁赞坐在她的对面，像一位多少有些拘谨的、应邀而来的客人，又像一个智力低下的人一样，一知半解地听着她的话。梁赞觉得她所说的好些话，自己与其说是没有听清，更不如说是根本没有听懂。他只是一鳞半爪地明白了眼前的这个女人是他的学生刘菊的姐姐，她已出嫁多年，此次回来为妹妹奔丧，还带着一个尚在哺乳阶段的孩子……从她的言谈中，梁赞知道刘菊的棺材已经做好了，就是那几个木匠在村中那座废弃的谷仓中做成的。棺材运抵刘家，今天下午刚刚油漆完毕。“上了两道油漆。”她整整一个下午都在旁边看漆匠干活儿，难怪她刚才进来时身上带着一种簇新的油漆气味。

她的脸还算白净。梁赞睁大眼睛，在数她脸上的雀斑。

“告诉我，”她瞟了一眼手里的白花，“我妹妹肚里的孩子到底是谁的？”

“孩子？”

“是不是你的？”

“我的？你是说……我有一个孩子？我还没有结婚，哪来的孩子？”

“去年暑假的时候，”她把那朵白花又插到鬓边，用手按了按，开始回忆道，“她到我那里去住了几天，帮我干活儿……她常说起一个人，一个戴眼镜的人，好像是个什么教书先生，温文尔雅，穿一件蓝色的长衫……”

“蓝色长衫……”

“……她天天往河边跑。我做好饭，喊她回来吃饭的时候，她从来就没有听见过。……她的心已经乱了，我看得出来，有一个人勾走了她的魂……她站在河边，不停地向远处长久张望，她是在等那个人。”

“那是谁?”

梁赞的身体向前倾斜了一下，压低声音问道。他的姿势和神色像是在与她共同密谋一件什么事情。她清晰地听到了他的越来越急促的呼吸，灼热的气息冲到她那张还算白净的脸上，使她皱了一下眉头。老实说，他的那种近乎虚脱的表现并没有博得她的好感，甚至连她的注意也没有引起。然而，他还是压低声音，又一次说道：

“那个人……他是谁?”

“我以为是你。”

女人不放心地按了按头上的那朵白花，直至感觉牢固后才放下手。“我觉得是你，不然我深更半夜跑来找你干什么？只有你能对号入座。”

“我?”

梁赞像是受到惊吓似的眨了眨眼睛，颤声问道：“你说那个人是我?”

他听不见自己的声音在战栗，屏住呼吸，盯着对面的那个女人，仿佛要把她一下子吸进自己的身体里，渐渐的，一种看上去比较欣慰的笑容出现在他的脸上，他轻声说道：

“被一个美丽的姑娘日夜想着，那该是一个多么有福的人。我敢说没有任何事情能比得上。我梦想成为那样一个人——”

笑容突然从他的脸上消失了，代之出现的是一种黯淡的、有气无力的神情。“可惜，”他像被抽尽了血液，沮丧地跌坐回椅子里，“那个人不是我——我很想知道他是谁——很想知道。”

他闭了一下眼睛，又慢慢睁开了，用那种绝望的目光打量着对面那个女人。

“我猜错了。”

女人刚说了一句，她头上的那朵不安分的白花又掉了下来，但她仿佛毫无察觉，冷冰冰地说道：

“等棺材上的油漆一干，她就要下葬了。”

“什么时候?”

梁赞猛然抬起头问道，声音像是从地窖里发出来的。

“明天——后天——大后天，”她说，“总得干透了，才能抬出去。”

“我要去看她，我是她的老师，曾经为她补过那么多课，虽然她总是走神。不管她是否对我抱有好感，”他的声音里透出疲倦和烦躁，在椅子里欠了下显得沉重迟钝的身体。

“我想送送她——最后一次——送送她。”

“你想来，到时候你就来吧。”她站起身，开始告辞，走到了门口时，又回头说道：

“来的时候，你不要吃饭，我们那里预备着饭呢，还有酒。”

原载于《江南》一九九五年第一期

青纱帐

一

桃花开过了，河水回黄转绿，风里已满是夏季的暖意。

卖花盆的越来越多了，他们站在碧色的柳丝下面，露出瓦一样的脸。

在没有汽车和摩托车的时候，走在某些寂静的小街上，有时会听到一种低远而琅琅的清音——那就是从乡下来的卖花盆的人，他们守在街道的一边，小心翼翼地敲击着自己的货色，让它们发出引人驻足而又不含炫耀的声音。他们敲花盆的动作比平时在家里打孩子的时候要轻得多，甚至比抚摸女人的时候还要轻上许多——那是揉搓兼报复；敲花盆则完全是渴望，是一心一意的忍耐与翘首期盼。

如果从一开始就蒙上你的眼睛，不让你目睹你所处的环境，有一个人领着你，或者你独自一人从一条行人稀少的两边垂挂着藤萝的小街的尽头一路走来，一路仔细听去，你仿佛置身于熏风拂面、钟磬齐鸣的古代。

假如没有这样的时辰，注定我们不会成为朋友；假如你不屑一顾，笑里含讽，我有把握让自己相信你来自何处，我已大概知晓你是谁。

二

卖花盆的人拉着一车出窑不久的花盆，离开身后那个乌烟瘴气的城市以后，一个人在寂静的郊外慢慢走着。

原野里开满了黄白两种颜色的金盏花，清风吹着，路边明亮的水沟里一会儿游动着棉花似的云彩，一会儿又飘满了金色的光泽。变得真快呀！卖花盆的人边看边想，比换衣裳还容易呢。

卖花盆的人是被盘踞在城里的一些蛮横的同行们驱逐出来的，他们不允许他拉着花盆在城里出现。已经有很长一段时间了，这个乡下的人对于某些规矩还是弄不明白，有些事物于他也颇生僻而遥远，就像太硬的食物，不能在他的肠胃里得到必要的消化一样，它们也难以深入到他的记忆里去。比如，他至今仍然也不明白什么叫很棒，什么叫加盟。

这些天，他养的一头骡子病了，所以他自己拉着车载着花盆出来卖。骡子在家里养病，卧在阳光下，浑身发烫。卖花盆的人拉着车走一段路，眼前就会不知不觉地拱起一道光滑如水的脊梁，定睛看时，又什么都没有了。再走一会儿，那东西就又虚虚地有了，一闪一闪地浮现在前面的路上。

另外，还有一种无中生有的喘息，那种气喘吁吁、大汗淋漓的声音隔一会儿就要来一次，卖花盆的人感到很奇怪。

车上的花盆，最大的直径接近一米，最小的也有普通人家的饭碗那么大。有一个头脑活泛的人曾对卖花盆的人建议，用各种颜色的油漆将所有的花盆全部刷新一遍，那样一来，出手将会更快，你说什么价就是什么价。

卖花盆的人是个没主意的人，平时无论谁对他说一句什么，他都要仔细掂量掂量，这一次他没有听那个人的话，是因为他算了一笔账，油漆所花费的钱让他吓了一大跳。太奢侈了，太过分了。他想，不能那样干！掏钱买花盆就够意思了，怎么还要雪上加霜，给花盆滚上金边，描上金钱？除了折寿，那能有什么好结果？太好的东西总是非常人所能用的，普普通通的也就罢了。将花盆装饰得像出嫁的新娘一样，赏花还是看它？

平常是骡子驾着车，并没有觉得出门有多么辛苦。现在，卖花盆的人拉着一车花盆，每遇到一些坡度，他都会感到无比吃力，事实上真应该少装一点。他感到自己一路上不断地出汗，又不断地被风吹干。下一辈子，说什么我也不能投错了胎，转生成一个骡子啊马呀！卖花盆的人边走边想，那会有受不完的罪：吃草，挨鞭子，被人骑，遭人骂，最终还躲不了那一刀。现在活在世上的牲畜们，它们的前身是谁？

在那些平坦的路上，卖花盆的人拉着车一溜小跑。远处的青山，炊烟寂静而缥缈；有些树是红色的，像是用一粒一粒的沙子粘起来塑成的。有人在不远处的一个水塘边垂钓，从晃动的背影看上去，是一个脾气暴躁的胖子。

卖花盆的人住在乡间的一座旧院子里，家里没有一盆花。他的母亲活着的时候，曾养过一株白玉棠。

三

昨天晚上，卖花盆的人心神不定地在自己的院子里走来走去，他很想给自己的那头病中的骡子打一针，但转来转去一直下不了手。他把借来的注射器握在手里，手插在裤兜里。过了一会儿，他感到自己的手心里冒汗了，注射器也开始变得湿漉漉的。

那时候，附近院落里的一些羊在微蓝的夜色里咩咩地叫着，它们刚从田野上回来，正在无序地团团乱转。

卖花盆的人站在昏睡不醒的骡子前默默地看了一阵，然后踩着梯子，扶着院墙向外看。有好几年了，卖花盆的人一直想象住在自己左边的邻居是一个漂亮端庄的女人，年龄在三十岁到四十岁之间，不会更大。

事实上，他的左边是一座近乎荒芜的院落，早就没有人住了，原先的门窗也残缺不全，院子里长满了半人高的蒿草，又肥又大的白蝴蝶在草上飞来飞去，还有漆黑的野猫、乌鸦一类的孤独的东西。但卖花盆的人从不这样看，那院落和房屋在他的眼里一直都温馨、幽静，芳香缕缕。乌鸦不是乌鸦，而是一种身体更大一些的吉祥的燕子；野猫也不是野猫，而是一种会跑动的机械玩具——尽管从来没有看到过她的孩子，难道她不应该准备一些玩具吗？

卖花盆的人善于说服自己，在一次乃至数次的劝说后，开始默认一些事实。是的，并没有什么特别的原因，一切都只因为有那个女人活动在其间，她的呼吸、她的芳香和美貌，时时吹拂着他，熏沐着他的每个白昼和夜晚。

房子的右边是一片小树林子，一些细白的羊肠小路隐现在那儿。每当夜深人静的时候，卖花盆的人常常自己对自己说：“谁说那是一片小树林子？那不是一片小树林子。”是的，那不是一片小树林子，住在那里的，应该是一对患有失眠症的夫妻，细想起来，他们搬来已不觉有些年头了。

卖花盆的人将自己的身体趴到梯子上，贴着墙头，只露出一双眼睛，向左边的院落里张望着——

服过晚间的第二遍药以后，那个女人从屋里出来，来到窗外的葡萄架下。透过她的窗户，能看到里面的一只余温尚未完全散尽的药锅，不久以前，它在火上突然发出一阵吱吱的响声，像是马上就要炸裂了。她站在门口，手里抓着帘子的一角，不无焦虑地远远地注视着它，她想起了去年冬天的一个下雪的晚上，也是这样的一种声音……这一回，那种吱吱的声音响了一会儿后便慢慢消失了，乌黑的药汁咕咚咕咚地冒着气泡，均匀地起伏着、翻滚着，将深长的药力扩散到四处。

卖花盆的人很相信自己的眼力，如果他的判断正确的话，早在一两个月之前，甚至更早一些的时候，隔壁的这个女人就病了。眼见得她天天吃药，卖花盆的人感到心焦如焚，他什么忙也帮不上，只能一旁暗中偷看。看着那个皮肤白皙细嫩的女人每天将那乌黑性苦的药汁不假思索地灌下去，卖花盆的人感到于心不忍，看着看着，他的眼泪就不知不觉地流出来了。

多么不公平呀！多么残酷呀！卖花盆的人想道，为什么偏偏让那么漂亮的女人每天服药，让那些黑汤源源不断地流进她的身体里？长此下去……为什么不让右边隔壁的那一对患有失眠症的夫妻每人每天也来一碗？他们才真正有病，需要镇静、安神、酣睡不醒，不是吗？

卖花盆的人站在梯子上回过头朝身后看看，他的院子是清冷的，甚至有些死气沉沉，他忽然感到自己不仅有一头——暂时躺倒了的——骡子，而且似乎还应该有一群羊，这样，他每天出来喂羊的时候，隔壁院里的女人是完全能够听得见的。卖花盆的人将身体贴在梯子上，恍惚中看见自己一边往羊栏前走，一边将筛子里的碎石子捡出去。他端着筛子，耐心地喂它们，嘴里嘟嘟囔囔地说着话；隔壁院里的女人没有听清他在说什么，也许以为他是在责备他那几只羊，埋怨它们在外面放牧了一天，晚上回来还得再吃一餐，使他破费。卖花盆的人在心里对自己说，没关系，我不在乎破费，几只羊又能吃多少？只要你能听见我在说话，听见我还活在这个院子里，任凭它们吃多少我都不怕。

女人会不解地问卖花盆的人，为什么要把筛子里的碎石子捡出去？

卖花盆的人说，倒不是怕它消化不了，只怕磕了它们的牙。

静悄悄的交流使卖花盆的人感到欣慰而充实，他感到自己留给那个女人的印象应该说还是不错的。不是吗？这些日子以来，家里家外接连出了一些事情，他的心境不好可想而知。而他，孤独的卖花盆的人，竟没有倒下，也没有自暴自弃，一直挺过来了，这是最值得庆幸的，那说明他并没有被那不幸的遭遇吓倒、打垮，有时还断不了隔着墙头与她开几句玩笑，而她也很愿意和他说说。哪个人本身能一尘不染，没有一点儿毛病呢？你若是不注意别人的长处，有意无意地回避他们身上的那些好的东西，你就会烦恼不断，没有一天能有什么好心情。生病能使人冷静地反省自己，这样的拷问与审视并不是每个人都能遇到，一个在各方面都很得意的人是看不见自己的毛病的。

每个人都有隐秘的暗疾，甚至肉眼看不到的硬伤。

多少年过去了，卖花盆的人和他周围的人们还是不习惯饮用开水，他们总是喝冰冷的生水，不管什么时候，只要从外面一回来，只要一感到口渴了，他们即会不假思索地摘下挂在瓮上的水瓢，咕咚咕咚地喝上一气凉水，然后一抹嘴就没事了。那可是直接从井里提上来的生水呀！并不是烧开后又晾凉的凉水，但他们不怕，从未有过什么顾虑。

有一次，那个女人正在院子里的炉子上烧开水，卖花盆的人踩着梯子，趴在墙头上仔细看着，青蓝的烟雾一会儿将那个女人团团罩住，一会儿又从那院子的上空逶迤而去。

恍惚间，卖花盆的人感到自己的身体热辣辣的，他的一个本家侄子忽然像一只猫一样也出现在墙头上，龇着牙对那个女人说："你连井里打上来的冷水都不敢喝，还住在我们这个村里干什么呢？不如搬走。"

卖花盆的人吃了一惊，这话正是他要说而又一直不敢说出口的——

"混账！你这个王八蛋孩子胡说些什么呀？倒霉的东西！"

卖花盆的人伸手将他的侄子——哪来的什么侄子呀——从墙头上推了下去。隔壁的女人听见那孩子跌倒在地上后哎哟了一声，于是便对卖花盆的人说：

"摔着了吧？你干吗使那么大劲？他还是个孩子呢。"

"没教养，他妈的一点儿教养也没有。"卖花盆的人说着，一张脸又重新慢慢地浮现在墙头上。说起那孩子，卖花盆的人对那女人说："听他的？他不够数，生下来就不够数，能有七八成就不错了。”

“你又在跟别人说我傻?”那孩子在墙下尖声说道，“我还要告我妈去。”

“去呀！快回去告去呀!”卖花盆的人说，“我正等着她来呢。”

四

葡萄架下的阴气很重，那个女人在那里坐了一会儿后就离开了。有几滴水凉飕飕地落到卖花盆的人的手背上。

卖花盆的人的目光像一只蝴蝶一样追随着那个女人，直到她打开街门，站在门口，它仍在她的身边飞舞不息，一会儿落到她的衣服上，一会儿又飞到她乌黑的头发上。

仿佛是一夜之间，街上的树木全绿了，村里村外的荒草和一切荒芜陈旧的东西都在开始隐退。春天来了，初夏到了，连窑子里那些贮存了一秋一冬的土豆也都发芽了。这一带的春天，实际上相当于南边的夏季，四五月份才开始逐渐返青，回黄转绿。真正的春天里，差不多每天都在刮风，没有什么显绿的东西，人心也依然禁锢在多雪的昨天，少有萌动。田野里蒙着去年冬天的积雪，屋后的背阴处悬挂着长长短短的冰柱。刮大风的时候，整个村子都在黄尘中摇晃，门户频频振响，怪声怪气，彻夜不休，谁能说那是草长莺飞的阳春三月？山中，岗上，旷野里，眼里的绿色只是一种不可名状的绿意，仿佛一种初浅心迹的流露。草木远远谈不上丰茂、肥美，不只是卖花盆的人想象中的那几只羊在外面放牧了一天后吃不饱肚子，所有放牧在山岗上和旷野里的羊群与大牲畜们也全都一样，它们只能在那些地方尝尝鲜，闻闻春天的气息，在徜徉的过程中解决不了根本的问题，因而那也不能叫吃草，只能说是啃青。唯一显示季节变化的是，它们身上的旧毛开始褪了，日显斑驳而瘦弱，天气越热，它们的毛也就褪得越厉害。为什么牲畜们不在冬天的时候褪毛？

有一位老人，今年已经九十多岁了，他的名字叫姚贝贝。为什么牲畜们不在冬天的时候褪毛？姚贝贝老人说，那是大自然的主意，是她一手安排的。另外，牲畜们要是敢在冬天的时候褪毛，那纯粹是自讨苦吃、自寻短见。大自然是一个庞然无际的神，人、牲畜、植物、兽类，可以说一切有生命的东西都是她的叶子和油脂，是她的速度与姿势。她不让牲畜们在冬天的时候褪毛与不让人们在冬天里没有衣服穿是一样的。她把蚕和麻送给人们，又将桑叶和柞树送给蚕，一环套一环，互相搀扶，互相牵连，彼此赖以存活，缺了哪一个都不行，都会形成死结。不妨设想一下，她把五谷蔬果、肉蛋奶酪都送给我们了，却唯独不给我们盐，不给我们水，我们会怎么样呢？

相当长一个时期内，我们不可能找到另外两种东西来代替盐和水——地球上的矿藏和资源也就是我们知道的那些，大约很难再有什么新东西了。即便有，也极可能是实验室里配制出来的东西，比如，将水和木头放在一起会生成新的什么？大约只会长出蘑菇。

早在一百多年前，就有人在试图发明一种牢靠的东西——方鸡蛋。

直到今天，方鸡蛋也仍然没有问世，那要是实现了，很多的鸡蛋就再不会滚来滚去，轻而易举地被打碎了。因而，很多人都赞同姚贝贝老人的说法，他的那些朴素而令人惊讶的见解也很能使人接受。万物萌动，律在其间，不是一句简单而空泛的废话。日常生活中，很少有人会在寒冷的冬天里将自己剃成一个光头，除非他是刻意为之，哗众取宠，除非是因手术——如开颅——的需要。

大自然说：顺我者昌，逆我者亡。

又说，你们不可试探我。

那女人离开门口，向街里走了一段，不久又掉头往回走。街上很少看见有人，风里已满是夏季的暖意。

树木和花草的香气使卖花盆的人感到振作，他看见那个女人慢慢地在街上走着，不久，他感到自己的身上也有了力气，他活动了几下胳膊，听到关节处的骨头在咯咯轻响。

那也许是个好兆头哩。

卖花盆的人这样想着，那个女人已走过了一处临街的屋子。后来，她屋里的灯终于亮了，却没有人的身影在窗前伫立或晃动。不是这样的呀！卖花盆的人低声对自己说，以前的情形不是如今这样的。

黑暗中，远处有人在关他们的门，那些年深日久的门吱呀吱呀地叫着，顺着夏夜的熏风一路传过来，一飘就是老远。

卖花盆的人从梯子上一下来，也关上街门，回到屋里。

一个时期以来，卖花盆的人经常闻到自己的鼻子下面有很浓的血腥气，他仿佛有一种不祥的预感。卖花盆的人知道自己的鼻子下面没有血，用手根本摸不到，倒是用慢慢的呼吸才能感到那血腥的气息和味道：腥咸，还有一种腐烂的甜味。

什么也没有，别信那些。

什么也没有，别信那些。

卖花盆的人一遍一遍地对自己说。母亲死后，他忘记给白玉棠浇水，他以为家里只剩下他一个人了，他没想到还有一个会呼吸会变色的生命：几个月以后，白玉棠死了。那天，他一个人正在屋里吃饭，忽然听到外面传来“嚓啦!”一声，像是一个人将一张脆响的纸扔了进来，他急忙跑出去，吃惊地看到最后一片白玉棠叶子落了下来，如一片烤得酥黄的烟叶。

……

白玉棠死了，那个女人来了。卖花盆的人操起扫帚，将屋里屋外打扫干净，落叶，尘土和柴草被清除出去。卖花盆的人边干边想，万一她什么时候突然进来呢?

卖花盆的人头一次发现自己的家很乱，很糟，骡子在院子当中散发出马的气息，有时还打着响鼻，发出咴咴的叫声。

使他略感安心的是，那个女人从来没有走进他的院子。卖花盆的人对自己说，她有病，身材虽然很好，但患的也许正是一种暗疾。再说，一个孤身女人，怎么能随便到什么人的家里去串门呢？不行。

接着就又拷问自己：我是个什么人呢？坏人？没安好心的人?

我不是一个坏人。我不是。

仿佛要更正似的，他一边在院子里走动，一边反复对自己解释、强调。他发现，要把一个什么东西马上纠正过来，不是一件容易的事，比搬动一个花盆吃力多了。后来，他就不再想那些了，也不再解释和强调。他对自己说，反正我的心没有坏了，我怕什么!

村里的人似乎都知道那个女人的病。

街门后的长长的过道里堆着她吃剩的黑乎乎的药渣，不久前刚清理过一次，这几天竟又有了，小山似的。

每隔几天，卖花盆的人就看见有一位老中医前来为她诊断。老中医拄着竹杖，留着轻飘飘的白胡子。哪里是倾倒药渣的理想所在？老中医指点道：十字路口，任何一个十字路口。那样一来，熙熙攘攘、南来北往的人很快就将你的病带走了。

卖花盆的人心里一惊。

被诊断的女人脸上也显出不自在。一个人的病好了，灾消了，是否意味着会有更多的人要不可避免地接受那不幸的转移，在不知不觉中沾染顽病，重病缠身？这样的主张，这样的祛病手段与医家的原旨未免不矛盾，令人生疑。老中医一听连忙摆摆手说，多虑了你，咱们的做法谈不上悖反，绝不是嫁祸于人，那不过是把一团压在你心头的云雾驱散，飘向四面八方，让大家替你分担一点儿罢了。南来北往的客，每个人所带走的不过是象征性的轻描淡写的一笔，无论对谁都构不成新的灾难，而对你自己却显得重要得多了，有时候，这样的一种处置方式比服药本身更为有效……老中医是这一带受人敬重的一位老人，但她没有听他的；谁也不知道她把那么多的药渣神不知鬼不觉地弄到哪里去了。

卖花盆的人一天要往那里眺望几次，他多么想替她处理那些药渣呀！而她自己又能把它们弄到哪里去？即使勉强弄出去了，未必就说得上有多么妥善，周围一带的地形、走势，对她来说，又未尝不是一种考验。

再有这样的事情，还是让我来吧！夜深人静的时候，卖花盆的人仰望着满天的星斗，一遍一遍地说着。我会干得很好，连请都不用，只消说一声就行了。他说。不要以为我整天板着脸，我不是一个很难说话的人，不是的；我的骡子病了，我的心有些灰。

十字路口。多少令人感到有些不安的十字路口，白日里的时候脚步纷乱、喧嚣不息，待到更深漏残的时候，只有冷风卷着柴草或废纸从那里窸窸窣窣地经过。也有的时候并非故弄玄虚。那个老中医就是那种适宜在十字路口一带独自行走的人，深夜出诊回来，脸和衣服被染得灰蓝，胡子更白更软，迎面看到他的人会大吃一惊，吓得魂飞魄散，迷失掉回家的方向。事实上，所有的人看上去都像是暗夜里的一个来历不明的影子。

人和人是多么的互不通气、缺乏了解呀！谁说擦肩而过不是一种不幸?

卖花盆的人很小的时候，每到清明节的夜里，便跟随他的母亲到离家门口最近的十字路口去为家中的亡灵烧纸。那时候他们烧纸不说烧纸，而是说“给你姥姥寄点钱去，几个月一晃又过去了，再节省的人也会接不上的”。或者说，“你爹在那边又赌输了，脱不了身。不成器的东西，这回不能给他寄五万了，只给他寄一千，有多少他都得输出去。他活着的时候，我就没见他赢过一回”。……到了十字路口，他们用白粉在地上划好两个圆圈，然后将两份不同的纸分别放进去烧掉。火光升起以后，他们站在一旁看着：如果一个白圈里的纸钞慢慢地向与之比邻的另一个白圈里飘去，那必定是那位身为女婿的死鬼将自己贪财的手伸向他的岳母，争夺属于她的那一份。把一件事情弄乱的，不是风，而是他的手。每逢出现类似的情形，卖花盆的人都会听到母亲急躁不安地对着地上的旋风说：“张可畏，你这个不要脸的！你抢也是白抢，那笔钱已经划到我妈的名下了，户头上写着她的名字，会有人和你算账的!”

卖花盆的人熟悉这一带的很多十字路口。几乎每年临近清明节的前一两天，他都会听到有一大一小两个人慢慢地在雨里走着，他们低声说着话，缓慢地爬坡，拉着手过河，然后停下来，将手搭在眉心，向远处眺望。眺望过后，又开始走，渐渐地越走越远，消逝在雨里。

五

卖花盆的人停下车，蹲在路边，用一根筷子粗细的小木棍慢慢敲击着一个花盆。开始的一段时间，他只是在漫无目的地胡乱敲着，后来，竟渐渐地沉浸到那种单一的时断时续的清音里去了，仿佛敲花盆不是为了引来买主，而要使自身执迷不悟。

天上的云彩狼奔豕突似的奔跑着，那灰色的云显然要比白色的云凶猛得多，后者像一个娇生惯养的孩子，苍白、软弱，手无缚鸡之力，一触即碎。卖花盆的人一边聆听着清明的瓦声，一边关注着天上的情形。看样子，白云终究要被冲散，化作一些散兵游勇。只可惜天上没有茂密的草丛，没有一个藏身之处。那一团一团的灰色的云多么像地上一些可恶的人呀！卖花盆的人忧心忡忡地想道。这样下去怎么得了？

天光仿佛不久前刚刚被水洗过，亮到最高最远处竟是一个耀眼的黑点。卖花盆的人认真盯着看了一阵，眼前渐渐开始发黑，很酸的眼里流出了几滴泪水。恍惚间，他看到那无边的碧色里洇出了一些殷红的血迹般的东西，有些相互连在一起，有的是单独的一片，越洇越红。如果不是一种致命的暗伤，那又会是什么？难道是霞？是流来流去的动荡不止的彩虹？

忽然有一个人走过来，对他说：

“有直径两米的花盆没有？有多少我要多少。”

卖花盆的人停止敲击，正眼看着那个人。“你说什么？”他说道。

“我问你有直径两米的花盆没有？”那个人说，“有多少我要多少。”

卖花盆的人听到自己的耳朵里嗡嗡地叫了几声，一些麦芒似的金星在眼前胡乱飞舞，他伸出一只手使劲儿在脸前扇了几下。他已多少看出那人是在存心作怪，出难题，这以后还不知要怎么呢。于是，他笑着说道：

“瞧你说的，哪来的那么大的东西？全世界也没有那么大的花盆。”

“那是你没见过世界有多大。”那个人说，“我屋里现在就放着那么大的几个。”

“既然已经有了，怎么还要买？”卖花盆的人说，“那要占很大的地方。”

“不够用啊！”那个人做出一副人多势众的样子说道，“不瞒你说，我住的虽然说不上宽敞，可也有三十几间房（卖花盆的人听到这里被吓了一跳），就算不是每间房里都要摆花，那也得一二十个。”

“就是，”卖花盆的人说，“像伙房那些地方就不要摆了，一来浪费，二来……”

“我有七个女人。”那个人娓娓地说出后，卖花盆的人又被吓了一大跳，他吃惊地瞪大眼睛，看着对方。那个人说：

“她们谁的房间没有养花，都要怪我，不管白天黑夜，都要找我算账（说到这里，他诡秘而会意地朝卖花盆的人眨了一下眼睛，表示心照不宣，就那么回事）。我呢，是一个顶认真的人，我不是一个偏心的和喜新厌旧的人，我既然要养活她们，就要让她们每个人都满意、舒服、心满意足，要让她们每个人的房间里都有一个甚至几个大花盆。”

卖花盆的人蹲在地上，饶有兴趣地听着，他很想插几句话，但又发现什么都插不进去，他有些急躁而无奈。

“我对她们的要求一点儿也不算严，女人嘛，就是那么一种东西，她们喜欢听假话、好话，喜欢甜言蜜语。”那个人继续说道，“她们只有一个义务：每人必须给我生三个孩子。”

又是一件让卖花盆的人为之一激灵的事情。七个女人，每人生育三个孩子……卖花盆的人不禁掰着手指，替他计算起来。

“一三得三，三七……哎呀，难道你是二十一个孩子的父亲？”念念有词之后，卖花盆的人惊讶得叫出了声，“这可太能干了呀！”

“我是一个非常好说话的人。”那个人说，“我从来不重男轻女。男孩女孩儿我都喜欢，都是我的孩子。”

卖花盆的人不知所措地看着他。

“我知道你不相信我的话。”那个人说，“你可以亲自去，让你见识见识。”

说着话，那个人就伸过手来要拽，卖花盆的人立即紧张起来。卖花盆的人知道，这一带经常出事，“套白狼”“跌马马”“取经”“局诈”，有些事情邪得令人吃惊。有的人躺在路上装死，还有的人看上去像神志错乱的疯子，实际上一点儿也不疯，一肚子鬼主意。

“走吧，去看看。”那个人对卖花盆的人说，“别以为我在骗你。”

“就不去了吧，啊？”卖花盆的人说，“我今天算是开了眼了，没白出来。我知道天有多大就行了。我推着这一车东西，去哪里都不方便。你那七个女人会笑话我。”

“没关系。她们都分散着住，目前只有老六和我住在一起。”那个人说，“我的老六真难得呀！从来没给我找麻烦，看见她，我就还想多活几年。”

那个人说着说着，似乎动了真情。卖花盆的人于是就说：

“其他的那几个难道不好吗？为什么不把她们全部集中起来？这样便于你领导。”

“绝对不行。”那个人换上一副严肃的面孔，一字一顿地说道，“那会出大乱子。我不想在我家里出现无数秘密的小集团。她们相互之间的仇恨比我想象的要大得多。”

“我听说女人之间，不管她们表面上有多亲密，多要好，实际上永远隔着一层东西。”卖花盆的人说，“那是一层什么东西？”

“是吗？那需要进行研究。”那个人用手按着自己的太阳穴说道，“我没有研究过。也许是一种肠衣或蛇皮一样的东西。”

“我听说是一座山。”卖花盆的人说。

“这样说来我家里至少有六座山。走吧，去看看，去看看我山间的那些大花盆。”

有一种时断时续的喘息，一直在附近一带与他周旋、游戏。起初的时候，卖花盆的人还感到有趣、新奇，但以后渐渐地就觉得不自在了，他的眼睛被什么东西强烈地刺激着：他看到了一溜闪亮的马背，虚虚地起伏在前面的路上，水一样轻轻地波动着，摇晃不停……先前一度对他纠缠不休的那个人已经走远了，周围传来一阵短促的叫声。卖花盆的人慢慢地将自己的一只手抽出来，眼瞧着前方，视线里有一些静止不动的东西正在缓缓地向上蒸腾，朝着周围扩散。在那下面，青草按照地形的规则，不断地剪裁成各种各样的形状，有的一刀两断，各奔东西，有的暗中仍有牵连。

没有马的影子，但时刻能感到有什么东西在附近及远处不断地奔驰；没有大面积的水，但到处仿佛都有水的清光在波动、流泻，走到哪里都湿漉漉的。

卖花盆的人仰起头朝天上张望着，认真地打量。有一种很可怕很灵验的东西，一直都在暗暗地不动声色地俯看着每一个活着的人，俯看着每一个不走运的人和每一个得意扬扬的人。把那种深秋般的测试看成是神的旨意，也许一点儿也不算过分。在毫无知觉的情况下，你已经被目测过了。

一个卖醋的人就是在这个时候过来的，也是从城市那边的方向晃荡过来的，一辆旧自行车上驮着两只棕色的木桶，一路上东张西望，声嘶力竭地喊一阵，然后闭上嘴向四周看看，全身的力气从上面渐渐移到脚下，一蹿就是很长一段距离。

卖醋的人一身酸气地骑车过来时，卖花盆的人突然情不自禁地打了两个响亮的喷嚏。卖花盆的人盯着蔚蓝的天空出神地看着，渐渐感到眼前越来越黑，眩晕的体验使他感到有些天旋地转，周围的一切在不可遏制地改变着。

卖醋的人跳下车子，推着车子小跑了几步后，酱色的脸上露出了惊讶的神色。

六

有一个人，已先后很多次在卖花盆的人的梦里出现过了，那是一个看上去薄情寡义的人，白脸，嘴唇绯薄，头脑灵活，能说会道。卖花盆的人不认识那个人。这个月以来，已有三次梦见过他了。

我老是梦他有什么用啊？卖花盆的人想，我还不如梦一个脾气好、懂技术的兽医呢，他至少能给我的骡子看看病，瞧瞧它到底怎么了，然后对症下药，药到病除。

然而，就是那个不认识的人，一到了水里，就立即变成老赵了。

卖花盆的人感到非常奇怪。

老赵是卖花盆的人从前的一位好友。梦中的老赵依然不听别人的劝阻，执意要在村后的水库里游泳，不过，他并没有出事，他的水性反而看上去好极了，自由，娴熟，浪里白条，神出鬼没，仿佛世上所有的水都是他的，都听他调遣，为他所涌，他在其中想怎么扑腾就怎么扑腾。他带着一脸明亮的水珠对坐在水边的人们说：

“下来呀！快下来呀！你们怎么不下来？我踩住了一条鱼。”

一条鱼怎么能激动人心，感动别人？哪能有什么蛊惑力？更何况那是从他的嘴里说出来的一条鱼。就算他踩住一只鳖，捕获了一条传说中的美人鱼，那又怎么样？没有人主动提出要下去，尽管水面蓝得像晴空，亮得像镜子。

老赵失望地重新钻回水中。

一些人坐在水库的边上，有的油头粉面，有的满脸心事。

卖花盆的人也坐在水库的边上，如乡间的一个无所事事的傻瓜，咧着嘴，糊里糊涂地听别人说话，看老赵在水里扑腾，一会儿冒出来，一会儿沉下去，稍觉开心，脸上便浮起憨拙的笑容。然而，最使卖花盆的人感到不可思议的是，他竟看见了隔壁的那个女人，她坐在水边，笑着。卖花盆的人想，她怎么也在这里?

四周一带的青草长得很高了，有些已掩住了人们的肩头，有的簇拥着她的腰。

是的，一条小鱼哪能鼓舞他人？大鱼都不一定能够办得到。

时令好像已过了夏天，但还没有进入深秋，眼前那清澈明净的水却已像井水一样冰凉了。坐在草地上，卖花盆的人感到无边的凉意直往脸上涌。他不时地看一眼那个女人，看看她的侧着的脸，看看她的脖颈和腰，看着看着，渐渐地就想起了她的病。

卖花盆的人对老赵说，我不敢下去，我怕淹死。卖花盆的人说的是真心话。他们看见他坐在摇曳的草棵子里簌簌发抖，一开始以为他是装的。

水边有一阵子静悄悄的，人们不说话的时候则都不说，都在闭着嘴想各自的心事，一旦有个人带头说起来，众人就都随着来了，乱纷纷的，仿佛有几面铜锣夹在其中。

卖花盆的人感到自己的身上很冷。那个女人坐得离他们有一段距离，她的头发看上去很乱。卖花盆的人想，不像是被水边的风吹乱的，倒像是被他们弄乱的。

那个女人看着眼前的水。老赵在水里十分卖力地游着。

"老赵真没意思呀!"

卖花盆的人这样想着的时候，并没有感到他和老赵之间的几十年的友谊正像手掌里的水一样迅速地通过并拢的手掐指缝漏了出去，他只是看着水里的老赵，又看看水边的那个女人，忽然就对老赵感到无比的生分起来，仿佛昨天才刚刚认识他，而且一开始就没留下什么好印象。没意思呀！没意思极了！

老赵和我已经不是一条心了。

卖花盆的人低声对自己说道。人活着真没意思呀！老赵光着身体，一会儿冒出来，一会儿又钻进去，那个女人开心地大声大笑着。水库边有一些紫莹莹的鸟。

那些鸟振翅飞起来以后，卖花盆的人才吃惊地看到它们的身体的另一半竟是另一种样子：肚皮雪白，爪子鹅黄。假如它们不飞起来，一直落着不动，他会以为它们的全身都是紫的。

老赵要是也是一只鸟，那么，从前的那个老赵无疑是紫莹莹的，而直到今天，卖花盆的人才猛然看到他那雪白的肚皮和鹅黄的爪子。

那个女人面朝水坐着，分开两条腿。

前几年和去年，已经有八九个人在这里出过事了，今年还没有。满眼清澈明净的碧水，茂密的青草像防风的帐子一样在四周摇曳，太阳在高处照着，谁也不愿意，主要是不忍心将这样的一幅清凉宁静的图景与死亡或腐烂牵连在一起，残忍地拼贴起来。

卖花盆的人坐着坐着，忽然感到自己的身体向下缩了一下。老赵像是疯了，一遍遍地在人们的眼前游着，自由自在地浮上来，将自己的骨骼和肌肉展示给那个女人看。"没意思呀！老赵真是个没意思的人。"卖花盆的人将那一切看在眼里。好像再没有人站出来说他了，再也没有人管他了。

老赵不住地发出一些快活的叫声。

其实，一个人不想让别人管你，那还不容易吗？那从来就算不上一件什么难事。

老赵在那个女人的注视下，箭一般地射向远处，然后又箭一般地射回来，他站在离她最近的浅水里，露出大腿以上的部分，抹去脸上的水珠，看着她的两条分得很开的腿。

透过摇曳的细草，卖花盆的人能看到老赵的蓝色的短裤，它的里面兜满了水，紧紧地贴着那具疯狂的身体。老赵胸口的一道严重的黑毛一直延伸到肚脐以下。作为老赵的昔日的旧友，卖花盆的人太熟悉那道黑毛了，老赵有一个外号，“清一色，一条龙”，正是由此而来。

边上坐着的人，有的将腿伸进水里，轻轻地拍打着。几个人坐在清风吹拂的堤坝上，对城市里的那种空气闷热恶浊的澡堂子和大众浴池充满了深深的恐惧、厌恶和鄙视。一切的想法、爱憎，都是短促的，直来直去，甚至转瞬即逝。张笑对人们说，就在前几天，他的一位姑夫在一家堆放着无数白石头的浴室里洗澡的时候，因空气闷热恶浊而很快就晕过去了，不久以后就死了，抬出去吹风也无济于事了。张笑说着笑着，忽然闭上了嘴，不再说下去了，他发现人们都在用一种那样的眼光看着他。

毕喜对张笑说，那个人是不是你的姑夫很难说（张笑立即反驳：怎么不是?），那个浴室里是不是真有那么一个人洗着洗着就晕过去了，晕过去以后接着就死了，以后再也没有睁开眼，没有缓过来，也很难说。

张笑生气地说，难说，难说，什么都难说。照你这么说，咱们现在是不是还活着，还在喘气，那也很难说，是不是？

这还用问么。毕喜说。

卖花盆的人迷惑不解地望着毕喜，对方使他感到生分而不可接近。卖花盆的人不知不觉地吐出舌尖舔了一下干裂的嘴唇，很快又像遇到危险似的急忙缩了回去。

真有这样的人呀！卖花盆的人想，他妈的，活了大半辈子，如今竟然对自己是不是还在喘气，还在活着，表示怀疑，一个人搞不清自己到底活着还是死了，那成什么了？不光怀疑自己目前还在不在人世，还要怀疑更多的人，让更多的人都跟着他一起昏头昏脑地卷进去，把那种折磨人的问题扩散到每一个人的头上，不得了呀！那还有个完吗？……一种似笑非笑的表情停留在卖花盆的人的脸上，旁边有一个人正在对他说话，但他毫无察觉。

他正在更深入地想，他妈的，我可不能陷进去呀！不能像他那样一不小心陷到那里面去；那样的烦恼，连头绪都没有。

有一个人操着铜锣般的声音，对垂头丧气的张笑说，你有没有那样一个好洗澡的姑夫，咱们不管，他是不是洗着洗着就晕过去了，晕过去以后就死了，咱们更不管（张笑插话道：你倒是想管，你管得着吗？你以为你是谁？）。我是说，浴室里堆着那么多的白石头干什么？难道是石灰窑吗？

有人立即笑出了声。

张笑说，你也用不着这样颠三倒四、阴阳怪气地说话，你以为我是在编着哄你们玩儿吗？我编那些干什么？我能得到什么好？

又有一个人说，浴室里为什么要堆放那么多的白石头，咱们不管（张笑苦笑着插话道：他妈的，又来了，又是老一套！)，堆上黑石头和绿石头咱们也不管。我是说，发生了那么大的事，我怎么一点儿都不知道？竟从未听说。

又问另一个人，你也一点儿都不知道吗？

那个人说，我半点儿都不知道。初次，头一次听说。

张笑说，你们怎么了，到底发生了多大的事？不就死了一个人么，那能是多大的事，非得让你们也知道不可？一个人死了，就像死了一只鸡，你知道谁家这会儿又死了一只鸡？你们能说得上来吗？他妈的，说这些干什么，就算我没有姑夫好了。平白无故，我认那么一个死鬼姑夫干什么？不说他已经死了，就算他没死，还在人模狗样地活着，我又能从中得到什么？啊？我能得到什么？

有的草已经倒伏在地上，周围一带的痕迹逐渐趋于模糊。卖花盆的人抬起一张梦游般的脸，他发现，不知什么时候，那个女人已经走了。老赵也离开附近，向远处游去。

张笑望着越游越远的老赵，冷笑着说道，一个人死的时候，是没有多大的动静的，那声势有的时候甚至远不如一头猪。你现在去杀一头猪试试，一条街上的人——除了聋子都能听到它的那种临终前的惨叫，人却不多叫。

在卖花盆的人看来，张笑后来说的那些话不无道理。几乎就在同时，住在村子西端的毕喜的父亲正在咽气，而他们一群人却谁都不知道，仍然坐在水库的堤坝上。

透过晃动的青草，他们看到老赵已越游越远，谁都把他叫不回来，有人扯开铜锣般的嗓子也仍然无济于事。

毕喜打量着清静的水面，吃惊地说道，他好像要逃跑。张笑说，你又来了，他又不是一个有罪的人，逃什么！你想逃吗？我给你指一条路——

我活得好好的，我跑什么？往哪里跑？毕喜说。他走到一边，扩胸，深呼吸。不久以后，他走到离卖花盆的人不远的地方，慢慢地坐下，几棵蒲公英被压倒在他的身体下面。水里有一种草，像人的影子，像罪。

几天以后，卖花盆的人见到了披麻戴孝的毕喜。当出殡的马车夹在晃动的白幡与稀稀落落的哭声之间从他的门前缓缓经过的时候，卖花盆的人才知道又有一个人不在了。事先好像连一个招呼也没打，也没有任何的暗示，就一个人不声不响地走了。走了就走了，走了也就不再回来了。

就这样，毕喜的父亲像一只鸡一样悄悄地死去了。

七

卖醋的人从城市的那个方向一身酸气地骑过来，十分敏捷地从车子上跳下来，向卖花盆的人打着招呼。

“我早就注意到你了。”卖醋的人对卖花盆的人说道，“我早就知道这一带有个你。怎么坐在这里？”

卖花盆的人说：“你知道我？你知道我是谁？”

“怎么不知道？”卖醋的人说，“卖花盆的朋友嘛。”

“我怎么没见过你？”卖花盆的人打量着卖醋的，吃力地辨认道。

“因为你实在太粗心，其实我还是挺引人注目的。”卖醋的人说，“孟城、丰镇、黄家店一带的女人们都认识我，许多小孩子们也都认识我。周庄有一个一两岁的小孩子，说话还不太清楚，可只要一见到我便会响亮地叫我‘爸爸’。我不是他的爸爸。”

卖花盆的人说：“那是怎么回事？”

“是的，这很怪。”卖醋的人说，“我也一直没有想通，为什么街上那么多的人他谁都不叫，却唯独偏偏对我有那么大的兴趣？难道我的身上有什么与众不同的东西？”

“你的头上长着角呢。”卖花盆的人说。

“一两岁的孩子，懂什么呢？”卖醋的人说，“他们的眼睛是一面镜子，真正的照妖镜。为什么有的人，小孩子们一见了他就受惊似的哭个没完，直往大人怀里钻？据我看，那种人还不一定是什么东西转世的呢。另一种人，像我这样的，孩子们见了就显得格外亲。”

“我们村里有一个人，叫金蛋。”卖花盆的人说，“长得也并不高大，甚至也没多少力气；奇怪的是，几乎所有的狗，不管多么凶恶的狗，全都非常怕他，一看见金蛋来了，它们就都纷纷夹起尾巴溜走了。人们说，金蛋上一辈子一定是一只狼；如果不是一只狼，那么，至少也是一只豺。”

“我常在这一带跑，我怎么没见过？”卖醋的人说，“什么时候让我也见见这个金蛋，我会看相，让我看看他到底是个什么。”

“你说的那个孩子我想起来了。”卖花盆的人说，“原来是他。我在那里卖花盆的时候，他也曾管我叫‘爸爸’，小声音又清脆又入耳，我的心一软，差点儿送给他们家一只大花盆。”

“不可能吧？”卖醋的人睁大吃惊的眼睛，瞪着卖花盆的人，“怎么可能呢？他只认得我。我，明白吗？我，卖醋的人。”

他们在路边坐了一会儿。卖花盆的人多日来一直有一个疑问搁在心里，这会儿，他忍不住对卖醋的人说道：

“伙计，什么叫加盟？那是什么意思？”

“傻瓜！真是个傻瓜！”卖醋的人斜着眼看着卖花盆的人，得意地笑出了声，“连这也不知道，还要出来在这个世界上鬼混一番？听着，加盟的意思就是让你入伙。”

听他这么一说，卖花盆的人明白多了。他想起了不久前的一些往事。

前面不远处有一个村庄，隐隐的能看到那里的山墙和树，山墙的颜色有黄白两种，或高或低，树有浅黄的，还有深绿的。

卖花盆的人和卖醋的人决定到那个村庄里去。卖花盆的人边走边想，很多年前，曾经有一百多个人先后奔赴山东，加盟水泊梁山。他们中间，有些人是主动的、自愿的、积极的，天生就那样的，不那样就不行的；另外还有一些人则是被逼无奈的，起初完全可以不那样，但后来再不那样就不行了，就再也混不下去了……卖花盆的人感到自己的脑子里很乱，他非常拿不准，不知道自己算自愿的，还是被逼的，这样的尺寸是多么不好把握呀！

卖花盆的人拉着一车花盆吃力地走着，车上的绳子在他的肩头上绷得很紧。卖醋的人慢慢地蹬着车子，走在他的旁边。在卖醋的人印象里，卖花盆的人一直赶着一辆骡子车走村串户，现在却自己拉着车，难道……

又走了一段以后，卖醋的人终于忍不住问道：“你那骡子呢？死了？”

卖花盆的人停下来，他听到自己的心里“噗噗”地响了一声，仿佛被人从后面猛地刺了一下，他的脸色变得很难看，他转过头来，似笑非笑地看着卖醋的人。

“人都免不了一死，何况一个牲口呢。”卖醋的人安慰道，“怎么死的？撑死的？病死的？别是有什么珍贵的东西在作怪吧？去年，吊兰庄的一头牛得了乳腺癌，不吃不喝，每天哞哞地直叫，杀出来后，竟得了一大串牛黄。敢情是那宝贝在哞哞地叫，怕时间长了搁在它的肚子里坏掉……你没有给你的骡子开膛吗？其实你应该剥开它仔细看看，万一里面藏着什么珍奇的东西呢？反正它已经死了么，剥开瞧瞧也不算罪过。那是在为你造福呢。”

“谁说它死了？谁说它死了？”卖花盆的人仿佛在恢复体力，喘着气，有气无力地说道，“你怎么知道我的骡子死了？它没死。它今天没出来，在家里待着呢。”

“噢！”卖醋的人说，“令骡是过星期天呢，还是病了？”

“也没什么病，只是身上有点儿不舒服。”

卖花盆的人拉着车，看着前面的卖醋的人的背影，眼里不由得对他充满了憎恨。多么讨厌的一个人呀！卖花盆的人边看边想，什么都想打听打听，盼别人出事比盼自己得到牛黄还要性急，巴不得所有的人都或大或小地出点儿什么事，那样一来，他在旁边看着就舒服了。他妈的，什么东西！

车上的东西沉沉的，使卖花盆的人不能走得很快。另外，卖花盆的人还有一层意思，想摆脱卖醋的那个人，与他拉开距离。与他在一起走路、说话，卖花盆的人感到很不舒服，不时有一种大病缠身的感觉。

我一定要摆脱他，不能和他同时走进前面的那个村子。卖花盆的人暗暗地告诫自己。我要是和他绑在一起，我非病倒了不可。骡子已经病了，我要是再被闹得病了，我的那个家就全完了。

卖醋的人像一只瘟鸡一样在卖花盆的人焦躁不安的视线里不紧不慢地蠕动着，他缓慢而有力地蹬着车子，不时回头朝后面看一下，当发现与卖花盆的人拉开一段距离时，便停下来等一阵。也并不下车，只是将一只脚支在路边的石头上或某一道凸出的土坎上，嘴里哼着一种声音。

卖花盆的人尽管走得很慢，但终于还是被卖醋的人等住了。

卖花盆的人于是硬着头皮与卖醋的人一起往那个村子里走。卖花盆的人懊丧地想，命里注定要有克星，任你在路上怎么磨蹭也不起作用，终究得碰到一起，闹出些事来。白马惧青牛，猪猴不到头，鸡见狗泪长流……

卖花盆的人这样想着，渐渐感到自己的脸上的皮肉绷得很紧，发硬，极不舒服，像一件浆洗过的衣服。抬头去看时，只见那个村子里的几段白墙已在树后露了出来。

“说不定这是我的麦城。”

卖花盆的人低声说道，又听见自己的身体里“噗噗”地响了一声。

最初的情形其实并不算紧张，也说不上多么严重，但到了后来，他们吵着吵着就动了手。卖花盆的人站在一道高大的墙下，墙内传来的阵阵嘶哑生涩的锯木头的声音他似乎完全没有听见，他只感到自己的右眼上方如跑马似的跳个不停。跳得真猛烈呀！他伸出一只手去按，刚试着想松开一下手，就又跳起来了！

他妈的，这分明是要出大事呀！

卖花盆的人听到自己的身体里面又“噗噗”地响了两声，很难说那是什么声音，但他不愿意将那声音与某种器械联想到一起……一怒之下，他抬腿踢翻了其中的一桶醋。

从卖醋的人嘴里发出了一阵呜呜的哭声。卖醋的人一边哭着，一边搬起石头去砸那辆车上的花盆——至少有十只花盆很快就变成了一堆灰色的碎片。

到临近中午的时候，他们两个人都表示不活了，要血战到底，闹个明白。作为一个成年的男人，卖醋的人看到自己的几声很伤脑筋的哭叫引来了一些围观的人后，立即便住了嘴，不再哭了。他看到人群中有一个女人在笑，可以说那是一个能让他心动的很有姿色的女人，然而，就是她脸上的那种不可名状的笑容深深地刺伤了他。真是不巧呀！卖醋的人懊悔无比地想道，我那难道不是在出丑吗？当着她的面……他妈的，一切都糟透了！

卖醋的人充满仇恨地看着卖花盆的人，他的脑子还不至于太乱，他明白，眼前的这个卖花盆的家伙才是一切问题的根源，什么不是他引起的？方寸、情绪、生意、脸面、欲望、利润，甚至一腔货真价实的爱美的心肠，在一瞬间全都突然乱了，七零八落，一塌糊涂。无边的灰尘纷纷扬扬地落下来，如疏松的帘子一样垂在他的眼前。

他感到那灰尘落到他的心上了。

……

正是中午，围观的人中，立即有好事者去告诉村主任。村主任正在与一个胖子下棋，对方的诡异的手段和刁钻的套路使他一筹莫展，不住地冒汗。村主任一开始没听明白，只是不耐烦地对来人说，什么事，这也来找我？打了一个花盆也来找我？洒了一瓶醋也来找我？我成了什么了？公羊？种猪？我官再小，再不值钱，也不至于这样。花盆打了就打了，打了再买去！我这里损失才大呢，两门炮，两只车，转眼就没了，我找谁说去？

报信的人急躁而又不失耐性地对村主任说道，不是的，不是那么回事，是这么回事：有两个咱们谁也不认识的家伙，一个是卖醋的，另一个卖花盆的，他们在咱们村中央的街上打得不可开交，满街醋味，满眼碎片。

卖的又不是同一种东西，怎么会打起来呢？村主任迷惑不解地问道。

那得去问他们。报信的人说，他们像是疯了，疯了也要闹个明白。

村主任歪着头想了一阵，说道，多叫几个人，把那两个王八蛋扔出去！让他们想去哪里打，打去，别让他们的肮脏的血溅到村里的墙上。想闹个明白还不容易吗？等天一黑，他们就什么都明白了。

村主任的一番话全是肺腑之言。再过两天，就会有人光临他们这个在各方面都属上乘的村子，进行参观学习和指导。村里村外的墙壁刚刚粉刷一新，街道也扫过了。

在那雪白的墙上，无论溅上发黄的醋渍，还是暗红的血迹，都将会显得很不好看，那比在墙上乱写乱画还要难看上许多，更加不雅。

八

他们被从那个美丽整洁的村庄里逐出来以后，两个人坐在河边的树下。卖花盆的人点了一支烟，狠狠吸了几口后，又开始骂，却不见卖醋的人还口。仔细看时，发现卖醋的人正在嚼着随身携带的干粮，嘴里塞得满满的，两只眼睛却瞪着这边。

“先不要骂他了，”卖花盆的人想，“等他吃完了，我再骂他，这会儿骂他，他也不能还口。真是个王八蛋呀！他妈的，那么多的花盆全毁在他的手里了。”

卖花盆的人没有带干粮，只好一支接一支地吸烟。到这时他才猛然发现，卖醋的那个家伙不能说不精明，出门还带着干粮，仿佛就是为了与人吵架而专门预备的。日常生活中，那一定是个挖空心思、绞尽脑汁、滑得不能再滑的家伙，谁住在他隔壁，做了他的邻居，都会叫苦连天，受不了。

我也受不了呀！

他一面注视着那边的动静，一面暗暗地对自己说道。

不久，树上有什么东西掉到了卖醋的人的脸上。卖醋的人停止咀嚼，先用手摸了一下自己的脸，然后仰头去看。头顶上面是一树扶疏茂盛的枝叶，树上面是天，露在枝叶之间。中午已过了，蝉在树荫里像振响的铁叶似的叫着。

卖醋的人吃完一块干粮，在身上摸索了一阵后，很快手上又拿了一块出来，灰色的，有普通的一块砖头的四分之一那么大，也不知是什么东西，放在嘴边吹了吹，不似先前那样狼吞虎咽、一鼓作气，而是慢条斯理地一点一点地往嘴里送，看上去像一位尊贵的客人。

怎么吃起来就没完了？卖花盆的人瞪着眼睛，心急如焚地看着那个卖醋的人。看上去也不像是什么可口的东西，而卖醋的人却宝贝似的护着。卖花盆的人又说服自己等了一阵，见那边还是没有什么动静，便率先从树下站起来，对那个卖醋的人说：

“我也不和你吵了。你打碎我十个花盆，算我倒霉，我并不想让你全部赔偿；你只要赔我五个，咱们就各走各的，行不行？我不想待下去了，我一分钟也不想再看见你了。”

“我的醋呢？”卖醋的人说，“你踢翻了我的一桶醋，就没事了？光往里糊涂？我知道你是个糊涂人，可你不能光往里糊涂。”

“我糊涂？”卖花盆的人说，“你的醋像尿一样能值几个钱！”

“你的盆子像尿盆一样，又能值多少？”卖醋的人说。

“我最大的花盆，一个要卖七十呢。”卖花盆的人说。

“你还想卖七百呢，没有人搭理你，不是吗？”卖醋的人说，“我又不是不知道，你在这一带已经像狗一样转悠了好久了，喊破了嗓子，只出手了几个小尿盆。”

停了一会儿，卖醋的人神色严峻地问道：“这么说，你也不准备赔我的醋了？”

“那就再打？”卖花盆的人说。

“打就打！反正晌午饭我已经吃过了，正要活动活动。”卖醋的人边说边从树下站了起来，不无夸张地活动了几下自己的身体（一看见他这种样子，卖花盆的人立即便想起老赵了：老赵在那个女人面前也是这样一副样子，夸张，显派，炫耀，肌肉，骨骼，体毛，一切能用的都拼命搬出来用，一切不能用的，也要想办法变废为宝。没意思呀！他妈的，老赵，还有眼前的这个卖醋的人，都是一些非常没意思的人，不知道他们到底要干什么），然后宣布秘密似的说道：

“不瞒你说，每天吃过饭以后，我都要多少活动活动，这已形成习惯了。”

“来活动吧，你这个二流子！”卖花盆的人说着，努力睁大眼睛，他感到自己很疲倦，睡意似乎正在远远地袭来……恍惚中，他看到对面的卖醋的人渐渐矮了下去，变得越来越小，似乎是谁家的一个不懂事的孩子，说不上是腼腆羞惭，还是顽劣无常。收拾这么一个小东西，太容易了呀！惊喜的心情是无限的，很难用什么东西来界定。倦意如摇晃不定的蛇头，在他的眼前高高翘起，又匍匐而行。

“来呀！”卖醋的人尖声叫道，龇着牙，在自己的旧自行车前走来走去，他决心将桶里剩下的一部分酸水在对方扑过来的时候，全部倾泻到他的脸上去。是的，就这么干。他很清楚，从某种意义上来说，那早已不完全是纯粹的醋了，早上临出门前，他还又加了一瓢水进去，捡来的钞票不是钱，谈不上有多么心疼。

卖花盆的人没有立即过来，他只是站在自己的花盆前，对卖醋的人说：

“你叫唤什么？你就不怕我一拳把你打死，打成一个废物？”

“你看看你，你都快睡着了，还想打我？”卖醋的人冷笑着说道，“你要是想死，就赶快过来，让我来趁热打铁，打发你上路——我干这事最拿手了。”

“你是一个没有心肠的人。”卖花盆的人说，“你一点儿也不为你的老婆孩子着想，你就不怕他们成为可怜的孤儿寡母？”

“还是先想想你自己的后事吧。”卖醋的人镇定自若、胸有成竹地说道，“到了阴间，我不一定再卖醋了；而你，——还是一个卖花盆的，还得扯着嗓子到处叫卖。”

“你不卖醋你想干什么？你想说你另有安排？”卖花盆的人说，“你的那副嘴脸告诉我，你天生就是个卖醋的。”

“我是不怎么样，”卖醋的人说，“但和你比起来，我至少可以弄个乡长、镇长干干，绰绰有余。”

“你别提这升迁发达的事，你想把我羞死吗？”卖花盆的人说，“你要是能当乡长，我至少也是一个县长——你的父母官！那也是因为我不太会混，几起几落，耽搁下了。”

“你也想当县长？”卖醋的人盯着卖花盆的人看了一阵，忽然笑出了声，“猪上树，牛吃赶车的，有这事吗？你要是县长，八年前我就是市长了。”

“你要是市长，我早就是省长、省主席了。”卖花盆的人说。

“你要是省长，那我就更大得不得了啦。”卖醋的人跳着脚说道，“你哪能想见我就见我，嗯？恐怕提前一年预约也不成，知道吗？我很忙，没时间注意你们这些芥末一样的人。对了，你只能坐在电视机前看看我，看我每天在这个热闹的世界上飞来飞去。你过得一点儿也不快活，你就会不停地责备自己，你就会想：当年，我要是稍微约束一下自己，不和电视上的这个人吵架，那该有多好啊！一切就全都是另一种样子了。你埋怨自己见识短，没长后眼，坐失良机，你只能对你的女人、孩子们用吹牛的方式掩盖你自己的不足和失败。你对她们说，当年，我和电视上的这个人吵过架，从郊区吵到一个山清水秀的村里，后来又从村里吵到村外——你隐瞒了被那个村里的人赶出来的事实——闹得不可开交，他打了我几个——你不说十个，而是说几个——花盆，我一怒之下踢翻他的两桶——你虚报了一桶——醋。听了你的故事，你的家人们并不被感动，你的子女们都会起来攻击你，说你愚蠢、短视，简直他妈的蠢透了，一点儿头脑也没有，他们为有你这样的父亲而感到羞辱，感到不安和绝望，感到走投无路。一家人，包括你的女人在内，都不想要你了。而且，更可怕的是，他们正在秘密地策划一件事情—— 一件对你非常不妙的事情，那事情，可以称得上是一个不折不扣的阴谋。”

“怎么，他们那是要干什么?”卖花盆的人感到自己被一种严密而无边无际的东西罩住了，他双唇干裂，吃力地喘息着。在卖醋的人的眼里，他如同一个刚刚从山里被捕获回来的动物，惊魂未定、不知所措……卖醋的人看着看着，不禁笑了起来。

“你笑什么?”卖花盆的人盯着他，很快向这边走来，声音急促地说道，“你告诉我，他们是不是要谋害我，暗算我?”

“是的，我担心的正是这个，发生在民间，尤其是乡下的命案，一般都是这样的。”卖醋的人说，“你身边的人太危险了，一边是一个有野心有姿色，永远不能满足的女人；另一边是一群跟着起哄的孩子。你自己什么事都办不了，百无一用，他们要你干什么?”

“我该怎么办?”卖花盆的人用求助的眼光看着卖醋的人，从喉咙深处发出一声喑哑的征询，期望能求得一个主意。对方的满身的醋味他已闻不到了，他早已忘记了其身份与职业，不知不觉中已然将其视为一种可靠的标志，一切的主张、信念、方法，都将源源地从那里涌来。……然而，那个可靠的人却酸溜溜地说：

“没有什么特别好的办法，先出去躲一段时间再说吧。”

“躲一段时间？”一段时间又有多久？能躲到哪里去呢？卖花盆的人茫然四顾，天空不知什么时候已变得阴暗起来，树下渐渐有了风，先在树的枝叶中间波动、涌泻，慢慢地流出来，在树下成形，成为一种起源或开始——事实上那并不是一种开始。

卖花盆的人在有风的树下走了一阵，脑子里忽然感到清醒了，于是，他像一只迷途知返的黑山羊一样，一边迅速地斟酌、判断，一边急忙跑到卖醋的人的面前，费力地说道：“胡说！你刚才所有的那些都是在胡说！我没有家室，身边又哪来的那些危险的人？没有人要谋害我。我孤身一人，还有一头身体不大舒服的骡子……”说到这里，他看看卖醋的人，见那一位站在那里，安心地笑着，不禁感到后怕起来。眼前的这绕来绕去的圈套才是一个真正的诡计，再紊乱一会儿，再拖延一会儿，就什么都实现了。

真是可怕呀！卖花盆的人吃惊地想道。差一点儿卷进去！一旦卷到那里面去，剩下的就只有顺水漂走了，什么补救的办法都没有，也不会出现奇迹。河边没有奇迹，只有不可思议的猜忌、妄断和疑云。

卖醋的人天生有一种妖言惑众的能力。卖花盆的人早已说服自己听信了那一套，恍惚间，他也仿佛真切地看到自己的屋里有一个漂亮而不贤惠的女人。那是谁？当然是他的不贞的妻子，为她的那些事，他几乎伤透了脑子，伤透了心。她无端地摆动自己的大腿，表情暧昧，意义过剩……另外，也似乎真的还有一群没有心肠的、猫头鹰似的孩子。

假如不是因为没有清晰的方向，找不到一个明确的去处，卖花盆的人早就听信了卖醋的人的一番描述，丢下现有的一切，独自弃家逃跑了。为了躲避那谋害或暗算，也值得这么做。

“多么危险呀！我差一点儿不顾一切地跑了。”卖花盆的人不无侥幸地想道，“要是再晚一点儿察觉……但毕竟没跑。”卖花盆的人想，就算我是个货真价实的二傻子也没关系，只要多打几个定夺，多琢磨几回，就不至于闹出太糟的事情来。好啊，人活着多好呀！动脑子是一件多么有趣的事呀！

“我的家里只有我一个人，”卖花盆的人恢复了常态，心安理得地对卖醋的人说道，“什么事也不会发生。我没有滥情的女人，更没有你说的那种丧天良的、没孝心的、秃鸱怪（猫头鹰）一样的子女。一般人有的那些乱七八糟的东西，我都没有。”

“这样好，这样最好。”卖醋的人笑着说，“省得将来麻烦。”

不久以后，天上下起了小雨。

卖醋的人抬头朝天上看看，伸手从怀中扯出一团嚓嚓作响的东西，展开后，竟是一件简易的雨衣。

“我不如他呀！”卖花盆的人呆呆地看着，暗自感叹道。他把什么都想到了，十年以后的事都被他计划到了，安排得妥帖而没有闪失。多么细心的人呀！出门带着雨衣，雨衣里夹着能够充饥，能够给人以力气和胆量的干粮。不得了呀！并不是每个人都能让自己有效地延伸、扩散，越洇越重。卖花盆的人惊讶地意识到自己多年以来的生活有些糟，谈不上正规，即便别人不说什么，自己也觉得很是不堪。

“我要回家呀。”卖醋的人将雨衣披在身上，抬腿骑到自行车上，对卖花盆的人说，“你还要去哪里？”

“我也要回家。”卖花盆的人站在雨里，轻声说道。

他的声音听上去显得非常遥远。卖醋的人临走前脸上露出一丝疑惑的神色。走出没多远，卖醋的人回头大声说道：

“老弟，你要记住，你是一个有福的人。”

说过之后，卖醋的人并未远走，他知道卖花盆的人一定要问个为什么；但等了一阵，却没有任何动静，回头再看时，见卖花盆的人站在雨里，像一棵没有枝叶的枯树。于是，卖醋的人只好自己补充道：“因为你没有那些乱七八糟的东西，没有那些乱七八糟的人和事。”

九

不断地有人利用各种各样的方法向隔壁院里的那个女人守恒地献殷勤：劳动、恭顺、奉承、缠绵……。卖花盆的人看在眼里，每次从外面回来以后，他都想迫使自己成为一个心细如丝的人。多注意注意有什么不好？他时时这样对自己说。隔壁的院里常响起沙沙的声音，有很长一段时间，他不知道那是怎么回事。

在有月亮的晚上，卖花盆的人用一根筷子轻轻地敲击着某些不易出手的存货，它们使他感到眼熟，感到越来越没有距离。它们多像一些嫁不出去的姑娘啊！是的，不是没人要，不是本身有什么问题或难言之隐，也不是过于挑剔，横竖不对，很难说那是什么！卖花盆的人一直找不到真正的原因，他长久地坐在那里，有时孤零零地站在月光下。

有一个人，每到黄昏时分，就准时地到隔壁的院里来了，来找她。在窗外的葡萄架下，他一站就是很久，脸上流露出无限的深情和耐性，等她出来，或者他最终进去。那种时候，她在干什么呢？正在精心地梳妆、修饰……隔着墙头，卖花盆的人能闻到一种芬芳馥郁的香气如烟纱一样在远处展开，渐渐笼罩过来。

尽管显现在葡萄架下面的那张脸是一个异常陌生的面孔，但卖花盆的人不相信自己会不认识他。从前，我们是多么的熟呀！谁有什么，互相都清清楚楚。卖花盆的人心绪不平静地想道。别想瞒过我的眼睛，别以为我不认识你！我知道你，你是改头换面后的老赵。

就是这样。最初他在隔壁的院里刚一出现，卖花盆的人就很快注意到他了，尽管门前稠密的枝叶遮挡着他的脸，表面上看他不是老赵，但从本质上来说，他一定是老赵。

老赵一次一次地来，推开藤蔓掩映的小门，穿过湿润的过道，大胆地进来。“他已完全把我忘了。”每次听到隔壁的院里传来清晰的水声，卖花盆的人都会伤心地思前想后、抚今追昔。使卖花盆的人感到吃惊的是，一向扬扬得意的老赵竟也有一筹莫展的时候，有好几次，卖花盆的人看到老赵一个人站在窗外那阴森幽湿的葡萄架下面，既不进去，也不离去，仅仅几个月的时间，他的脸已变得一片黧黑，令人难以置信。这样的时候，卖花盆的人就会隐约猜到老赵和那个女人之间出现了某种是非曲直，甚至阴错阳差的误解。对老赵而言，打击，瓦解，摧毁，改头换面，重新开始，似乎说什么都不算过分。那一切都来得很快，先使他猝不及防，欣喜若狂；继而又感到难以招架，劳心伤神，断断续续，零零碎碎。

透过墙上的缝隙，卖花盆的人感到自己已多少知道了一些。

不知从什么时候开始，老赵也变得很矫情，每每令人难以忍受。卖醋的那个人就够得上一个地道的酸人了，竟然在他之外还有比他更甚的人。过了很久，老赵还是那样。一只螳螂从葡萄架上跳下来，在他的肩上爬了一阵后，很快不见了。他的脸正从枝叶的阴影间慢慢分离出来。

那个女人从屋里出来了，卖花盆的人听见从自己的胸前传来“噗”的一声，他的脸在半明半暗的光线里变得很白。一个时期以来，他总是在猝不及防的时候突然听到那不祥的声音。“我这是怎么了?”卖花盆的人对自己说，“我又有多大的把握呢?我难道要比他强上许多吗?”骡子在石槽前很秀气地一小口一小口地喝着槽里的水，像一个挑剔而变态的女人。它的情形时好时坏，仿佛有一种东西在暗中控制着它，一切都由不得它自己。不但它如此，有些时候，兽医也被那种无形的烦恼控制着、左右着，且干且退，无计可施。

有一种相对保险的含糊的退路，常常给人以一定程度上的遮蔽与护卫，不至于使你伤得太厉害，不至于使你的心完全变凉。

有时候不需要踩梯子，从墙的这面望过去，可以看到她栽种的番茄已开始挂果了，稍大一些的已接近于小孩的拳头，浅青浅绿的果实垂挂在旁边，成为她的一部分。

老赵的身上潜伏着一种献媚的本领，多年来那种天生的东西一直未曾有过表露的时候；卖花盆的人自从开始见识以后，那种东西总是常常使他自觉不自觉地想起流传在乡间的牛瘟，想起盛开在村里村外和山岗上的有着粉色花瓣的——糯米状的——“鬼辣椒”。

“老天爷还是有眼的，”老赵媚笑着对那个女人说，“比如像你这样的人，他就格外开恩、爱惜：你看看你这个院子，你栽什么就活什么。你要是在土里随便插一根烧火的棍子，我相信它用不了多久也能长出叶子，开出花来。”

老赵的甜蜜的恭维使她的脸上涌起红晕。卖花盆的人咬牙切齿地窥视着，他总算看清老赵了，为了接近她，使她更加欢心、满意，什么样的话老赵都能顺顺溜溜地说出来，什么样的事也都能不红不白地做出来。卖花盆的人想，我在路上随便遇到一个什么人，那也要比熟悉老赵熟悉得多。

然而，那个女人却谦逊地说：“不见得吧？他一年四季让我生病，也是他的恩赐吗？我的病要好了，我宁愿……

“到底是什么上面的病？”

老赵压住声音，低低地问道。卖花盆的人吃惊地看到老赵问过那话以后，突然向下缩去，像是矮了一截，像是要立即遁入脚下的松软的土里，他的头垂在葡萄的枝叶下面……

卖花盆的人先是屏声敛气地看着，后来毛骨悚然地打了一个冷战。

过了一会儿，卖花盆的人看到老赵又恢复了原样，他很重地呼吸的时候，旁边的一些薄薄的叶子随着一起振动、起伏，摆出立即要飘然离去的样子。

“哪里有十全十美的人呢?”老赵对那个女人说，“很少有那样的人呀！人活在世上，总得让你不时地有点儿小麻烦、大困难、不痛快。那些乱七八糟的东西逼着你去动脑子，想方设法，费精力，费体力。事情解决了以后，就像刚从肩上卸下一口袋粮食，或者一只磨盘似的车轮，坐在树荫下擦擦汗，喝口水，又累又舒服——这是劳动人民的特有的幸福，不劳动的人是体会不到的。

“要是没有那些小麻烦、大困难，人就既不知道累，也不明白什么叫舒服。咱们用手去挠牛的脖子或胯下，牛为什么不笑?我以为它不是拼命克制，而是不知道什么叫痒，不明白那是怎么回事。

“要是遇到的事情一件也解决不了，那就注定一辈子要活在困难里，天天麻烦。——有很多人，一辈子没有痛快过一天。”

草丛里不时飘起一些吱吱的细碎的声音。老赵抬起一只手，突然放在自己的另一只臂膀上——他捉住一只蚊子，放在指尖上认真瞧着，脸上浮现出一种罕见的欣慰。

……从前，在水库边的堤坝上，柔软的青草迎风起舞，鹰在山谷的上空盘旋着，一俟时机成熟，便会突然来到地面上，张开宽大的怀，抱走一只正在吃草的羊，然后又稳稳当当地展翅而去。老赵说，活了多少年，我们原来都是一些眉目不清、毫无面子的人，我们都是一些羊，软弱、窝囊，不但谈不上趾高气扬，侵占别人，而且连自己的性命与仅有的一点利益都看守不住，乃至一丛最不起眼的沙蓬都得让给别人，不让不行。干任何一件事情都如同登天，比登天还要难上许多。无论什么时候，无论在哪里，别指望会有谁给你留面子，别指望谁会把你放在眼里，没有人会考虑你的请求，也没有人顾忌你。我们被杀的时候，最多不过咩咩地干叫两声，那也算是比较有血性的……老赵泪流满面的样子给周围的人们留下了很深的印象。

一个曾经多么好高骛远的人啊！

十

时光擦着树木的边缘在村外的大道上奔驰着，人们住在村里，谁也不曾对其多加留意，一切仿佛都远在天边。一件能够在中午时分干完的事情，完全可以放到当天晚上甚至几天以后，这样做丝毫没有什么不妥。

什么人在频频地看表，不停地计划？一个很无聊的女人？一个恶心的男人？

卖花盆的人在一只缺了大半个边儿的花盆里加入两瓢水，然后将那个破盆放到南边的墙下。这样的残花败柳般的货色像一个年老色衰的女人，已注定不能再出手了，拉到市上只会遭人耻笑，使其他那些完好无损的受到连累。

这些天来，经常有一只焦渴万分的狗跑到他这里来找水喝，喝过后又急匆匆地夹着一条已没有多少毛的尾巴离去。一开始的时候，那条狗试探性地站在街上向这个院里张望，当看到并确信院里仅有一头躺着的骡子时，便小心翼翼地走进来了。一个长条的石头槽里盛着清水，那是卖花盆的人为自己的骡子预备的。不管骡子喝不喝，作为一个伤心的情绪低落的主人，他每天无论多忙，都要将石头槽子里的水换一次。

那只狗缓缓地从外面走进来，卖花盆的人在屋里看得真真切切——那是一只年纪很大的狗，走起来的时候老态龙钟，一副饱经沧桑的样子，对周围的一切都已不大关心，不怎么在乎了。它的眼里几乎装不进什么，它看着石头槽里的清水，然后低下头去喝。卖花盆的人从屋里出来，站在一旁注视着它。那年老的狗喝过水后，抬起头看了一眼卖花盆的人，然后又像来时一样缓缓地走出去了。

完完全全一副老祖母的样子。卖花盆的人这样想着，走出自己的院子，向两边观望，只见那位“老祖母”正蹒跚着从几棵黄绿的树下走过。几只轻浮的鸡在附近一带聒噪、忸怩，“老祖母”视而不见。

记忆中从来没有出现过这样的形象。这件既开眼界又长见识的事使他不禁感到有一些冲动，这样的活生生的一课不是每个人都能幸遇的，有多少人一生都挨不上。是的，一定要另外单独准备一个盆子，每天换一盆清水。卖花盆的人一项一项地盘算着，回到自己的院里。他想到了怠慢，想到了不义。卖花盆的人感到自己还不是一个不义之人，那么，他当然更不会怠慢那位远道而来的、焦渴万分的“老祖母”，不给它水喝，不是他这样的人能做得出来的。只怕不肯来呢！来了才说明眼里还有他。

卖花盆的人在自己的小小的院子里走着，做着一些该做的事。如果他自己不出去，从来也没有人会在外面叫他的门，或者径直进来，整整一天，一个月，一年，也不会有什么动静。有时，他干着活儿，会突然停住手，自己对自己说：

“那么大一个世界，那么多的人，各种各样的人，形形色色的人，没有一个人瞧得起我。我要是不先开口，没有一个人会主动与我说话。”

有一次，他正在屋里给骡子拌料，忽然听到自己的街门被人拍得很响，他放下手里的东西，跌跌撞撞地跑出去。他很不适应这样的声音，这样的声音使他感到心慌意乱、六神无主，身上的一切都像佩戴的饰物一样在混乱无序地振响、跳动……门开后，外面站着一个生人，一看见他出来，就立即将一个戴着橡皮软塞的瓶子举到他的脸前，高声问道：

“要奶瓶子吗？想要塑料的，还是玻璃的？塑料的烫手，玻璃的容易爆炸，我这里有磁化的。”说着，又举出一个。

“进来说。”卖花盆的人让开自己的身体，对那个陌生人说道，“你的这东西我不要，我要它没有用。你知道，我没有孩子，一个都没有。我一个人过。明年，我就快四十岁了，我不能举着奶瓶子喝水。我不想把人们笑死。”

“不要就算了，还说这些干什么！你有没有孩子，我怎么知道？”那个人气呼呼地收起自己那一套，转身离去。

“我真的没有孩子，不信你进来看。”卖花盆的人说，“里里外外不是粮食，就是工具，连一件孩子的玩具都没有。”

晚些时候，又一位曾经沧海的“老祖母”借着黄昏的夕照，正在大摇大摆地穿街而过。——那是一只体态硕大，须毛皆白的老鼠，老得已快走不动了，从谷仓的那边走来，在人们的呐喊声中，不慌不忙地向农机管理站的方向走去。夕阳的余晖披在它的身上，使它镀了金，它步履蹒跚，每走一步，仿佛都要在途中留下某种纪念性的东西，留下它的气息或并不存在的金色，它的迟缓而沉默的影子使坐在墙边的一些老人受到了震动。我活了八十多岁，从来没见过这么从容大方的耗子。老家伙那眼里有谁？谁都没有，谁都不在它的眼里。一个人活到那个分上，还有什么可怕的呢？卖花盆的人心事重重地想道。没有什么大不了的了，没有什么了不起的了，一切都小得不能再小，有时肉眼几乎都快看不到了。……也许，那才是真正的遗忘，真正的目空一切？

卖花盆的人站在光线稀薄的街上，惊异的目光向前面寻望着，追随着，一直目睹着它的富态的身影最终消失在农机管理站凌乱寂静的院里。它难道很适应柴油的气味吗？马达和水泵的刺耳的突突声也不在乎吗？司机们随随便便掏出来的僵直而丑恶的生殖器也不值得它避讳吗？好像是什么都不再要紧了，街道是普通的街道，溜达在街道上的人更是普通得不能再普通的一些人，农机站的内外也没有什么怪事。几乎难得有一件有什么刺激意义的事。

不论任何时候，只要一出现在他的面前，那只狗总是显得焦渴万分。卖花盆的人回到自己的院子里以后，它已经来了，正在石头槽子前喝水。眼前的情形使他不由得一阵感动。他站在它的后面，看着它的苍老的毛。很显然，它已习惯了这个石头槽子里的水，它一点儿也不知道它自己的水盛在一只花盆里。灰色的花盆，会在它饮水时发出某种相应的声音。仅仅几次，就已经熟了。喝足了水以后，它抬起头望着他。卖花盆的人此时垂手立在一边，目光柔柔的，像一个忠实的仆役。

“你知道我是谁吗？认识我吗？不认识？我是一个卖花盆的人。”

他的心情在流淌，有源头，却感觉不到流向与最终的去处。看到它对眼前的一槽清水不再感兴趣时，便小声问道：

“老人家，您还需要点儿什么？”

十一

有一段时间了，老赵没有出现过。那些天，每当吃过晚饭之后，卖花盆的人都会看到有一个年轻的姑娘悄悄地走进隔壁的院里，先在阴湿墨绿的葡萄架下停留一阵，然后走进屋里。

卖花盆的人不知道那是哪家的姑娘。在墙的这边，他能勉强听到她们说话的声音，但无论如何不知道她们在说什么。有好几天，他一直在想两个女人在一起住，会说些什么？说得最多的是什么？一个中年的妇人和一个年轻的姑娘，她们睡在一个屋里的时候，说的又是些什么？这些没有答案的问题使卖花盆的人很伤脑子，常常想着想着就开始头疼，渐渐的越来越感到昏昏沉沉——只有当他感到自己有些狗拿耗子的时候，才会暂时抛开那些恼人的问题。

有时候，天气温暖，熏风和煦，隔壁的女人便会站在街门口，远远地望着那个纤细、文静的姑娘从月光下轻轻走来，她像一只清纯无邪而又心慌意乱的小鹿一样闪现在那个女人的视线里，又如同信使一样停留在卖花盆的人的记忆中，使他不得不考虑她是谁？从哪里来？为什么来？是暂时住一段，还是住下就不走了？她为什么要和那个中年女人住在一起？她们是怎么回事？她的胆量难道要比那女人大得多吗？当外面响起某种动静的时候，她的年轻的身体说不定战栗得很厉害，她会紧紧地抓着那个女人的手，长长的头发披泻在脸前。那种时候，人届中年的她反而安慰她、爱抚她。无论从哪个方面来说，一个中年的妇女都没有理由比一个十八九岁的年轻姑娘更显得害怕，更加不安。长期在病（？）中的女人，相信对很多东西已不再忌讳，甚至连曾经有过的对某种事物的畏惧之心也会日渐丧失，丢得干干净净。她知道自己的病，了解它的范围和程度吗？她们一边铺床一边说话，恐惧和不安被压入黑暗，扫地出门。近来，她的气色相当不错，身体结实、丰腴，充满弹性。那样的一种略显松弛的状态与年轻的姑娘们过于绷紧的皮肤又不尽相同。那个姑娘安安静静地坐在她的对面，坐在铺开的松软的被褥上，她多么像一个离开闺中不久的新娘呀！是的，早晚会有那么一天的。

天气不好的夜晚里，村里的人们很早便都睡了。她和那个姑娘当然不是睡得最晚的。她们坐在灯下，火上煎着她的药，来自山野的清苦的滋味熏染着她们。街上在刮风，附近一带的人家的松动的门窗在风中呱嗒呱嗒地响着，每隔一会儿，她们当中或者谁，就得去翻翻那乌黑的药汁。

夜深以后，她们灭了灯，屋子里只剩下一些忽明忽暗的火焰的亮光。火焰的形状在很多的时候像是用不规则的纸剪出来的。有一段时间——连续两三天——那姑娘心神不定，甚至连外面的衣服都不敢脱，总感到有人在窗外站着，在暗中窥视着她们。这个像鹿一样胆小的姑娘，宁愿睁着眼睛坐在黑暗里，呼吸着药味，注视着火光。她告诉那个比她年长十几岁的女人，说自己遇到一位医生，既懂西医，又精通中医，算是难得。

长期生病使那个女人先后认识了不下十几名医生，那中间有中有西，他们互相排斥、诋毁，她的病一直在时光中徘徊……西医对中医疾恶如仇，而又不屑一顾，自认为真理在自己手中，自己就是科学的化身。中医又是多么地不信任西医呀！他们笼统地将所有的西药制品视为图财害命的毒药，将手术刀视为杀人不眨眼的屠刀！他们又无论如何看不清自己的腐朽、愚昧和偏狭，某些医病的方法乌烟瘴气，形同巫术！多少年来，两种医生就这样互不相容，恶性循环，不知耽误了多少人的性命。有一位富有经验的中医，化瘀祛风很有一套，但近来却热衷于配药，专门研制一些使妇女皮肤丰美的方子。具体做法是：将大量的胡椒粉一样的散面装入提前购回的空胶囊内，然后按粒出售。表现在女人的身体上，那药追求的是美白、润泽。有一段时间，这个女人天天服用，身心在安慰中舒卷如云，沃野一样肥美。

夜深时分，服过药以后，她们在干什么呢？很难说她们在干什么。卖花盆的人站在墙的这边，耐心地打量着隔壁窗户上一个又一个的安详的菱形。灯光仿佛是从缭乱的木纹间透出来的，但显然又不是，倒是那木头的形状与花纹被月色洗得十分青白。

隔着墙头，卖花盆的人仔细地想象着两个女人在一起睡觉时的情形。那是怎样的一种情景？很不好推断呀！脑子里的图画，有些需要裁剪，有些裁又不是补又不是，就那么一直空着，没有什么东西能让它显得合理而有情有趣。

“是不是所有的空白都得填满？”

卖花盆的人背靠着院墙，小声地问自己。白日里阳光的余温仍然滞留在墙上，这使得他不再感到自己是一个没有根基，没有依靠的人。我的背后有东西，有很高很硬的东西，牢固、结实，而且还时时传递着静悄悄的温热。

“不一定我就比所有的人都差。”

这样的念头刚一闪现，立即就被他抓住了。他在黑暗中使着劲……

卖花盆的人仰起头，望着隔壁窗户上的那种水一样的灯光——

随着时光的流逝，某些不容易成形结晶的问题，已被他琢磨得很光滑很尖锐了，这是他的一种直觉。

“那多半是对的。”

他对自己说。然而，过后不久，马上又意识到不满足。“不行！还得一直深入下去才是。”事实也正是如此。浅浅的一湾水不过是一种表面的流闪，真正伤脑子、卖力气的时候还在后面。很多时候，他分不清哪个是直觉，哪个是经验。面对那个阴森幽静的葡萄架，他常常说不出话来，感到一种钻心的疼痛，却又很难觉出在哪个部位。面对那些，他只能像一个哑巴一样把长久以来积在心里的事情悄悄地颠倒一下，换个方向，挪挪位置，变变颜色，仅此而已；属于疑团的，也不过多留意一眼，很难认真计较。

老赵走了，那个姑娘来了。

老赵为什么不再来了？暑天已过去，他没有理由再泡在水里了。最主要的是，没有那个女人在一边看着，不住地发出阵阵撩人的笑声，老赵是不会认真在水里待多久的。明摆着的事，他所做的一切，主要是为了她，没有她在场，一切恐怕都谈不上，没有什么别的人和事能让老赵心甘情愿地卖力，做这做那。卖花盆的人很清楚老赵是一个怎样的人。

一个好高骛远的人，是不适宜在乡村，尤其是穷乡僻壤里居住的；郁闷、愁苦、寂寞、贫困，那样的一些东西慢慢地就会对他形成严重的梗阻，叫他走投无路。时间一长，街上的每一根草，每一块不起眼的小石子，甚至一滴水，对他来说都可以算得上是一种致命的障碍，都可以轻而易举地将他绊倒，让他像一块玻璃一样跌得粉碎。另外的阴雨、尘埃、漫无止境的黑暗、干燥、潮湿、恶心、绝望……那样的折磨比某些探亲访友的人遇到天灾人祸的阻隔更为直接而深入，后者只是感到日益焦虑，虚火攻心，渴望及早离去，一分一秒也不愿意再多滞留，说不上复杂、心碎，更谈不上有多么致命。

然而，就在那片灰色的背景里，人们接近于枯黄或奄奄一息的时候，隔壁的那个女人开始出现了——她如同一片流水。首先被救活，挺起腰杆，精神一日强似一日的就是老赵。……为什么第一个被雨露沁透的人竟是老赵？卖花盆的人想。“不应该是他呀！他有什么功劳？是我最早发现她的，她住在我的隔壁，我和她距离最近、最短，没有比这更亲近的了。还有谁能时时听到她不易察觉的呼吸，看到她的优美的身段？她的窗户中的帘子是什么花色的？里外共有多少幅？她的内衣里面还穿着什么？直接是一览无余的肌肤？还有一层空气一样稀薄的东西披在她的身上？”

卖花盆的人不相信还会有什么人能够知道这些，这样的最隐秘的贴着肉的事情，难道不是生活的内幕吗？如果不是，那又是什么？既是内幕，那当然就不应该成为一种人人谈论的广泛的话题。谁都清楚的事情还叫什么内幕！

“这样的事情还能上哪里打听去？只怕是有买的没有卖的。”

然而有一个人却得意无比地暗示自己想要的东西已经到手了，人也得救了，什么都不缺——那个人就是老赵，卖花盆的人在从前岁月里最好的唯一的朋友。

“怎么可能呢？”卖花盆的人胆战地心虚地想道。不可能吧？老赵和她，他们，她们……有时候站在葡萄架下，也能将就着把要干的事情干完？十几分钟过去，然后一走了之？不可能呀！草草地来，又草草地去，究竟是为了什么？有什么意思在里面？

卖花盆的人心急如焚地站在墙的这边，他的耳边传来了她的笑声。一个女人要是不能像花瓣一样时启时合，那还能叫女人吗？那是木头。木头也有亭亭玉立、风姿绰约的，也不全是榆木。榆木在春天里的时候，还禁不住常常要流泪呢，流又浓又黏的透明的油脂一样的东西……卖花盆的人这样想着，渐渐感到自己的一只手上沾满了无数黏稠暗哑的东西。隔壁院里的灯光熄灭了，有一种听上去很硬很挺的树叶在黑暗中哗哗地响着。

我要干一件大事。

这句小声而坚定的话将他自己也吓了一跳。他蹲在骡子的旁边，注视着附近的几个高耸的草垛。一件事情正在刺激着他，推动着他，他能听见自己的心跳得很厉害。“那要是弄成了，事情就是另外一种样子了。”是的，从后面上去，不知不觉地绕过去，踮起脚，屏声敛气，算是一种办法；直接迎上去，面对面地过去，开门见山，直来直去，也是一种办法。后一种办法不一定就不如前一个，几种办法都有可能，都可以试试，但到时候只能选择其中的一种，剩下的统统都用不上。“谁能知道我要干什么？”谁也不会知道，谁也不会想到。真是一件令人心跳的事情呀！无论摊到谁的头上，谁都会感到受不了！兴奋、激动、强烈的颤抖，一连串的反应有的在情理之中，有的大大地出乎人的意料。那是什么？那是怎么回事？脉络不清楚也没关系，甚至第一次弄砸了也没关系，那毕竟不是一件人人都可以干的琐碎之事，一次命中，一针见血，当然是好事。

卖花盆的人轻轻地喘息着，像一只辛劳的土拨鼠一样活动在自己的院子里，有很长一段时间他做着一些完全忘我的事情，在月光下忙得不可开交：窥视，眺望，修理，测试，敲打，倾听，洒扫庭除，磨砺工具，疏浚水道，搬运粮食……

十二

长久以来，生长在他的院子东边的一片小树林子，在他的印象里已完全不存在了，似乎从来就没有什么东西曾在他的周围摇曳，晃动，并带来萧萧的风声。没有树林，也就不存在疏密，日间的光影在那里难得有什么变化，晚上的月色也是笼统的一片青光。

那是一个还算安静的小院，他一直这么认为，门前有一个沤麻的水塘，一池浓浓的绿水。他留意了很久，竟从来不曾看见有年幼的孩子从外面回来，小院里也从未响起过童年的声音。那房子上面没有瓦，烟囱细而高，分明是另一个什么地方的习俗，生拉硬扯地挪到这里，与周围一带的情形明显有别，格格不入。房子的前后都有门，后面的门向上升着升着就不见了。

一对患有失眠症的夫妻住在那里。失眠的情形是严重的，不是一般意义上的睡不着觉。看看他们那越来越坏的脸色、性情以及恍恍惚惚的身体，就不由得人不为他们感到担心。长期以来的失眠，使他们原本就差强人意的记忆遭到了毁灭性的打击和损害，撕扯和吞噬几乎每天都在发生。不行了，什么都记不住了，无论任何事情，转个身就全忘了。一切都在下降、减色，拿不起放不下，七零八落，四分五裂。夫妻二人，每天临睡前，双方都要互相再三提醒对方不要忘了吃药，服下一定数量——通常为每人每次五粒——的安眠镇静之药。

谈不上睡觉，因为那并不是真正的休息，而不过是天黑以后的一种没有多少实际意义的形式。还睡什么呢？与其说睡觉，不如说躺下更恰当。睡前不服药当然不可能很好地睡着，可睡前服了药，就能很快地睡着吗？温开水，安定。

亲爱的妈妈，母亲！我们睡不着！

对于我们来说，别说吃药，吃什么都扯淡！

我们已经看出来了。我并没有掉以轻心。你的已经吃过了吗？什么时候？剩下的这些都是我的？是的，我不相信，因为不是真的。这其中有诈，你知道吗？老天有眼，他可以证明我也已经吃过了，五粒白色的药片，一粒不多一粒不少，屋顶和窗户也在看着我们。咽下去吧！再过一会儿你又要忘记了，拒不认账。这是毒药吗？恐怕不是，这是能够让我们安静镇定，不出声的药。是的，只要能够睡着，我愿意立刻放弃说话的权利和能力，放弃一切！我什么都肯做！我所要的只是一种沉实！如果美妙的沉实被视为一种奢望，那么，我们可以转求那种重复的沉实、拖沓的沉实！现在看来，即使昏昏沉沉、恍恍惚惚，也足以使我惊羡不已！

我终于明白什么叫嫉妒了。我们争论的是到底有没有真理？若有，在哪里？我们嫉妒的是某些睡眠充足的人，他们是谁？生活在哪里？为什么总是休息得那么好？不说这几粒小药，实际上它是我们共同的东西，吃掉它，用水将它们化掉很容易，为这样的小事争执不休有什么意义？那分明在说，咱们不是夫妻，而是刚刚才相遇，天黑以后才认识，更悲观一点来看，恐怕连那也谈不上。

我要说的是失眠，它像强劲有力的鬼魂一样跟了我们几十年，从南方一直尾随到北方，穷追不舍，和我们难解难分，我原以为只要耳边听不见那里的轮船的汽笛，就能安心地睡好觉了。

我们为什么一直不瞌睡呢？从来不困，一丝倦意也没有。难就难在找不到根源。我们如同烧了太久的钨丝一样，这会儿只要被什么东西轻轻一晃，四周就会漆黑一片。深渊轻而易举地就形成了。

他妈的，我们才是真正的睁眼瞎呢！谁能说得清楚为什么会如此兴奋，一直都像抽足了大烟似的——是谁一直默默地、源源不断地为我们提供这种昂贵的消费？使我们不知不觉地兴奋了很多年，睁着眼睛，等待了一年又一年。我们在等待什么？

我们快抽掉一座城了吧？

……四周的声音消失了。枝头上的绣球被悄悄地打开，捧出花瓣，花心微露，温润，期待，似睡非睡地发出几乎不易察觉的喘息。

很难说他们已顺利地进入了渴望多年的梦境，也许他们至今仍然连梦的边缘都没有摸到，仍在艰难地辗转，吃力地挣扎。多么耀眼的花粉！在那整洁而明亮的光泽的映照下，卖花盆的人的忧伤正在逐渐变得平实而低垂，清晰可触。只要愿意，仅凭一只手、一只耳朵，就可以进入到那对失眠夫妻的生活中去。他们看上去也的确没有什么孩子，出来进去只是他们两个人。“你见过他们的孩子吗？大约有几个？”卖花盆的人总是忍住自己问自己。他感到不甘心、不瞑目。为什么他们总是睡不着觉？仅有一个遭受不幸的折磨还不够，夫妻二人竟患着同样的病，走投无路，度日如年。没有人注意过他们，更没有人过问过他们的生活；即使有一天他们双双或其中的一个死在自己的家里，别人也仍然不会知道什么。说到底，这事与大多数的人都无关。

“撇开他们先不说，我自己又何尝不是这样？”卖花盆的人想着，眼前豁然开朗——多少年来，他一直自觉而主动地、不知不觉地替别人——不能说是每一个人——着急上火，而那一切，不管内心的火焰有多么强烈，情绪多么饱满，竟从未引起任何人的注意与反应，没有一个人知道一鳞半爪。无论你如何焦虑不安，无论你将花盆敲得多么嘹亮、多么悦耳，也只不过是你自己的事，任何人都有权充耳不闻。……可是，卖花盆的人很早就发现自己有点儿管不住自己，一厢情愿的主动像一块藏在暗处的磁铁，流泻在那上面的团团幽晕时时吸引着他，不管跑出去多远，最终也还是鬼使神差地被牵回来。游离是不成功的，漠视是不现实的，破碎不是纯粹的破碎崩裂，只是在完整的范围内错综一下，变变位置——就是这么回事，他无法不为别人着急上火。

究竟是一些什么样的事情使他们夫妻天天睡不着觉，长期失眠？卖花盆的人不打算弄清楚这个恼人的问题，他觉得希望太小了，渺茫得几乎无影无形。再说，那需要时间、机会、巧合，纵然这些东西都齐备了，那也并不意味着事情就清楚了。也许，对他们自己来说，都还是一笔糊涂账呢。

有一天晚上，卖花盆的人坐在自己的院里，骡子伸出温热的舌头慢慢地舔着他的手。骡子把他的手心舔得很痒，他不断地躲闪着，既嫌痒，又怕骡子吃不着。就在他手里的盐快要被舔净的时候，耳边忽然听到那个叫田玉梅的女人惊慌失措地说道：

“健生，醒醒！快醒醒！”

一直是她一个人的声音，没有人回答她。名叫田玉梅的女人不断地叫道：

“健生，醒醒！快醒醒！”

男人终于被摇醒了。“你干什么？我好不容易才睡着一下！”

“健生，你忘了一件大事。”

“我睡着一次容易吗？什么事？”

“你还没吃药呢，健生，五片安眠药你一粒都没动。吃了药再睡，啊？”

……卖花盆的人将自己的手贴到骡子的软腹下。多么温暖的夜晚！名叫健生的男人多年来从未停止过，一直都在不懈地与失眠做斗争，偶尔小胜一次。

十 三

……天色时暗时明……卖花盆的人浑身湿漉漉地坐在自己的家里，谛听着外面的动静。没有人暗中尾随着跟来，也没看见有人在他的家门附近探头探脑、东张西望，这使他渐渐感到安心，喘息也开始变得均匀起来。

卖花盆的人确信自己在不久以前的一段光线晦暗的时间里将一件在心中预谋了许久的事情干得神不知鬼不觉、天衣无缝。很难说那是一天中的一个什么时辰，树木、街巷、房屋和山的影子，一切都昏黄而模糊。

走了很久，没有看见一个人。

一路上所看到的水都是圆形的，树叶像人的耳朵。

刚从家里出来那阵子，卖花盆的人感到自己顶多有三成的把握，他一边走，一边不住地哆嗦。后来，看到那昏黄模糊的天气后，他哆嗦得不那么厉害了，他觉得这时候至少有五成的把握了。他吃惊地发现，人的信心和勇气原来是一寸一寸往上长的，很难一下就树立起来。倒是消亡和坍塌来得很直接，说没有很快就没有了，转眼就不见了。这情形和人的病正好相反，后者是来时容易去时难。

一路上没有碰到一个人，这又给他增添了不少信心。

及至后来看到沿途所见的水都是圆的，树叶像人的耳朵时，卖花盆的人便诧异地感到先前的把握已陡然升至九成，接近于十成了。这个时候，他发现自己兴奋了，先前那羞于示人，不成气候的欲望像晚间的火焰一样，越来越强劲，越来越热烈！

他的脸烧得通红。

他的胆子越来越大了，无人匹敌，无所畏惧。一个人在目空一切的时候，连走路都显得与众不同，与自己的以往不同。现在，他径直来到一处靠近路边的房子前，厉声叫道：

“老赵！老赵在家吗？我再也不能忍受了，该算算总账了，是时候了。”

他感到自己目前很像那只饱经沧桑的大老鼠，拖着一副硕大的身体，兵临城下，频频叫阵。在这个黄昏，他看到自己变得巨大无比。

一个老女人从里面走出来，是老赵的母亲。她看到她儿子的昔日的朋友站在外面，一副要吃人的架势，不禁诧异道：

“你怎么了？是在叫我吗？”

“叫你干什么，”卖花盆的人说，“快让老赵出来。”

“你在说什么？我听不懂你说的话。到底出了什么事？”

“去问你的儿子就知道了。”

“我上哪里问去？五年前他不就已经在村后的水库里淹死了吗？他入殓的那个晚上，谁帮着抬过？那中间没有你么？”

“你别护着他，快让他出来！这一回我坚决不让他！不让！我受够了。”

“柳条子，你的气色不大好呀。”她叫着他儿时的小名，一脸生疏地看着他。附近的一些树枝垂在他的身后。在过去的那些年月里，他几乎天天在这一带出现，他嗑过她无数的葵花子，一转眼几十年过去了，现在，他以一种让她感到无比吃惊的方式出现在她的门外，气势汹汹，不可理喻。老妇人倚在门边，吃力地听着他的陈述。她先是听到一个来历不明的女人，接着又听到了自己的儿子，还有一个院子，一处阴森缜密的葡萄架……有什么声音在轻轻走动……乌黑的草药……碧清的水……

“天哪！你不是也死了吧？你这说的可是一整套鬼话呀！”

接下来，老妇人听到了一声重重的关门的声音，她的稀疏的头发几乎飘扬起来。

走出去很远了，耳边还能听到老赵的母亲的哭声在空荡荡的村子里回响着。不能怨我呀！卖花盆的人想，一切都是老赵逼的！卖花盆的人感到自己的心在这个晚上变得很冷很硬，真正的铁石心肠。他目不斜视地走着，他知道能在哪里找到老赵，因而在行走的过程中不需要东张西望，更不需要停下来询问，打听，辨别，选择。一切都用不着，计划中的策略、措施，绳索和刀子，看来也不一定能派得上用场。天高云淡，轻车熟路，有影子像流动哨一样在远处晃来晃去。老女人在晚间的村庄里哀号着，伤心，苦闷，但没有什么分泌物。

一件想象中的难事要是过于简单了，过于顺手了，反倒让人觉得意外、惊奇，难以置信，疑心没做干净。

水库附近的情形似乎已是深秋的季节，所有的树叶都落完了。

卖花盆的人刚一在那里出现，那碧清而圆形的水面上就荡起了层层波纹，紧接着，一个人从水里慢慢地浮上来，嘴里“噗噗”地吹着气。不用细看，也知道那是老赵，除却他，没有人会在深秋时节的水里游泳、摆阔，轻浮地做着各种各样的肉麻的动作，打肿脸充胖子，以博得一个女人的嫣然一笑或阵阵浪笑，获取她的欢心。不是公羊一样的老赵，还能是谁?

卖花盆的人不声不响地走过去，蹲下身，伸手将那个人的头轻轻地按回水里。水面上咕咕地冒起一串水泡，不久便消失了。

“总算把你处理了。”

卖花盆的人低声说道。他随手捡起一片叶子，放在手里看着。并不是所有的树叶都像是人的耳朵，仅仅眼前的这些便形状各异，分别呈现出不同的颜色和式样，有的像舌头，有的像手掌，还有一些像兽医的小刀。

水面上响了一下。老赵突然浮出水面，抹着脸上的水珠，笑着说道：

“我踩住一条鱼。”

“别扯了。”卖花盆的人伸出手，又将那个头按回去。“你已经是死了的人了，怎么还能说这种话。”

总算把他处理了，彻底处理掉了。这是今年的头等的一件大事。

卖花盆的人浑身精湿地站在自己的屋里。黑暗中，堂屋的一道门槛将他绊了一下，他一身虚汗地爬起来，耳边听到几声“噗噗”的声音——那仿佛是在吹灯。

恍恍惚惚的，他看到一片碧清而圆形的水，轻轻地在眼前涌动着，一汪一汪的蓝色，一团一团的幽晕，仿佛是一口与地面齐平的井，不见井盖，只见一个人慢慢地从水里浮出来，笑容可掬地说：

“我又踩住一条鱼。”

十　四

卖花盆的人脱去身上的湿衣服，站在火边，一边烤火，一边低声对自己说：

从明天起，我要花钱买一个玩具，一个很好的玩具。不是为了讨好某一个女人而去送给她的孩子，不是，是给我自己买的，我自己要玩。白天，我是这个家里的主人，唯一的成员和唯一的主人。我得扛大头，出大力，每天拉着车出去到处卖花盆，骡子只能帮我一些小忙，这些天竟连先前那点小忙也帮不上了，里里外外只有我一个人在转来转去，有时候我转得心里很麻烦。晚上回来以后，我就不再是出门挣钱的主人了。太阳一落山，我的身份就变了，我是这个家里的一个娇生惯养的孩子，唯一的孩子，唯一的一个无法无天的孩子。我想要什么就要什么，想哭就哭，想笑就笑，想怎么闹就怎么闹，没有人敢说我，我谁也不怕。

我想玩东邻那对患有失眠症的夫妻的安眠药。他们每天偷偷地送进各自的嘴里，从不让我一句，我很生气。他们为什么如此小瞧我？我不是没有想过，我要用他们门前的那个水塘里的麻，将他们两人捆到一起。谁说捆绑不成夫妻？我看有时反比那些自由松散的夫妻要结实得多，也牢固得多。捆绑成的夫妻没有花架子，不像那些自由结合的夫妻，全靠各自的谎话维系着，有朝一日谎话说尽了，说烦了，他们也就快散了。

只要有一个烦了，这事就成了。

……

我要玩西院那个女人的乌黑芳香的头发和她的柔软的乳房。我不允许老赵不管白天黑夜，没完没了地粘在她的身上！我要让他下来！他不能再那么做了，我不会让他的。很多年前我们曾经确是朋友和伙伴，但现在不是了，很难说那是因为什么。

我们彼此都生分了，越来越寡淡了。

是的，我要让他下来，他不能再那么做了，我定不依他！

……

如果减去从前的那梦一样的三四十年的光景，我如今恐怕只有一两岁、两三岁。夜里天气很冷，我要把我的脚插到她的两条大腿中间。如果有老赵插在中间，有他的干扰，哪里还有我的事？另外，最主要的，我要吃奶！

是的，我要吃奶！我要响亮地把这个口号提出来。是时候了。

按照时间和年龄来推算，我还是个十分幼小的孩子，根本不到断奶的时候，那么，是谁这么自作主张，为什么这么早早地就不让我吃奶了？人人都有一份属于自己的口粮，为什么偏偏没有我的？我不服，我不让！

是的，我要吃奶！我就要吃，非吃不行！我要从晚上七点一直持续到第二天天亮以后……不要在半夜里的时候偷梁换柱，拿一个橡皮奶嘴来骗我，我能觉出来！

……

早上起来，太阳一出来，我的身份就又变了。我又得拉着车出门去卖花盆，扯着破锣一样的嗓子到处吃喝。

我不希望有人买我的花盆，买的人越少越好。我喜欢无人问津。

我希望每一个家都能有一个像样儿点的园子，如果是一个阔气的后花园，当然更好。

我希望所有的花都不要栽在花盆里，而是直接生长在土质松软的园圃里，每天吸收地气，接受天上赐下的阳光和水。

我希望所有的花盆都被打烂，碎片消逝，永不再重现。

十 五

瓦窑爆炸了，我拄着一根棍子到那附近去看。天是青的，有些地方的景象让我想到伤口。水里漂着凉意，榆树的身上流着胶一样的汁液。早上一起来，谁家驴跑了，寻它的人像疯子一样，满口胡话，眼里出火。

我想起了她的病，她的乌黑的药渣和雪白的肌肤。

我的骡子，站在雨前的檐下，浑身散发出强烈的马的气息，很难说那是健壮的流露还是不祥之兆。

门外是绿色的池塘。
一个女人带着一个孩子，在那一带的雨里走着。

原载于《山花》一九九七年第八期

五里一徘徊

从前我常在傍晚哭泣，傍晚时常刮风，有时下着雨。自从郭保长像废纸一样在街上飘来飘去以后，我重新油漆了门窗，漆色如瓦。我喜欢灰颜色，除了皮肤和食品以外，我喜欢灰颜色日甚一日，不能自拔。有一天，我在一座桥上看到下面有两个女人，她们都穿着整齐的灰衣服。我想下去抓住她们，可没抓到，原来那是一个影子，我只在影子旁听到一阵水声。我从街上回到药铺，我看见铺檐下栽着一盆大麻，叶片郁郁葱葱，我感到奇怪。我走进店铺询问小峰，小峰正在柜台里面给一位老太太分拣药材。我进来后小峰看了我一眼，那个老太太也回头瞅了我一下。

我对小峰说，我以前从未见过那盆大麻。

小峰放下秤漫应道，大麻？什么大麻？

我说门口有一盆大麻，很绿，像是一盆洋葱。

小峰对那个老太太说，对不起，请您等一下。小峰从柜台里面出来，边往外走边说，我看看，早晨我摘下护窗板，可没看见有什么大麻。

我与小峰走出店门，那盆大麻不见了。有两个人走过来，朝店里张望了一下。

那东西在哪儿？小峰问我。他也像我一样到处寻找。

就在这里。我指了指脚下，刚才就放在这里。

小峰四下看了一遍，又狐疑地看看我，目光像松鼠一样。小峰对我说，少爷，回来吧，我把那位老太太打发走，这就陪您下盘棋。

我看着店门，感到身上很冷，两只耳朵却像是被人揪过一样灼痛。我们的药幌子在风雨中飘摇。

我说，小峰，她要买什么药？

小峰说，一个最普通的方子。

我跟小峰走回店里，那个老太太正在独自数钱。她从一只旧荷包里数出三块钱。小峰打包的时候，一枝当归忽然戳破了纸包，小峰又换了一张新纸。

小峰对老太太说，您给一块钱就够了。

老太太把那两块钱放回荷包里。她看着我，目光隐隐发灰。

我想起了孟繁漪，孟繁漪平时也像她这样看我，目光隐隐发灰，我不喜欢这种目光。我常想，要是孟繁漪能穿一身灰衣服就好了，说不定我真会把她娶过门，可她不喜欢灰颜色，她经常穿黑衣服或白衣服。每次当她活动在我身边时，我都感到我是在面对着过去，面对着一个亡魂。合欢庙里有一位老道告诉我说，孟繁漪命薄如纸，寿命不会很长。我其实根本不在乎这些，我在乎她能否为我呈现一种什么颜色。老太太走到门口，撑开一把黑伞，出去了。我的少爷，您把伞丢到哪里去了？小峰见店里没人，找来一条毛巾，帮我擦干净头发。这会儿，天空看上去像陈砖旧瓦。

小峰说，少爷，这会儿店里没人，我陪您杀一盘吧。

我说，我不想杀，我想看天气。

灰瓦、灰街、灰树，这一切都让我激动不安。我搬了一只凳子，坐到窗前。街上湿漉漉的。小峰在我背后说，我敢说这一回我肯定能把您杀下马来，有人教给我一种六亲不认的方法。街上有一个人拎着一条猪肉正在奔跑，我看了一下，我估计那条猪肉有十几斤重。郭保长在这个时候手里敲着两块瓦从街上飞奔而过，他像一只盲鸟，不知道避雨。郭保长边走边唱：

打开你的谷仓，
脱下你的罗裙，
让我看看，
让我看看你怎样翻手为云，
让我看看你怎样覆手为雨……

此时警备队的摩托车从南门外开过来，雨雾使郭保长在转瞬之间无影无踪，我看不见他了，只能听见他仍在双手击瓦。我听见南门外这时正在演戏，雨水使锣鼓声听上去沉闷而霉湿。小峰递过来一把瓜子，我挡了回去。我不喜欢瓜子味。有一回我在孟繁漪嘴上亲了一下，却沾了满口瓜子味，这使我无比恶心，无比灰心而沮丧，从此我再不敢认真看她，每当她面对我张开红唇，我都会迅速闭上眼睛。小峰端来一杯茶，他说，少爷，我敢说这些天您睡得很好，一定没做噩梦，我已经有很多天没听到您在夜里叫喊了。许多人在街上匆匆而过，他们都打着雨伞，使人看不清眉目。红伞、黑伞、花伞，只是没有一把灰伞，我感到索然无味。

我对小峰说，杀一盘。

早预备好了。小峰说着，摆好棋局，拿过一味药材让我放在鼻子下面边下棋边嗅。父亲天天要我这样嗅同一种药材，他说这样对病情大有裨益。我没有病，可人人都认为我有病。连孟繁漪平时都说，你有病，我得让你三分。我有病吗？我有什么病？面对满盘整装待发的棋，小峰拿起一个棋子向前推去。

毒蛇出洞。小峰说。

小峰坐在我对面，摩拳擦掌，得意扬扬。

从出生以来，我住过许许多多幢房子。我不喜欢正屋，我向往那些背负夕阳的东厢房或西厢房，有些与我无关的人住在那里，他们经常会发生一些事情，传出某种声音。很久以来，当我因病从学堂里休学回家以后，我就想写一本书，书名叫《西厢房》。有一天，有一个女人从西厢房里抱走一个婴儿，婴儿被裹在一条毯子里，头尾不露，但你看见那条毯子后，你会肯定那里面是一个婴儿。又有一天，一个女人在西厢房里上了吊，一条雪白的绫子从天而降。这个世界上有许多事情常令我百思不得其解。我经常看见厨师王大头把生肉放在锅里煮，加入各种佐料，有时还加药材。父亲曾说肉汤里加入药材犹如猛虎添翼，我不懂他这种做法，也不明白父亲所说。我不知道他们为什么要把旧衣服放在水盆里反复搓洗，并且还要在太阳下晾干，我不知道这是为什么。

有一次我对厨师王大头说，我不知道你为什么要把生米煮成熟饭。王大头笑着对我说，你当然不会知道，因为你是一个傻瓜。

我们隔壁有一家花店，花店里那个老头名叫安子玉，他经常和我在一起下棋。有一次我正在花店里喝茶，忽然进来一个人。那个人掏出一本书给安子玉，然后，看了我一眼，说，现在你别看，你这里不干净。安子玉说，他不碍事，他什么都不懂。那个人走过来对我说，小兄弟，你知道我是谁吗？我说，你是一个男人。他笑起来，说，你眼力真好，一下就看出我来了。我说，我每天都要服一剂桑叶和陈皮，耳聪目明。安子玉对那个人说，他们家开着十几处药房，买卖很大。那个人立即对安子玉嘀咕道，老安，这可是个极好的机会，你绝不能放过。安子玉说，我知道，我心里有数。

望着众多拥挤的鲜花，我对安子玉说，为什么花店里没有灰色花？

安子玉对正在一边插花的伙计大明说，嗯，怎么回事？怎么咱们没有灰色的花？

大明说，会有的，会有灰色花的。

安子玉也连忙对我说，会有的，以后会有的。

有一回父亲对我说，孟繁漪是你的三姨，你总和她这样耳鬓厮磨算怎么回事，不要乱了关系，坏了门风。我说我不管，我就是爱和她在一起。父亲说，你懂什么，孟繁漪是一个放荡成性的女人，连我都怕她几分，她是在玩你，她的朋友多得数都数不清，警备队的刘队副就是因为她与别人争风吃醋而被人打死的。

我不相信父亲的话。我对安子玉说，他们说孟繁漪是我的三姨，你说是吗？

安子玉说，你觉得是不是？

我说，我觉得她是我的好朋友，我身上发冷的时候就想找她。

安子玉说，是的，她是一个好女人，她经常来我店里买花，是送给你的吗？

我说，我不喜欢鲜花，我喜欢灰色的花，可你这里没有。

安子玉说，以后会有的，一定会有的。一等来了灰色的花，我就马上让大明，不，我自己亲自送到你的房里去。

这时，那个人要走，安子玉留他吃饭，那个人很坚决地说，不行，再迟了关了城门就出不去了。安子玉起身把他带到里间，他们把帘子垂下来，在里面说话。我看见那条帘子上绣着一道朱红色的回廊，几名穿红着绿的仕女坐在里面，回廊的深处能望见两三枝梅花，一个人侧身在地上，手里握着一张弓。

大明拿起一束白色的花插到篮子里，大明对我说，秦少爷，您吃过饭了没有？

我说没有。

大明说，都什么时候了还不吃饭，八成是忘了吧？

我说，大明，我不想吃饭，我不饿。

大明又要说什么，安子玉和那个人从里面出来了，那个人出了花店，向城西走去。安子玉把那条帘子又撩了起来，我现在看不见帘子上的那道朱红色的回廊了，也看不见那几个仕女和那个弯弓搭箭的人了，我感到很难受。那个射箭的人穿着一件灰色的鼠皮坎肩。

我对安子玉说，我还要看那个人。

安子玉说，看谁？人家已经走了，过些天还会回来的。

我说，我要看那个射箭的人，他穿着灰鼠皮坎肩。

安子玉对大明说，怎么回事？你是不是又逗他了？

大明说，我可没有逗他，我敢惹他吗？我长了几个脑袋？

安子玉对我说，你要干什么？

我说，我要看那个人，他在你的帘子上。

安子玉笑了一下，将帘子垂了下来。现在，我又能看见那个人了，他的灰鼠皮坎肩上的茸毛被风吹着，他的箭搭在弦上，一触即发。

这时，有人来叫我，说父亲正在等我。我走出花店，听到大明对安子玉说，真是现世报。安子玉说，住嘴！你不想活我还想活呢，已经五点了，赶快把那几束黄玫瑰给周太太送去，周太太今天过生日，你不会白跑一趟的，对了，再搭上两枝水仙。

我回到家里，它像玩具一样从树后跑出来，脖颈上的铜铃叮当作响。它紧跑过来伸出粉红色的舌头舔我的手。这时，我听到西厢房那边传出一阵嘤嘤咽咽的哭声，是一个女人的哭声。我问身边的人，是谁在哭？她说，别管她们，让她们嚎去，老爷正在前厅等着你呢。可它把我的手舔得奇痒难挨，我笑出了声，把手缩回袖筒里，向里边走去。它跟在后面不住地咬我的鞋子。我听见她对它说，走开，走开，你这个东西，那是少爷的鞋子，你以为那是什么？

我走进前厅，看见父亲正坐在椅子上喝茶。桌上摆着许多大大小小的玻璃瓶子，还有几个纸包。我跑过去，抓起一个瓶子，问父亲，这是给我抓的蛐蛐吗？父亲哼了一声。父亲说他今天出去做客，一位日本军医给了他这些药粒，专治我的病。我对父亲说，我没有病，我不吃药。父亲说，不让你多吃，每一只瓶子里的药，你每天只吃两粒就行了。我对父亲说，我想要一件灰鼠皮坎肩。父亲说，南边正在流行鼠疫，你不想把家里的人全部弄死，是吧？父亲又对那个老妈子说，黄妈，每天盯着他，让他按时吃药。黄妈说，是，我这就带他走。

我坐在书房外面的一把椅子里，黄妈在一边为我赶蚊子。黄妈说，少爷，你回里面躺着多舒服，我也跟着能借点光，顺势躺一阵子。我说，我不想回去，你要想躺你就去躺吧。黄妈说，瞧你说的，我哪敢呀。你坐着，我躺着，这不是牛吃赶车的，颠倒乾坤了吗？

我翻阅着枯黄的书籍，其中的几幅工笔插图使我浮想联翩，我想起小时候，外祖父也常常捧着这样的一本书躺在床上，一边翻动书页，一边含糊不清地唱着，至今我都不知道他那时唱的是什么。外祖母对他说，天气这么好，柳树也都发了芽，你为什么不到外面去走走？对于外祖母的话，外祖父总是充耳不闻，视而不见。继续唱他的。我笑起来。黄妈对我说，少爷，这会儿该吃药了吧？我说，再等一会，我现在不想吃。黄妈说，好，那就等一会儿再吃。她的手里拿着一块绸子，正在穿针引线。一个女人急匆匆地从东院走来，她悄悄地从我的身后走过，对黄妈说，奶奶，快救救我。黄妈说，又怎么了？是不是宝柱又赌输了钱？我可没钱借给你去补天窗。那个女人说，不是的，奶奶，这回可不是输了钱，我家小三那个不成器的东西不知从哪儿带回一个野女人，不料人家是有主儿的货，这会儿那男的一家子都找上门来了，要人呢，老爷正在发脾气，说要把我们小三送到警备队去，好奶奶，你快去找老爷说说，饶了他这一回，以后就是借给他三个胆子也再不敢了。黄妈冷笑一声，说，谁让你平时管教不严呢，这会儿才来抱佛脚，那天我让小三把东院花坛里的草拾掇一下，他答应得好好的，可转眼就不见了，结果没让老爷把我骂死。那女人说，奶奶，他是个猪脑子，您能跟他计较吗？黄妈说，这会儿我可没空，老爷让我侍候少爷吃药呢，你看看，你看看。黄妈说着，从身后拿出一大堆药瓶子。那个女人又像来时那样火烧火燎地往东院去了。这时我听到管家李启东正在前面的院子里鞭打一名私藏药材的伙计，伙计梦呓般的哀鸣声像来自一只受惊的鸟一样在空荡荡的院子里飘来飘去，声音越过高高的瓦脊，使屋檐上恐怖的兽头更加阴森。黄妈在后面摆弄着那块绸布。我扔掉手里的书籍，向前蹿出去，高声呼喊着孟繁漪的名字。黄妈从后面抱住我，她颤抖的身体使我束手无策，我碰掉了她掏出来的一只药瓶。我说，我不吃药，我要找孟繁漪去，她为什么这么多天不来看我？黄妈说，快来人哪，少爷又犯病了。我说，我没病，我要找孟繁漪。黄妈说，孟小姐事情很多，过几天就会来的。黄妈还告诉我说，那个私藏药材的伙计把药材卖给一位商人，那个商人是八路军的探子。这时，跑来四五个女人，她们七手八脚把我抬回屋里。后来，父亲过来了，父亲的脸色很难看。他在我床前看了一下，之后对黄妈说，黄曙碧，你还能干什么？让你生个孩子，十几年过去了也没见你生出一根毫毛来；让你盯着他吃药，你又让他犯了病，你让我该怎么对你？黄妈低着头，几个女人悄悄地向外面溜去。我觉得父亲的话十分有趣，就从床上爬起来对黄妈说，黄妈，原来你叫黄曙碧，这名字真好听，你从前一定非常漂亮。父亲对我说，住嘴，赶快给我吃药。我对父亲说，你要是走开，我就给你吃药。父亲说，好，我走开。说着就走了。我说，黄妈。黄妈抬起头来，我看见她的眼睛里盈满了泪水。

有一个人名叫邓膺，已有很长时间没再露面了，但他的一双招风耳时常耸立在我的眼前。从前他经常上我们家里来，家中许多女人都会因此变得面色绯红。有一次我对他说，你是不是卖胭脂和桂花油的？他说，我是一只蜜蜂，每天都在人们脸前飞来飞去。我说，你见过马王爷吗？他愣了一下，说，谁是马王爷？父亲对我说，住嘴！出去玩。

有一天正好是《条约》生效的日子，药铺放假。我正在街上散步，忽然看见了久未谋面的邓膺，他披着一件草绿色的军用雨衣站在一辆汽车上。我在人行道上的雨廊下向他招手呼喊，但汽车很快就开远了，我的一串声音被裹挟在尘雾之中。我说，喂，邓膺，我是秦越，我看见你了。正在这时，小峰从那边吃完油煎果子后摇摇晃晃地过来了。

小峰说，叫谁呢，少爷？

小峰将我抬起的胳膊放了下来，说，还举着干什么？不嫌累吗？

我把手放下来，看见大街上飘着各种颜色的小旗。小峰在这时候碰翻了一位老妇人的菜篮子，并发出一声脆响。老妇人立即蹲下身子朝地上抓去，抓了两手黑色的酱油，十个手指像一排巧克力糖棍，竖在我的面前。

我回到家里，向父亲说起杳如黄鹤的邓膺。父亲把手里的茶杯盖碗向桌子上扔去，我看见那只青花的瓷盖像一个跳舞的女人一样从桌上旋转到了地上。

父亲说，邓膺，他是什么东西！流氓、骗子！他在哪里？

我告诉父亲说邓膺穿着一件草绿色的军用雨衣，被一辆烟尘滚滚的汽车拉走了。我说我喜欢他，可他没有听见。

父亲说，你喜欢他？你为什么要喜欢他？你这个没出息的东西，怎么我不喜欢的东西你都喜欢？你怎么回事？你根本就不像我，一点儿都不像！

我离开父亲走出来。自从《条约》签订以来，发生了那么多的事情，我经常看见一些不三不四的人在城里建立各种各样莫名其妙的组织，和尚们三五成群地在街上溜达，像一群饱食终日的游手好闲之徒。在妇女用品集中的钟楼街一带，行人总是像深重的潮水一样从一些门口漫进漫出。经常有一些头戴礼帽的人嘴里叼着长长的烟卷，手里提着女人们的衣服或围巾。有时候，从某个战区里飘移而来的硝烟像乳白色的蒸汽一样笼罩着城市的街道和房屋，那么多的人都在白色的烟雾里钻来钻去，看上去像牛奶作坊或豆腐公司里的那些忙忙碌碌的伙计。所有的人都像是在梦里行走。

每天大部分的时间我都在家里看几个妇女在后院晾晒药材，她们把长的统统轧成短的，有时候轧得比手指还短。经常有一些挑担的人站在门外，最初我以为他们是卖柴火的，后来才知道那些人都是卖药材的。在我不想看妇女们晾晒药材的时候，我就对所有的报纸走马观花一遍，或者去一间秘密的房子里看几个白发苍苍的人把药材捣成细末，然后用蜜研制成一盒一盒的药丸。这个城市里所有的药丸都出自这几个满脸皱纹的人之手。有一个人经常往药末里吐唾沫，有时是一口痰，然后再用蜜滚成丸。有一次我问他，你为什么要把唾沫或痰吐到药里？他说，因为我没地方吐，再说这样滚出来的药丸光洁而且有韧性。现在我总算知道父亲不让我吃丸药的道理了。那个人一边制药，一边对我说，怎么样，有兴趣没有？有兴趣你也来一口，来，往里面吐一口看看，随便什么都行。我说，现在吐不出来，除了牙齿和舌头之外，我嘴里什么都没有，空空如也。眼前的制药过程使我的喉咙异常发干，口腔燥涩，那时候我忽然感到自己像一只饥渴多年的鸟，飞遍万里关山，看到的都是弥天的沙土和累累的石头，见不到一滴水，所有的芽都渴死在我的目光里。

天近傍晚的时候，我看见管家李启东领着几个伙计，从药库里抬出一只鼓鼓囊囊的麻袋。麻袋里面的东西正在左右挣扎。我对李启东说，麻袋里面装的是什么东西？李启东说，是我刚派人从地里摘回来的冬瓜，要马上存到地窖里去。

我看不像冬瓜，像一头猪，我说。

李启东眼睛一亮，说，没错，是一头猪。你看出来了？真有你的。

那天晚上，它们突然成群结队地从远处飞来，在院子上空久久盘旋。它们有一半是白的，一半是黑的，看上去像巨大的阴阳太极图。仰望深重的夜空和空中密密麻麻的情景，我如同看到了一幕从前的傀儡戏。时隔不久，李启东提着一支枪出来，他眯起眼睛向它们瞄准，说，我要打死它们。我对李启东说，它们肯定是嗅到了什么气息，否则不会这样。李启东咬着牙说，它们是活够了，不是别的。枪声又一次响起，它们当中的一个带着血突然降落到我的肩膀上，我呼喊起来。当它们后来全被吓跑以后，许多凌乱的残骸仍在屋顶上和院子里飘来飘去。李启东喊来几个女人，她们拿着扫帚和簸箕，到处搜罗它们的羽毛。有两个妇女踩着梯子爬到屋顶上，一个人打着灯笼，另一个人战战兢兢地一根一根地拾捡着落在屋瓦上的羽毛。李启东在下面说，都捡干净，捡不干净就别吃晚饭。那天晚上，我闻到了那种空气。我像一只蝙蝠或乌鸦一样被那种不可名状的气息弄得在院子里到处乱窜。我高声喊道：有一种味道很难闻！与它们相比，我束手无策，我缺少一双它们的翅膀，因而我无法在院子上空和黑魆魆的屋脊上盘旋飞翔。那时，屋顶上的两个妇女还在李启东的监督下继续拾捡那些羽毛。李启东望着屋顶，对我说，少爷，你怎么了？我说，院子里有一种味道很难闻，我不知道那是什么。李启东对其他几个人说，快把少爷扶回屋里去，他又犯病了。有几个人立即上来扶我。这时，屋脊后的一阵风突然熄灭了那只灯笼，屋顶上的两个女人跌坐在屋瓦上，尖声尖气地叫起来。我听见其中一个女人的身体压碎了一块瓦。李启东说，嚎什么，你们这些臭娘们儿，该喊的时候你们像死猪一样谁都不喊，只会哼哼，不该喊的时候胡他妈喊。有人在这时已沿着梯子上了屋顶，重新点亮了灯笼。

黎明之前，我突然被一种声音从梦中惊醒。我睁大眼睛望着疏密有致的窗框和不时从窗外一掠而过的团团黑影，我知道它们又回来了。我轻轻推开窗户，看见它们正密密麻麻地在院子上空盘旋，像一片片飞舞的黑布，它们正在寻找那种使它们不安的气息。一阵风吹进窗户，我闻到了那种气息。我闻到那种气息像变质的糖或糜烂的包子馅。

第二天是个阳光灿烂的好日子，黄妈站在我的床边，使我久久不愿起来。她说，快起吧，饭都凉了。我说，我不起来，还想睡。黄妈说，都什么时候了，还睡？快起来。孟小姐今天没准要来，你还不起吗？我问她，谁说孟繁漪今天要来？你怎么知道？黄妈说，我知道，我估摸着她该来了。孟繁漪要到来的消息使我忘记了一切，我立即掀掉被子坐了起来。黄妈将我的衣服拿过来，突然发现床上的一小片湿渍，她用手摸了一下，立即皱起了眉头。她返身找来一条湿毛巾，对我说，你坐到一边去，让我来。收拾干净之后，我跟着黄妈走出房门，这时，我突然惊奇地发现后院的花坛旁并排坐着六个人，就是那几个在密室里用蜂蜜研制药丸的人。十几年来，我还是第一次看见他们从那间密室里出来，这使我感到非常有趣。在早晨灿烂的阳光下，他们的白发看上去更加苍白而柔软，脸上的皱纹有增无减。六个人谁都不说话，坐在那里像六尊石人，对于花坛里各种各样的鲜花无动于衷，视而不见。其中的两个人连眼睛都不愿意睁开，状如打盹。

我对黄妈说，他们怎么出来了？他们以前可从来不出来的。

黄妈也在看那几个人。她皱着眉头说，天知道，太阳从西边出来了。

我们走近花坛，萦绕在四周的一种气息使我停下了脚步。我抬起头，想对黄妈说什么，但什么也没有说出来。我看见黄妈正在发呆，我不知道她在看坛里的鲜花还是在看那几个白发苍苍的人。我向她的身边靠了一下，她的腰部和大腿都很硬，但她并未察觉。院子里没有杂人，除了我和黄妈，只有那几个白发苍苍的研制药丸的人。不久之后，李启东走来，给那六个人分发大烟土，每人四两。另外，每个人又都分别得到一副翡翠镯子。

我看见它一动不动地蹲伏在对面朱红色的檐角上，羽毛凌乱。我想起昨天夜里它们的翅膀曾经像恐怖的黑手一样凶狠地敲打过我的窗户，致使我的梦境半途而废，草草了之。一种劫后余生的灰烬之气在早晨的空气里到处溢来溢去，像厨师王大头手下漂浮的血沫或油星。我从地上捡起石子，一连投了三次，它在那里始终岿然不动。我投出又一颗石子后，黄妈说，那可是琉璃做的，你想打碎它吗？

我们去吃早饭。饭桌上的几个盘子里全是素食，黄妈将两只香蕉剥尽后放到我面前的一只空盘里。我想起从前有一天孟繁漪来看我，她提来一袋香蕉和山东的大黄牙白梨。在饭桌上，孟繁漪与父亲唇枪舌剑，互不相让。几个烧火的丫头藏在厨师王大头的身后，透过厨房的纱门向我们这边偷看，谛听父亲与孟繁漪吵架。父亲对孟繁漪说，你还不过分吗？她尸骨未寒，你就做出这种没有人伦的事情，外面那么多男人你不找，却非要回来引诱他，他还是个孩子，你不知道吗？孟繁漪说，姐夫你说什么呀，我一点儿也听不懂，我可是一直以你为榜样的。父亲说，出去，你给我出去。我对父亲说，我喜欢她。父亲说，住嘴，小心我掐死你。父亲说着，随手拿桌上的一只盘子向纱门那边扔去。躲在厨师王大头身后的几个丫头突然尖叫起来，像是菜刀割破了她们的手指。

那天晚上，我把一根剥去皮的香蕉送到孟繁漪的面前，肉质黄白的香蕉迫使她流出了情不自禁的眼泪。她很难受地对我说，你不想让我得病，也不想让我死，是吧？我死了，没人再疼你了。

黎明之时。我把孟繁漪从梦中摇醒，我把披散在枕边的头发弄到她的脸上后，她就醒了。她说，你为什么还不睡？天亮了你又要犯病了，快睡吧，啊？

我从她的手臂中间钻出来。我趴在她的脸前告诉她说，它们正在外面飞翔，翅膀像一面面黑色的旗帜一样。

从前我常在傍晚哭泣，每逢这时，便会有人来对我进行长久的或短暂的抚摸。从我记事起，我几乎每天都在别人的抚摸中慢慢地睡去或醒来。我经常在梦中发现许多极为熟悉的人会变得陌生而飘忽不定，无论多么长久的时间也丝毫不能增进一个人对另一个人的了解。那些气味不同的手总是在黄昏之时如期而至，像一片温热的云彩一样覆盖在我的身上；傍晚时的各种声音也总是在我毫无防备的情况下依次闪现，逐渐裸露，这使我总把一天看作一辈子，把一辈子看作一天。我记得黄妈在枕边教我念过的诗：小时不识月，呼作白玉盘。以后，她又说：太阳暖似黄棉袄，明月圆如白玉盘。

我们院里的一些砖很硬。我踢它们的时候，它们也会毫不客气地踢我，我总是带着疼痛一瘸一瘸地跑开，它们依旧像墙一样耸立在那里，一动不动。它们不动是因为我们的仓库里有机关枪和掷弹筒，粗壮的掷弹筒总是散发着一种煤油的气息。我们的管家李启东动不动就对手下的人说，去，把机关枪抬出来。

有一天我正在店门口东张西望，忽然看见我们家一个分拣药材的伙计坐着警备队的摩托车一溜烟地走了，车上的小旗像一只迎风颤抖的鸟。安子玉从花店里探出头，弥散的尘雾使他不久又将头缩了回去。一位穿白毛衣的妇女走进花店。接下来，我听到了安子玉的说话声，他的声音像是受了风寒的侵蚀。

我想起前几天那位私藏药品的伙计，我问小峰。小峰说那个人已被李启东打发回乡下老家去了。

我说，他走的时候你看见了吗？是不是背着行李，恋恋不舍？

小峰说，这是李大爷亲口说的，还能有假吗？

小峰边说边在几十个药柜之间走来走去，像一只陀螺。

我对小峰说，我一点儿也不喜欢喝金花茶。

小峰说，我每天被药熏着，什么味道都尝不出来。我就像王大头一样，王大头就从来不吃肉。

我说，为什么他还那么胖？手指像红肠一样？

小峰说，不知道，这的确很奇怪，好像不胖就不像厨师。

这时候，有人牵着一只猴子从店门前走过，猴子的脖颈上套着一个花环，几个小孩跟在后面，猴子不时回过头来，朝小孩们挤眉弄眼，招手致意。郭保长像一片乌云一样摇摇摆摆地从南门外飘过来，向一家铺子里跑去。

有一天，安子玉送给我一块表，让我挂在衣服里边，不要让任何人看见。很多天以后，我正在花店里与他下棋，他忽然对我说，你的表坏了，我给你修一修。

我说，你要干什么？

他说，你别怕，我不会要回去的，修好了我就还给你，我只是给你修一下。

我从身上摘下表，安子玉拿着走进里屋，鼓捣了半天。出来后，对我说，修好了，戴上吧。

我回到家里，抬起头后，发现它蹲在我们的屋檐上看着我。我装作没看见，继续往里走。我关门之前，发现它仍在望着我。它这样已经很多天了，每天总是在天黑之前离去。

我已经在孟繁漪送给我的一个灰色笔记本上写下了《西厢房》的第一部分。小峰每天都送一把药材进来让我反反复复地嗅个没完。我喜欢把芹菜的叶子摘去，把长长的菜秆插在一只瓷瓶里，隔一阵嚼一根。有一天王大头给我端来一碗茶泡饭，父亲知道后把他狠狠训斥了一顿。王大头对我说，得，我这纯粹是没事找事，找气受呢。

每当我打开那个灰色笔记本，我的眼前就会渐渐地浮现出它的样子，我能闻见它身上的那种气味，依稀辨认出它行动的轨迹，但我碰不到它，就像我想在《西厢房》的第一部分里描述一束灰色的花以了却我多年的夙愿却始终做不到一样。住在西厢房里的那些女人们经常把它用一根绳索吊在屋檐下，它们常在风中荡来荡去，并发出清脆的婴儿般的哭声。有一天我从梦中醒来，一个布娃娃被压到我的身下，我听到一声奶声奶气的惨叫。

我曾几次让外出采办药材及布匹的伙计们替我打听孟繁漪的下落，但至今杳无音讯。在我怀想孟繁漪的那些时光里，每次黎明前醒来，我都会看到几个光洁如玉的婴儿坐在我的床前，他们赤身裸体，憨态可掬，光光的头上留着三片瓦。每次我都想抓住他们，可每次我的手臂总是伸得太短，一种看不见的距离使我焦急而沮丧。

夜晚的窗框看上去无比峥嵘。

一个天气阴晦的午后，我们的里外三层的院子里突然拥挤起来，很多的人都在无所事事地抚摸冰冷的门环和石桌。一个研制药丸的人站在密室外的回廊上注视着混杂的人群，他的白发和皱纹看上去模糊而遥远。那时，我无意中看见它蹲在我们的屋檐上，目光里流露出惊异和不安。不久，它不见了。其时，院子里又突然静了下来，冷冷清清。警备队的摩托车和宪兵队的卡车载着父亲和李启东以及十几名伙计向南门外的深水边呼啸而去。黄妈告诉我说，我们的一辆运载药品的马车在那里突然被洗劫一空，蒙在马车上的篷布像绿色的苔衣一样漂浮在水面上，随波逐流。

我站在空荡荡的院子里，期待着它的出现，但它一直没有露面，檐下的风铃轻轻摇荡。我走出院门之后，听到院内传来一声婴儿的惨叫。

我跑进花店，地上有几瓣金黄的菊花叶片。大明正俯身在记事簿上喃喃自语，声音犹如梦呓。我走进内屋，安子玉躺在床上，一个女人坐在他的对面，正在弹奏琵琶。她的手指上下舞动，但我没有听到琵琶的声音。

我对安子玉说，她在干什么？是在抓蚊子吗？

安子玉说，想不想舒服一下？

我说，我够舒服的了，我不想再舒服了。

安子玉说，孟小姐多日没有消息，你能舒服到哪里去？跟我还来这个，你以为我是谁？我说，你是安子玉，花店的老板。

他说，想起我来啦？

我说，它又来了。

安子玉说，谁呀？

我说，它。

我来到花店是想为《西厢房》补充一两个细节，我在第一部分里鬼使神差地描写了一个毫无用处的人，坠落的夕阳常常使他感到无所作为，徒有其表。我像一个不久于人世的老人一样观察着花店里的光线，其中的一束灰色的光线看上去犹如老鼠的背影。

那个女人倒在我的脚下，安子玉扯过一条毛毯盖住她的身子。我感到很累，对光线的眺望使我的眼睛肿胀而充满睡意。安子玉对我说，帮个忙。我听到我的一串不连贯的动作碰响了那只沙哑的琵琶。我的鼻子触到了安子玉的一只手，他的手上有一种生姜的气味。我咳嗽了一声，对安子玉说，我想喝茶。

安子玉说，是的，我也正想着它，这会儿大明说不定已经泡好了。

我看见安子玉的眼睑下有一道水渍，我以为是他流出的一行泪水，我用手去摸，才发现那不是泪痕，而是一条摸不到的光影。

安子玉瓮声瓮气地对我说，小心点，别老碰我。

那只喑哑的琵琶掉到我的脚上时，我听到南门外枪声如豆。

安子玉低声说道，出事了。

是的，我隐隐约约感到一种不祥之兆，我知道它此时正在盯着我，目光如毒药。

我抬起头，看见了它。

秘室外的回廊上，一个研制药丸的人手扶着朱红色的栏杆正在呕吐，他的满头白发随着身体的剧烈抖动上下起伏，像鸟的羽毛一样纷纷扬扬。他扶着栏杆的手一点一点地下滑，看上去如同一个行将就木之人，丧失了全部的记忆和力气。

回廊内的风将他的衣服吹成一团。

它盯着我的时候，使我想起以前的一个旧人，我听见院中所有的房屋都一片寂静，往日的那些人都不知藏到了哪里，西厢房的一个窗口里飘出一缕煎得焦煳的药味。

它在屋檐下像一个婴儿一样荡来荡去，不断发出稚嫩的咯咯的笑声。

我想起小时候我们在一起荡秋千的情景，所有的男女用人都停下各自手中的工作，在一旁为我们热烈鼓掌。昔日的孟繁漪像一只美丽多姿的大蝴蝶一样在阳光下飞来飞去。那时候我常常感到她的笑声像糖，像蜜，我永远愿意伸出幼年的舌头去一遍一遍地舔舐她的那种笑声。我以为我的舔舐像润滑的油膏一样，会使她的笑声如同车轮一样永远都在不断滚动或飞奔。

那个人慢慢地扶着栏杆重新站了起来，他的背影像颤动的芦苇。他撩起衣襟擦拭嘴边的残渍。在他离开栏杆，走向密室的时候，一阵风突然将他吹倒在地。

院中的石桌和石凳像一系列古老的信物或遗训一样阻隔着我奔跑的速度，我撅扯着院墙上星罗棋布的青藤古葛，石桌上码得异常齐整的骨牌纷纷四散。我在院中多年一成不变的格局中反复迂回，山墙与屋檐之间短短的距离使我感到路途迢迢，遥遥无期。我不断听见煎煮草药的砂锅在火上砰然碎裂，一匹匹色彩鲜艳的布匹绸缎被锈迹斑驳的剪刀划破、剪断，碎片纷纷洒落。

它一声不吭地望着我，它的沉默的表情像学堂里那位不苟言笑、冷酷无情的先生。我在恍惚中看见他扔掉书本，拂袖而去，独自一人在无数密密麻麻的古文字和盘根错节的典故中渐渐远去，永不再回来。

我曾经耐着性子听过花店老板安子玉保存下来的一千多张唱片，我不喜欢听音乐，但其中有一张唱片使我百听不厌。假如音乐也有颜色的话，那张唱片上的音乐就是一种灰色的音乐，它使我倍感亲切，热泪盈眶。它不是那种斑斑驳驳的喧嚣浮躁的灰色，而是一种极其干净整齐的灰颜色，它的质地犹如平展洁净的天空或水面。每次当安子玉摇着唱机，放出那种灰色的音乐时，我的眼前都会出现无数森严整齐的中国民间瓦房，除了袅袅上升的炊烟之外，灰色的屋瓦上永远都平静如水，没有一个人会出现在那些瓦上，只有夏季的雨水和冬天的大雪，阴雨绵绵或白雪皑皑。

从我出生至今，我无数次用胆怯而渴望的目光注视所有灰色的事物。在我的目光略感疲倦之后，我就专心地构思《西厢房》的故事，反复琢磨居住在东西厢房里的女人和她们的丈夫及孩子。有一天。我见两个女人正在偷偷摸摸地将一张刺猬皮炒干后准备研成末，我进去后，一个女人立即用一件紫花夹袄将那张刺猬皮盖了起来，并一屁股坐到了锅上。我到药铺里询问小峰。小峰说，谁要用这种药？这可不是好兆头。我说，它是治什么病的？小峰说，少爷你打听这干什么？那种东西专治妇女血崩。我返回西厢房前，正遇一个妇女出来倒水。我对她说，对不起，我刚才不是故意的。这时，另一个女人从里面出来，站在门口。我此时才发现她脸色蜡黄，弱不禁风，很勉强地笑着。又有一天，我从安子玉那里回来，见一个四五岁的小丫头，手里拿着一块锁阳，在院子里四处乱跑。我招手想叫住小姑娘，但一回头，发现它正在不远处望着我，我立即打消了那种念头，急忙回到屋里。不多时，我听到了那个小丫头的哭声。我推开门，见一个嘴边有黑痣的妇人将那个小丫头扯回到东厢房里。接着，又紧紧地闭上了房门。

每当我打开那个灰色的笔记本，孟繁漪身上那种熟悉的气息便会迅速地弥漫在我的眼前。现在想起来，我已经有半年多时间没有看见她了。黄妈总说她快要来了，可总不见来。父亲告诉我她出了远门，也许这一辈子都不再回来了，我不相信。我曾几次去她的住处看，可每次总是没人在家。

每当我想好一个人物并写在纸上以后，我都会听到它的声音。它一直就在外面。

我在《西厢房》里写了一束红得异常可怕的花，它有时候栽在一个白色的罐子里，里面的清水能看见人的倒影；有时候又会被人插在一只细颈大肚的瓶子里，女人手中的拂尘常在它的周围飞舞。这束花是我想出来的，是一种幻想。有一天我专门为此到西厢房里看了一次，里面并没有那样的一束红花，连其他的花也没有，东厢房里同样没有任何一种花。我转了许久，一个女人为我搬来一只凳子，又将一块棉垫放在凳子上。

我对一个正在缝制衣服的妇女说，你们屋里为什么不栽一束花呢？红花白花都很好看，安子玉那里多得是。

那个妇女说，少爷，你真抬举我们了。你看我们是那种能栽花赏花的人吗？我们何尝不想，是花就好看，我们也想来着。想一想也就够了。

我说，等有空我给你们要几枝回来。

那两个妇女一齐说，我们没看走了眼，少爷你可真是个好人。

有一个女人站在我身边说，不给你倒茶了，知道你也不喝。

我对那个女人说，给谁缝衣服？

她说，是李总管的一件皮袍子。说着，举起来让我看。雪白的狐皮领子堆积在她的胸前。

我回到屋里，立即删去了那一段有关红花的耸人听闻的描写，从此我不再大肆渲染任何一件事物，不再对家具以及器皿的光泽做仔细的观察。我只记载我听到的声音。

夜里，我睡下后，它突然来到我的窗前。

我熄灭了灯，侧转身注视着它的影子。不久，它走了。

我把头蒙在被子里，我听见墙上的道道青藤像僵而不死的蛇一样低声蠕动，我能想象出大部分的青藤暴露在灰白色的月光下时所呈现出来的那种颜色，但我们的院子里没有蛇一类的东西。四处弥漫的中草药的气息使所有的虫子都无以栖身，不能存活。有一次孟繁漪对我父亲说，你以为我愿意来你这里？你这里有什么好？连人的表情都是苦的，无论看谁一眼，都会苦在心里，涩在眼里。现在，苦味四处弥漫，我听见黄妈在外间的床上不停地翻身，松散后的头发甩来甩去。不久之后，我听见她起来倒水，但很快又躺下了，我没有听到她喝水的声音。她在床上整理什么东西，声音像绸布或柔软的纸张。一种撕扯东西的粉碎声突然响了一下，过了很久以后，又传来轻轻的一声，以后便再听不到那种撕扯声了。我感到她此时正在用手揉着什么，她的床发出了轻微的吱吱的响动。这以后，我听见她重新下了床，把水倒在地上（是刚才的那一杯水吗?）。她在地上走了几步后又停住了。我不知道她是在注视着窗户，还是在向四处张望，好半天没有一点儿动静。我把被子拉到脖子以上的部位，窗外灰白的月光照进来，使屋里的两张椅子看上去又黑又硬，椅背上的雕花深不可测。曾经有一瞬间，我怀疑黄妈也看见了它，否则她不会这样翻来覆去、徘徊不定，她可能透过窗户看见了它在外面的影子。我不知道黄妈会以为它是什么。她拉开一只抽屉，又关上另一只抽屉，我能感觉到她的手连同身上披着的薄薄的衣服都在暗中不停地颤抖，它的样子使她深为恐惧或不安？我在这时突然听到了黄妈擦火柴的声音，但没有擦着，外间依然没有出现亮光。她把火柴放回打开的抽屉里，又开始轻轻地走动，传来一阵轻轻的落叶般的簌簌声。她站在灰白的月光里，柔软的身躯肯定遍体漆黑，只有两只眼睛是亮的。它站在她的窗外，甚至有可能贴到窗户上，始终没有离去的意思。我感到黄妈此时此刻距离她的床榻越来越远，她视线内的东西密密麻麻，或者一无所有，空空荡荡。她远远地望着自己的床，以及床上凌乱的被褥和换下来的衣物、枕上的根根断发，一遍一遍地打量着窗户上的机关，而机关和缝隙又是如此的模糊不清。

我望着窗前的两只瓷瓶。最初我以为瓶中栽着两束没有花朵的枯枝，后来才想起那是昨天中午小峰给我送来的两把药材，我没有工夫去嗅，才随手插到了瓶子里。现在，瓶中的水使一股清淡的药味渐渐挥发出来。药材的枝桠像一种金属的剪影，像《芥子园画谱》上那些工整平直的花卉图案。

黄妈碰响了一种东西，温热的气流从她的嘴里缓缓而出，她正在用手揉她的腿或腹部。这时候是她忘记窗户及床榻的时候，突如其来的疼痛使她在短时间内忽略了它的存在。

这时候，我忽然睡着了。

第二天早晨起来，黄妈进来为我整理床铺。我极其吃惊地看到了昨夜的痕迹，看到了依旧停留在她腮边的一丝罕见的红晕。

王大头为我送来一只鸡。王大头对我说，你最好能把主要的部分都吃了，这是我用十八种药材熬出来的。

我一直目送着王大头的背影消失。我坐在桌前回忆出现在黄妈脸上的那一丝罕见的红晕，我原以为她早晨起来一定会两眼乌青，头发散乱，我没想到她的脸上会出现一种难得的光泽。许多出乎意料的事情总是那样使我措手不及、神思恍惚。一阵交谈声传过来，父亲与宪兵队指导官西宫喜一从里屋出来。父亲对我说，把汤都喝了。西宫喜一在我的肩膀上拍了一下，说，你的，脸色大大的坏了坏了的。他们穿过回廊，一同向外面走去。当我正开始举起汤匙的时候，忽然听到了它的声音。我起身走到门口，看见了它。我返回来坐下喝汤。不知从什么时候起，我非常不愿意让它看见我，我感到它的目光和表情都不怀好意。我宁愿与西厢房的那些绣花、淘米的妇女聊天。黄妈像一只上足了油的车轮，步履轻捷地在我的四周穿梭来往。有人正从院门外往里搬运麻袋和长条的木头箱子，早晨的空气使门外的两匹马像伤风的病人一样不住地打着响亮的喷嚏。

一个在街外清扫马粪的老人领着大明进来。大明告诉我说，安子玉现在有事找我，让我立即去花店一趟。

黄妈对大明说，什么阿物儿，也敢来这里指手画脚，我们少爷还没吃早饭呢。

大明说，那我就回去了。

我说，我已经吃过了。

我跟着大明向外走，黄妈在后面说，勾魂鬼。东厢房里的一个女人正在院里晾衣服，我们走过时，她站到了衣服的后面，衣服上的水珠滴滴答答地落在地下。隔着展开后的衣服，我看不见她的眉目和身体，只能看见她的头发，只能看见她的鞋。

那些绿色的长条木箱子看上去异常沉重，两个抬箱子的人都弓着腰，气喘吁吁，走起来两条腿像一道拱形的门。我回头向西院张望了一下，发现它正在远远地注视着我，姿势如同我已逝祖母在遗像中摆出的。

两名女学生正在店里挑选花束，其中的一位小腿很粗，戴着深度的近视眼镜，她的脸凑在花上。大明迎上去问道，两位小姐要什么？是要玫瑰花吗？

近视眼镜说，我要一束黄水仙，可你这里没有。

大明说，小姐，黄水仙不就在你的鼻子底下么。

近视眼镜向后退了两步，惊呼道：上帝呀！

我走进里间，安子玉正躺卧在床上翻阅一本薄薄的小册子，他皱着眉头，脸上的肌肉显得浮肿。我坐下后，他扔掉手里的小册子，对我说，把那块表拿出来，我想它可能又坏了，我再给你修一修吧。

我把表掏出来递给他。他接过表，戴上老花镜，边揭表壳边说，我一看就知道它哪儿出了毛病。他打开表壳，拨拉了一阵后，突然抬起头对我说，你把表让什么人看过？

我父亲。我说。

什么？

我的话使安子玉立即从床上滚落下来。他躺在地上用两只脚将墙壁踩得咚咚直响，之后又半跪在床边，伸手撕扯一块毛毯。我在这时发现他刚才戴过的那副老花镜早已不翼而飞了。我对他说，你怎么啦？找不到眼镜了吗？

祖宗，这回我可是真的完了，我算是毁在你的手里了，天哪！我怎么会把大事寄托在你的身上？啊？难道我不知道你是谁吗？

他扔掉手里的一角毛毯，俯身从床下拖出一只皮箱。他打开箱子，我看见他先把一条裤衩放进箱里，之后又拿出来，狠狠地扔到一边。他啪的一声关上箱子，接着又猛地打开。他望着我，说，我要干什么？啊？我想干什么？

我说，你是不是想把换洗的衬衣和皮带都放进你的箱子里去？

他说，不，你胡说。

警备队的摩托车在花店门口突然熄火之后，安子玉的头像一块大磁铁一样紧紧地吸在箱子上面，久久不愿起来。我伸手扶了他几次，都扶不起来，他连动都不动一下。他比我有力气，我已经看出来了。我立即对自己感到非常沮丧而泄气。但就在这时，我忽然在无意中看到了他的那副老花镜，就在他的腿边。我激动不安地弯腰把它捡起来，有一块镜片已经不见了。我一手拿着老花镜，一手摇着他的头对他说，哎，我找见你的眼镜了，就在你的腿边，你真是骑着毛驴找毛驴。给你，你看看，已经让你压坏了。安子玉像睡着了一样。这时，有三个人站在门口，三张红润的面孔像挂在门上的三只陶瓷面具。我看见他们皮带上坚实的铜扣幽幽发亮。

晚上。一阵清晰的洗骨牌的声音远远地传来。李启东带着两个人将安子玉的那一千多张唱片搬到我的屋里时，我正在笔记本上鞭打《西厢房》里的一个馋嘴的女人。

李启东对我说，少爷，这都是你的了，从此以后，你想什么时候听就什么时候听。那两个人将唱片放下后摆好。

我说，安子玉为什么不要这些唱片了？他不想听了吗？他保存了几十年，他每天都掸一遍。

李启东说，他现在没工夫听这些，他听蛐蛐叫去了。

旁边的一个人给李启东点燃了一支烟。

我说，我不要，我不喜欢听音乐，我嫌它吵。

李启东说，别犯糊涂了，这里边有一部分花钱都没地方去买，其中有几张堪称千古绝唱。

我说，我只要那张灰色的。

还有呢，说着话，李启东从另一只纸袋里取出五张唱片对我说，这是西宫喜一指导官特意送给你的，上面都是日本民谣，好听得很吔。说完他们就走了。几天以后，西宫喜一派一个人来，说要重金购买我的唱片，那个人带来五十块钱，除了那张灰色的唱片之外，几乎拿走了所有的唱片。父亲对我说，反正你也不喜欢音乐，就当是送给他的，还能落个人情。

我视父亲的话如一阵风，我视那些唱片如一张张干硬的牛粪。得不到孟繁漪的消息或下落，我干什么都没劲。假如她从此一去不复返，我想在《西厢房》的第二部分里编造一个美丽的穿灰衣服的女人来顶替她的从前，呈现女人的传奇。我想把一切的地点和事件都涂染成我所喜欢的灰色，我要一笔一画地描绘出几个白发苍苍的老人，他们的呼吸像尘埃一样令人难以察觉。他们坐在冰凉的石凳上，像古代的神仙一样默不作声地对弈，泛着绿意的青草在他们的脚边根根直立。他们把口中的稀少的分泌物化作一颗颗肉红色的桃核，化作赖以行走或飞翔的手杖。洗衣的妇女和淘米的妇女像种种相沿成习的风物标志一样布置在他们的四周，一起一落的悠远的捣药声经久不息地回荡在他们渺茫的视线之内。那些终年足不出户的妇女正在门前染布、喂养孩子，她们盼望晴天就像日夜思念久久不归的男人一样。公鸡不但在黎明前突然啼叫，有时在早晨或中午也会啼叫不停。手握古老的尺寸，明亮如银的剪刀在布匹与绸缎之间像水一样循序渐进，一路而来。她们喜欢把一些永恒而吉祥的标志绣在上面，有时甚至完全镂空，状如可以眺望的门扉或廊窗。她们沐浴后的水流通过水道，暴露在光天化日之下，呈白色或粉红色。远远望去，熟制皮革的一整套动作与接生婆惯常的姿势几乎难以区分，而檀香的气味和清晰的叩打门环敲门的声音才使人感到有些真实可靠。多少卖柴的人东张西望地从檐下走过，多少只摇摇晃晃的灯笼被屋后的阴风扑灭后又被重新点亮。几个人常在黎明到来之前没完没了地咳嗽，几个人一看见灯光便都迅速隐匿起来，屏声敛气，或装神弄鬼，呜咽不休。我知道是谁在早晨到井边打水的时候不慎将随身携带的麝香荷包遗失，连续多日魂飞魄散，惶惶不可终日。我知道谁曾经被绑在朱红色的廊柱上，不久之后便突然下落不明，像屋顶上袅袅的炊烟一样消失得无影无踪。我知道有人曾经为一件难以启齿的事情一步一挪地移至厨房内，之后被厨师王大头断然拒绝，使案子上的杯盘刀叉响成一片，乱作一团。

我见过漆黑的锁链和桃色的亵衣。

我见过安子玉花店的门户上贴着的那些白纸的封条，它们像英雄披挂过的绶带一样，只是颜色有所不同。经常有一个人坐在花店外青石的台阶上专心致志地捕虱。

许多鸡鸣狗盗的事情屡屡发生，许多婆婆妈妈的书籍使我的耐心逐日丧失。

我时常目睹那些游手好闲的和尚，他们可以到处化斋，像水一样随意渗透，无孔不入。在他们不化缘的时候，在他们心满意足的时候，就拼命地在人群里挤来挤去。

所有那些被秘密溺死的婴儿都裹着土织的白布，在阴暗的下水道里随波逐流。有一次，西宫喜一的儿子西宫太郎的一只羽毛球被我不慎打落到入水口里，一个下去捡球的伙计抱上来一个二三斤重的婴儿，轻飘飘的羽毛球早已被流水冲走，漂到了郊外的某一条壕沟里。

我在孟繁漪送给我的那个灰色的笔记本上记满了铺天盖地的语言和文字，记满了我的幻想和经验。中途辍学使我对六朝以前的文章一片迷茫，因此我常到东厢房或西厢房里去，看她们小心翼翼地擦洗瓷器，看她们煮牛奶、煎草药、织壁毯、贴膏药，看她们挽起袖子在金色的铜盆里洗手，看她们蹑手蹑脚地将观音脸上的尘埃拂去，倒掉灰烬，点燃香烛。

站在倾斜的街角里，我能看见她的微微凸起的腹部和潮红的面容，从前我常见她终日坐在西厢房的窗下，没完没了地给一件又一件的衣服绣花、绲边。有一次，东厢房里的那个嘴边有一颗黑痣的女人突然对她破口大骂，她低着头，手里的针线一直在不停地颤抖。现在，她站在另一家药店的柜台前，手里托着几块钱，药店老板的头摇来摇去。过了许久，老板带着她向里面走去，拍着她的肩膀。

“天元泰”的老穆骑着一辆自行车，手里摇着一只牛皮拨浪鼓，东倒西歪地出没在我的视线内，街风吹动他的衣衫，像一件鼓荡起来的肥大的道袍。街上白尘茫茫。

这是一个收购羊毛的季节，每天都有不少负重的人穿过城门，出来进去。郊外河两岸日夜都旋舞着丝丝缕缕的白絮，犹如低垂而破碎的云彩。有时候我会站在岸边，茂密丛生的草木遮掩着昔日的那条繁华而危机四伏的古老驿道。那是一条缓慢而萧瑟的河流，仿佛一位孤独的老人在晚年时的夕阳下独自徐徐而行。时间的流逝使它在四十年前显得繁华如梦，至关重要，又使它在三十年后变得毫无作用。我常望见一些云鬓蓬松的洗衣妇神色松懈倦怠地跪在岸边，慢慢地将浸在水中的衣服一件一件地捞起并展开在黄昏时的夕照里。放牧的人戴着宽边的草帽，无所事事地打量着水中模糊的人影和披泻的马鬃。

运载着粮食和药品的马车在郊外尘土飞扬的大道上日夜狂奔。

小虎跟着我的舅舅来到我们家里以后，邓膺已被人从圆柱上解开绳索，让李启东带出去了。闪烁在院子里的十几只灯笼使舅舅风尘仆仆的脸上现出了一丝疑虑。舅舅走上前对父亲说，德公，发生了什么事情？

父亲拉着舅舅的手一同往里走。父亲对舅舅说，出了一点儿小问题，一个家伙从暗中先后搞走了我的不少药品。

舅舅说，像老鼠偷油那样吗？

父亲放声笑起来，对，就像老鼠偷油那样，孟兄，想不到这么多年过去了，你还是从前的那个孟繁水。你是不知道，我总在想你呀。

小虎从那间尘封已久的蛛网密布的空房子里吭哧吭哧地拖出一匹褐黄色的落满灰尘的木马，让我与他一前一后骑上了马。小虎还回头告诉我，让我抓住他的裤带，我们要从这里出发，穿过几处院子，去远处打仗。小虎挺了一下胸，对我说，和那些将军们相比，我只是缺少一根正式的皮带罢了。我伸手抓住了他的裤带。小虎告诉我说，这是一匹很厉害的马，性情异常暴烈，几乎没有人能够驯服它。小虎唱着“五花马，金络脑”，褐黄色的木马在他的频频吆喝声中开始艰难地旋转，木制的脚与地面摩擦时发出了阵阵艰涩的吱吱扭扭的声音，使人牙根发酸。不久之后，我突然感到手中一阵空虚，手上的力量仿佛顺着手指全部流了出去。小虎的裤带被松开了。

那时候，我听到了它的讪笑。人仰马翻的情景一直使我难忘，困扰多年。

西宫太郎和小虎并排着躺在我的床上，黄妈把一盆水放在脚边，从瓶子里掏出酒精棉球清洗他们的其脏无比的手和脚。

我站在后面，黄妈的动作使我有些忘乎所以，我不停地笑着，抬起腿一下一下地撞击着黄妈的背部。黄妈将一个用脏了的棉球扔到一边后对我说，你去那边休息一下吧，让我一个人慢慢来，这事马虎不得，也急躁不得。我说，我不想休息，我想看，我觉得你像医院里的那些护士一样。黄妈说，护士算什么东西？你真没良心。

有一瞬间，西宫太郎被黄妈的手弄得很痒痒，他情不自禁地笑着，想翻身坐起来。黄妈抬手在他的头上打了一下，说，老老实实躺着，不准起来，里面的沙子还没弄干净呢，你不想长大以后变成个废人吧？太郎把身体躺平不再动了，他说，我当然不能成为废人，我要为天皇的圣战流尽最后一滴血。

黄妈说，住嘴，我要往出弄沙子了，你得多少忍着一点儿。

小虎说，我的呢？我的也没弄干净吗？

黄妈说，没有，都没有呢，都给我老老实实躺着，谁也不许乱说乱动。

小虎说，我觉得我的里面好像没有沙子，我一点儿也不难受。

我说，你为什么不难受？你应该感到你很难受，是不是黄妈？

黄妈对我说，祖宗，你去那边躺一会儿多好，你这样站在我的背后，让我头很晕，我简直没办法把他们收拾干净。

我说，你尽管干你的，我没看你，我在看小虎和太郎。

太郎说，快动手吧，我不想成为一个废人。

我看见黄妈的手像捉蚂蚁一样，慢慢地蠕动，不断地改变着方向，她专注的神情使躺在那里的太郎像是熟睡了一样，好半天我没有听到太郎的叫声，我只看到他的鼻翼正在可怕地不动声色地向外扩张、振动，他的样子使我猛然想起了我那因抽风而半路夭折的弟弟。黄妈的身体微微前倾，她的又圆又大的发髻像一只正在蒙受袭击的鸟巢。有什么东西在这时候忽然滴到了水盆里，平静的水面顷刻间荡开数十道匀称而曲折的波纹。

这时，与太郎并排躺在一起的小虎突然问道，我现在可以起来了吗？

黄妈没有回答。我看见她的一副溜肩膀正在一起一落地耸动着，就像她平日里独自呜咽抽泣时的那种样子。小虎不安分地躺在那里，两只小眼睛不停地眨来眨去，我知道他是在期待黄妈的回答，但黄妈也许根本就没听到小虎的声音。

小虎说，我能起来了吗？

水盆里又一次荡起了那种匀称而曲折的波纹，我望了一下，发现盆里原来一直清澈如镜，并没有看到那种能够引起波纹的东西，只是水的温度远不如刚端来的那时候。那阵子，热气大面积地弥漫，熊熊如炽地向上升腾，而此刻，差不多已完全是一盆凉水了。

那我就起来了啊，你们谁也不说话。

小虎说着话，突然挺身坐了起来，他一头乱蓬蓬的头发看上去像一只被雨淋过的鸟。我说，小虎，躺下。

这是怎么回事？我怎么还不能起来？

小虎不情愿地重新躺下，他两眼望着屋顶，反复说，我没有沙子。

屋顶上有云蒸霞蔚的古老景象，我在平时经常断不了要仰望几次。对于人工图案的注视，常使我能够在一段时间内忘记外面它的存在。屋里所有绚丽的木纹都昭示着吉祥和永恒，所有的陈设之物都能不同程度地激起人长久抚摸的愿望。现在，小虎像一个等待接受治疗的病人一样，直挺挺地躺在我的床上，而黄妈仿佛早已将他遗忘。我注视着黄妈的潮红的手指和小虎腹部上涌起的鸡皮疙瘩，黄妈的手上闪烁着一种奇异的光泽。太郎像一只被追赶的兔子，胸脯和腹部不停地起伏。小虎说，太郎，太郎。

太郎睁开眼睛，说，我听见沙子响了，像豆子那样来回滚动。

我说，太郎，我还以为你死了呢，你真像我从前抽风的那个弟弟。

太郎说，我要做一个好人。

黄妈一如她平日里在观音像前烧香叩拜时的那种表情。她迅速地从水盆里撩了一点儿水，淋到太郎的身上。太郎浑身一激灵，连声说，凉死我了，凉死我了。

院里响起说话声和脚步声。

小虎对黄妈说，我现在能起来吗？躺得我骨头都疼。

黄妈说，你要是真的没有沙子就起来吧。

小虎挺身坐起来，急忙穿好衣服。黄妈把许多雪白的小棉球都扔到水盆里。黄妈对我们说，今天的事谁也不许乱说，知道吗，老爷可不喜欢脏孩子，小心他剥了你们的皮。

黄妈的话使我感到她多少有点儿强词夺理。我对她说，你为什么不给小虎清洗沙子？小虎说，我不洗，我没有沙子。小虎边说边捂着肚子向墙角跑去。太郎在黄妈关注的视线里穿好衣服，又系上鞋带。

黄妈说，还疼吗？

太郎说，不疼了，我头晕。

我打开门，院里没有人。这时，我看见它正在若无其事地打量着我们这边的一排排窗户，像一个偶尔停下来的过往行人。

我现在经常回忆起舅舅带着小虎到来时的那个傍晚，早先活动在院中的人全部散去之后，它们突然从远处降临，密集而无边。灰色的屋瓦吱吱作响，像是有人踩着积雪在行走。我问小虎那是什么，小虎看了半天，用试探性的语气说道，那不是云彩吗？

我不相信那会是云彩，我们一起去问舅舅。灯光把我们的影子像薄薄的纸一样钉在墙上。小虎说，你看，我的头看上去比你的头大多了，虽然你比我高出一截。我把小虎往身后一拉，小虎的那个顶着一个大脑袋的影子就立即不见了。小虎在后面拽紧我的衣襟，说，我要出来，我要看到我的大头。这时。东厢房那边的一扇门打开了，一个女人出来倒水，我看见她穿着一条肥大的猩红色的灯笼裤，手中的白色搪瓷盆在门前闪闪发亮。小虎从我的身后向前蹿去，他的头看上去像一只摇摇晃晃的行将破碎的坛子。

舅舅在灯下画出一排又一排的坚不可摧的水泥涵洞，大量的水流都被他完全忽略不计，暗暗隐去。他把涵洞画得又圆又多。

我忽略了水的存在。舅舅说。

不久前的一天夜里，舅舅为之倾注过大量心血的一座江上大桥突然被一位著名的工兵专家全部摧毁。那位工兵专家被从前线调回，带着新婚宴尔的妻子。舅舅在第二天中午才得到大桥被摧毁的确切消息。

眺望残垣断壁般的大桥遗迹，舅舅看到集结在江对岸的一支几万人的部队正像蚂蚁一样在原地蠕动，徘徊不前。营地里纷乱无比，人喊马嘶，仿佛一场致命的伤寒正在广泛流行。

回忆那些坚实的涵洞和挺拔的桥梁，舅舅感到自己的躯体内布满了无数危机四伏的蚁穴，奔泻的水流总是在他毫无防备的情况下将他的视线全部淹没，导致一幅寸草不生、茫茫无际的洪荒图景。预想中的事物一无所有。

其时，那位工兵专家在完成摧毁江上大桥的任务之后，又如期奔赴前线，他率领的工兵营像不留痕迹的鸟群一样在一夜之间消失得无影无踪。那些被称之为遗留物的硝铵和水泥使浑浊的江水更加黯淡无光。

舅舅看到江对岸那些被困阻不前的士兵每隔一支烟的工夫便朝天空开上几枪，而积累在他们头顶上的乌云却像堆积的棉被一样越来越厚。很多的人都在艰难地咳嗽、喘息，都感到正常的呼吸来之不易。

我望着舅舅在一张白纸上画下的无数密集而异常规范的水泥涵洞，这位失意的桥梁专家如今走投无路，在灯光下看上去更像一位屡试不中的古代举子，满脸晦气，看不到一丝一毫的喜庆的征兆。此时，舅舅给我留下一种手无缚鸡之力的不良印象，那支黑杆的绘图铅笔在他的面前显得异常沉重。

小虎突然说，爹，你的头发烧焦了。

舅舅说，它可以再长出来，旧的不去，新的就不来。

我说，舅舅，你可以重建一座大桥。

舅舅说，我现在早已忘记了所有的尺寸和规格，每当看见堆积的水泥和钢材，我就浑身发冷，我想不起它们的配方和用途。

我想起那些不眠的日子，每天天不亮，舅舅就像一个行动迟缓的但有良好的早起习惯的老人一样摸索着下了床，之后穿过沉睡的庭院和冰凉的廊柱，慢慢地向郊外走去。对于支离破碎的大桥遗迹的无休止眺望，常常使他瘫倒在露水丛中，久久站不起来。那些住在郊外的早起的蔬菜商贩和纺织工人时常能望见他的湿漉漉的皮鞋和裤管，他像一位因饥寒交迫而倒毙在路上的行商或乞丐。他躺在潮湿的泥地上，看着灰暗的天空渐渐变白，看着初升的朝霞像虚拟的胭脂一样一点一点地将东边的天际慢慢染红、涂亮，看着飞鸟的翅膀由蓝变黑，看着呜咽的江水把一些与人有关的生活用品或人的本身弃置在沿途的岸上。他趴在乱草丛中，努力寻找那些并未遗失的塑料直尺和刻有英文字母的绘图铅笔，寻找他的炙手可热的烟斗和雪白的手帕。他的动作常常使草丛一片狼藉。

每当太阳升起来以后，父亲便会迅速派人把舅舅从郊外抬回来。四名家丁像舞台上的古代轿夫一样摩拳擦掌、蹦蹦跳跳，他们首先分头把舅舅的湿漉漉的皮鞋找到，套在他的脚上，然后用一条毛毯把舅舅像裹婴儿那样紧紧地裹起来。有时候他们也会带来一双大号的套鞋，套在皮鞋的外面。我们家里没有人喜欢穿套鞋，有时候黄妈让我在下雨天或下雪天穿上套鞋，我总是设法把它藏起来，藏到一个谁也找不到的地方。舅舅在毯子里使劲挥舞着胳膊，大声斥责那些家丁：把我放下来，你们这些汉奸！我的桥马上就要完全浮出水面了。

父亲对舅舅说，孟兄，你不能再这样了，你看你都瘦成什么样子了，与你的生命相比，一座桥又算得了什么呢。

舅舅说，你不知道，我并不是在白等一场，它马上就要浮出水面了，我已经在水中望见了水泥的颜色和钢筋的骨架。

父亲说，我知道你在期待什么，你一直都在幻想着一种完璧归赵的结局。

舅舅说，是的，我从不认为它是一座永远消逝的城池。

父亲说，这只是你的幻想。

舅舅说，我从不幻想，我的工作不允许我好高骛远。

父亲说，孟兄，你为什么现在变得这样一厢情愿？你以前可不是这样的。

舅舅说，我深信它迟早会浮出水面，它没有被打烂，它只是暂时沉没。

东、西厢房及厨房里的人都在为舅舅的身体而忙忙碌碌，黄妈每天都要热十几次驱寒的汤。东厢房里的女人们把舅舅的皮鞋洗刷干净后晾在窗户下，又重新擦亮。

有一次，我正在院里看一群鸡争食，遇见厨师王大头抱着一罐蜂蜜过来。我让王大头去厨房里给我抓一把米来，王大头急匆匆地对我说，我现在可没工夫逗你玩儿，你舅舅的伙食问题把我搞得四脚朝天、焦头烂额。

舅舅对父亲说，德公，老三还是没有消息吗？她到底去了哪里？

父亲说，没有，我其实一直都在派人打探她的消息，可至今仍然一无所获。

舅舅说，我们孟家兄妹三人，看起来如今只剩下我一个人了。

父亲说，所以你要格外保重自己的身体，否则连列祖列宗都对不起。

我知道他们说的老三就是孟繁漪，另一个是我已逝的母亲。我能回忆起孟繁漪的笑声，但想不起母亲的容貌，我只知道她的灵柩至今依然寄放在郊外的清风庵里。有一年清明时节，孟繁漪带着水果和香烛领我去庵里祭奠母亲。在那座平缓的山上，我看到几个身材矮小的老尼在母亲的灵前诵经，为她超度。山上的所有树叶都像是用颜料染过一样，给人一种不真实的印象，一部分树枝看上去像一支支祭奠或照明用的蜡烛。一只年幼的鹰反反复复地在我们的头顶上空盘旋、飞翔，阵阵山风使几名老尼的袍子不断膨胀，她们按住一角又会卷起另一角。孟繁漪打开袋子，请几位老尼品尝城内的水果，她们都摇头谢绝。孟繁漪含着眼泪对她们说，等我死后，我的灵柩也要停放到庵里，到时还望师父们费心，为我诵经超度，我的在天之灵定会感激不尽。眼泪使她的话潮湿而感伤。几名女尼一齐说，小姐说哪里话，小姐正值青春妙龄，前程锦绣，我们几个都是行将就木之人，万万不可同日而语。

不久之后，天上下起了小雨。

几个女尼请我们去禅房里避雨。我想去避雨，但孟繁漪不想去。之后，孟繁漪撑开一把伞，我们开始下山。

我又看到了那些虚假的树叶及它们赖以生存的条条枝桠，周围的环境使我如同置身于一场梦中。我对孟繁漪说，我还没顾上跟母亲说一句话呢，这就下山了？孟繁漪没有说话。她挽着我的胳膊，在蒙蒙细雨中，她的体温透过薄薄的丝绸衣服传到我的身上。我看见几只慌不择路的鸟，细雨使山下的城门变得灰蒙蒙的，不像平日里那样高大而巍峨。一些人在城外的大道上急急忙忙地奔走，城楼上的旌旗像一卷枯萎的菜叶。

孟繁漪忽然对我说，你知道吗，你父亲他时刻想除掉我。

我说，为什么？

孟繁漪说，为了你，为了你能够更好地更健康地成长。

我说，你那么美丽，他下不了手。

孟繁漪说，你以为他是第一次干这种事情吗？只有最美丽的东西才是被屠杀的对象。

走至半山腰时，我回头眺望，看见那只鹰落到了矮矮的庵顶上。

整整一个下午，院子里一直断断续续地回荡着舅舅的哀鸣声，几乎所有的人都能听到那种凄惨的声音。他像是在做梦，像是在极其认真地对待出现在梦中的某一件事物，他的呼喊使人感到他正在面临一件异常棘手而无比痛苦的事情。东西厢房里的女人们三三两两地垂手站在窗户根下，正在井边打水的人提着水桶呆站在那里，忘记了手中的重量。

下午五点钟的时候，舅舅不再呼喊了，他半睡半醒，发出鼾声和呻吟。一段时间以来，他经常从睡梦中一跃而起，偷偷摸摸地逃往郊外。他的脑子里连续出现往昔生活的乱七八糟的片断，从回忆的角度来说，这类已逝的图像无疑是动人的，而作为噩梦，它又使人疲倦和不安。他现在不知道休息意味着什么，他像受到追赶似的从小时候跑到现在，从他设计过的一个涵洞逃进另一个同样的涵洞里，最终逃到现在的这张宽大的床上。他抱着头躲避在自己的桥上，骤然断裂的桥身使他惊醒过来。

今晚他无法入睡了。

他听到有人在窃窃私语。屏风后面，一种药味使他恶心，天花板上晃动着一些七长八短的人影。一个女人在说话。类似的声音还出现在不久以前的另一天夜里，她捡到了他的一只皮鞋。博士证书、水泥、扬起的抛物线、硝铵、手电筒、监制日期、蠕动的部队……所有的细节都纠缠在一起，他依然没有获得任何意义。

黄妈端着一碗枣羹走进我的房里，她看着碗里的东西，对我说，你舅舅，他的情况好像不大好，你知道，他什么都咽不下去。她说着，把银制的汤匙递到我的面前。我挡开她的手，走到窗前。我说，我嫌你的手脏，我不吃你做的东西。

我的手，手怎么了？她的脸顿时变得通红。她看着碗里的枣羹，脸又由红变白。我说，你的手摸过太郎的沙子，就是这样。我看着窗外，有人在院里奔跑。

你不能这样待我。她努力想把话说清楚。她打开手帕，机械地在手上来回擦拭。之后，突然跑出我的房间。

一个医生穿过回廊，向外面走去。接着，又有人领进一位医生。走掉了的那个是一位年老的中医，正在走进来的这一位是身材瘦削的日本军医，他的眼镜片看上去像两个小小的白点。我想起他曾经生硬地捏起我屁股上的肌肉，狠狠地就是一针。

我来到后院，墙里的树枝后隐藏着一架梯子，一根粉红色的丝带挂在梯子的木刺上，被风吹着，像一只原地飞舞的蝴蝶。

小虎趴在一口废井边。

我说，小虎，看什么呢？

小虎听到我的声音，抬起头，一只手撑在地上，一只手向我招呼。

过来，快过来看。

我跑到废井边，蹲下。小虎说，看见没有，里面有一个人。

我把头探出去，一池散发着古怪气味的积水首先映入我的眼帘，水面上浮着一堆长长的头发，像枯死后的水草。在井壁与水面相连之处，伸着一只纤细的手。

好像是个女人。我说。

小虎说，这是怎么回事？是谁在那里面？你见过这个人吗？

没见过。我说。我到现在还不知道她是谁，我第一次看到这口废井。

小虎说，我去把姑夫叫来吧？

不仔细看，根本看不到那只贴在井壁上的手，我现在感到自己的手像下面的那只手一样，指甲里面塞满了泥沙，手指异常肿胀。

你说，下面会有老鼠吗？

小虎问我，他的两只眼珠滴溜滴溜转个不停。我去把姑夫叫来吧。他说着，从地上爬起来，向前面跑去。

父亲过来时，李启东领着两个伙计也跟来了。父亲根本就没有到井这边来，他站在后院的入口处，对李启东和那两个伙计说，一群废物。李启东对那两个人说，去把井填了，填满。他们举着铁锹走过来，我站到一边，看着他们把周围的杂草和泥土推下井里。

一个女人出现在后院的入口处。

老爷，孟先生不好了。

她的喊声使两个正在埋头填井的伙计抬起头来，射过三道惊异的目光（那一个是独眼）。

日本军医在屏风后面喝茶。

舅舅突然伸出手臂，在自己的脸前做了一个狂乱无比的动作，把在场的人都吓了一跳。之后，他的手在被子上面犹如两只正在吃力行走的螃蟹。他感到有人正俯身探到他的脸前，对方嘴里呼出来的气息使他愤怒：

走开，我不要你，婊子。

孟兄，是我，我是想帮你振作起来。父亲对舅舅说。

舅舅充满怨恨地看了父亲一眼，又闭上了眼。下午以来，长时间的呼喊已使他的力气越来越少，他的声音再也划不破寂静的院落了。有人穿过房间走来，他听到了爆炸声。

父亲站在床前，用和蔼可亲的语调在舅舅的耳边说道，孟兄，今晚你只是略感不适，我知道你不会抛下这个世界。哪儿不舒服，我看看，让我来看看，你可知道，你现在正一步一步地渡过难关，是的，正在渡过。

舅舅睁开眼，怔怔地望着站在自己面前的这个扯谎的人。

父亲继续在他耳边说，不停地说，……振动……幻想……桥梁……汽油……浮力，……是的，你什么也不用担心，因为你的身上并没有任何的伤口。啊，医生诊断的结果令人满意，技术是可信的，它不允许我们怀疑，你也没有权利害怕，什么样的人才会害怕，才有权利害怕？是的，那不是我们。

父亲把小虎拉到床前，拉着小虎的手去碰舅舅的手，舅舅立即好像挨蜇那样缩回了自己的手。父亲的手抓着小虎的手停在空中。小虎猛地抽回了自己的手。

小虎从人群中挤出来，他的头上淌着汗水。我说，怎么样，他认出你了吗？

小虎摇摇头，不知道。

舅舅又一次呼喊过后，脸上的汗珠变得像油星一样滑溜，因而那些汗珠并没有在他的脸上停留多久，纷纷滑进了他的衣领里，他的嘴闭上后又迅速地张开，但没有声音。

父亲说，好了，又过去一关，他已经没有多少力气可以呼喊了。

突然，舅舅的两只手在胸前做出一种异常猛烈的划船的动作，他的身体正在向床外移动，身上的被子像附在茅草上的积雪一样开始卸落。

必须减轻他的痛苦。父亲对在场的人吩咐道，你，你，还有你，到那边去，抓住单子，不要碰他的腿；你，找一根绳子来，对，最结实的绳子；不能撩他的被子，连床单一起抓起来；你，到那边去，那边。

舅舅躺在床单与被子之间，几个人像女人缠毛线一样把床单与被子捆在一起，他们喘着气，看到舅舅的身体不再乱动了。他的脸一片蜡黄，一有汗珠出现在脸上，马上就会一刻不停地滑进衣领下面去。

晚上十点钟的时候，有一部分人在屏风后面休息，日本军医早已离去。舅舅睁了一下眼睛，他看到一盏古怪的灯将屋里的陈设和几个角落映照得有点儿生机勃勃，他笑了一下，但脸上并未出现有关的笑容。当他再次合上眼睛之后，我知道他的视线固定在一个地方。

最后一孔涵洞在他的注视下，正在缓缓地向下沦陷。

原载于《收获》一九九三年第三期

木蝴蝶

一

金针在园子里直直地一根一根地黄了起来，从墙外看，像是有人把那一畦地都点着了。

宋守财说，大的没有了，它们都各有各的事，你雇个小的吧。

我想着那些藏在风里的路和某一个不小心长在路边的村子，宋守财的话像一只瞌睡的老猫一样慢腾腾地从我的眼前走过。

我从队里借了一头驴。驴是队里的，不是哪一个人的；所以，无论是谁，雇一天就要记一天的工，到年底算总账的时候，再把工分折合成钱，从你的收入里扣除。要是你的收入太少，或者根本就没有收入，那你就麻烦了，一家伙你就背上了债，过年的时候，眼看着别人穿着新衣裳，最不济也是洗干净了的半新不旧的衣裳，有的还三天两头地吃肉、喝酒，而你呢，连家里的晒了一年的窗户纸也换不了，顶多把院子扫一扫。

去找队长哭穷，希望能哭出点儿眉目或办法来。队长倒也真是觉得你可怜，但到底还是没办法，他的一番话只能让你反省自己的行为，他的用意也正在这里，让你明明白白地认识到自己的行为完全是一种顾头不顾尾的胡闹，头脑发热，一脚踩空。“当初是谁要雇驴来？不会不雇？让你别雇别雇，就是不听，明知道雇驴是要花钱的，还是要雇！长着两条腿是干什么用的？是摆设吗？为啥不走着去？走着去不就没事了？”说完了，忽然看到你灰扑扑地站在门口，一副低头认罪又没着没落的样子，马上从桌子上抓起一个热馒头，掰开，夹一片肉或者豆腐进去，递到你的手里，或者捧出一只牛耳朵那么大的大饺子来，让你趁热吃下……回家的路上，漫天的雪花纷纷扬扬地下着，你一边走，一边回想起别人家里的热气腾腾的年节景象，一边又对天发誓，对着纷纷扬扬的雪发誓，从今往后，再也不敢雇驴了！在没有绝对的把握和保证的情况下，绝对不会再随随便便地雇驴了，别说是驴，就是羊也不行，鸡也不行，那都是要花钱的，一笔一笔地都给你记在那里，深深地刻在那里，你要是有问题，你就会迈不过去，别人已经到了下一年，你还站在旧年里。

我不是没有考虑过雇驴的后果，但是，我想了好几天，为了元贞，我还是决定要雇一头驴去，尽管元贞就这么早早地还不到时候就奇怪地死了，但是，作为她的娘家这边的最后一个亲人，我更不能给她丢脸，说什么也不能。人不在了，面子还应该在，我是这么认为的。我要是就这么两手空空地去了，身边连一头驴也没有，那里的人会怎么看？他们嘲笑的不仅仅是我，更主要的是元贞。他们会说，元贞的表哥原来是这么一个人，两个肩膀上扛着一个脑袋，就这么来了，——这是我最不愿意听到的。我想，就算是到了年底算总账的时候，我忽然欠上了一笔债，我也豁出去了，我一定要雇一头驴。人一辈子能死几回？就一回。更何况，这次去完了，以后恐怕再也不会往那个方向去了，元贞已经不在了，那个地方即使派人来请我去，我也不会去了。

我从一大片开着数不清的星星一样的小蓝花的胡麻地旁边找到宋守财的时候，宋守财正坐在那里手忙脚乱地穿裤子，脸上和身上全是土，有几个女人在距离他不远的地方嘎嘎嘎地笑着，一看那情形，我就明白了八九分。看见我突然过来，宋守财的脸一下就红了，低下头去，故意不看我，心急火燎地去对付他的那条越忙越出错的裤子。他的那条裤子也好像存心要和他过不去，像两条死胡同一样让他半天走不出去。

站在胡麻地的旁边，有风吹过来，能闻到一种湿漉漉油汪汪的气息。

后来，听说我要雇驴，宋守财马上抬起头，两只眼睛立即像松鼠的眼睛一样滴溜溜地亮了起来。他从地上站起来，一手提着裤子，也不问我雇驴要去哪里，只是让我赶快跟他走，离开这片开满了小蓝花的胡麻地。于是我就跟他走，连着下了几道坡以后，那几个女人已经完全看不见了，回头再看那片胡麻地时，发现它们竟像是坐落在天上。

又走了一会儿，我问宋守财：

“她们又把你的裤子脱了？”

“唉，日他妈的，没办法，”宋守财说，“谁让我人缘好呢。这些个不要脸的女人们，我真是拿她们没办法……有一个问题，我一直想不明白，为啥女人在做姑娘的时候都好好的，一结婚就都变得不要脸了？我真是觉得奇怪。”

说着，他忽然停下来，把裤子褪下一点点，对我说：“帮我看看，掐青了没有？我觉得是青了。”

这时，我才看见他的身上有好几处黑青，像雨前的天空。于是，我对他说：

“青了。”

“她们下手可真狠啊！”宋守财嘴里咝咝地说着，“不是自己的东西不心疼。”

“你没有掐她们？”

“我当然也不手软，逮住机会就狠狠地来一下，把她们闹得吱哇乱叫。可越是这样，她们报复得也就越厉害。她们人多，又都泼辣，我根本闹不过她们去，好虎还架不住一群狼呢。今天也不知是谁，噌地一下，竟活生生地揪下我一撮毛，差点儿把我疼死。”

我想起我刚走到那片胡麻地旁边时，看到他眼泪汪汪地坐在那里。天是阴天，阴得像是晚上六七点钟的景象，一只簸箕那么大的鹰在胡麻地上面展展地飞着。

“也不能怨她们。”系好裤子后，宋守财说，“也不能怨天，不能怨地。”

“那怨谁？”

“怨社会呗！社会上把女人的地位一提再提，要不她们哪敢随随便便地就脱别人的裤子？简直不像话，想脱谁的就脱谁的。”

“社会好像没让她们这么做。”

“可她们就要这么做。”

“你也别计较，我听说原始社会的人都不穿裤子。”

“问题是现在不是原始社会，而是社会主义社会。要真是原始社会，我也就没说的了，我压根就什么也不穿，她们脱什么去？想脱也没有，非要脱的话，那就只有剥皮了……哎，你还知道原始社会？”

“知道，听人说的。”

“你还知道什么？”

“我还知道，有一个人，经常动不动让村里的女人把他的裤子脱了，她们还把他的身上掐得青一块紫一块的。”

“哎，还想不想雇驴了？竟敢这样说我？竟敢这样笑里藏刀地取笑一位革命干部？”

我看看他，他并没有生气。有土黄色的野兔从我们的身边跑过，石鸡在半山腰里叫着。

在回办公室的路上，宋守财问我：

“要雇几天？”

“两三天吧，”我说，“也说不定是四五天。”

“到底几天？”

“先就按四天算吧。”

“那好，就按四天算，四天头上你可得回来。一天两个工，四天八个工。”

“太贵了。”

“那你说应该出多少？要不这样吧，一天按一点儿五计算，行吧？不能再低了。”

“一点儿五？一点儿五是多少？”

“一天一个半，四天是六个。上一回友邦来雇驴，要去皮条窑，我也跟他说的是两个，人家二话没说，牵上驴就走。”

“我哪能跟他比？他一年四季砍酸刺，卖酸刺，卖麻黄，钱多得没地方放。村里那么多人家，谁的院子里也没有砖，就他的院子里铺着砖，从家门口一直铺到大门口，还是那种方方正正的大砖，还不是小砖。下雨的时候，院子里连一点儿泥也没有，比公社的院子都好。上一回我去公社送萝卜，雨下得湿淋淋的，看见李秘书抱着一个收音机正在院子里走，突然脚下一滑，摔了一个狗吃屎，脸上身上全是泥。李秘书爬起来就骂，先骂天上的雨，又骂地上的泥，那个收音机也摔得不响了，一句也不唱了。”

“我当然知道，你说的这些我当然都知道，一天一个半，我这不是已经给你降下来了么。”

“友邦那么有钱，你们就不管一管？”

“轮不到我管。”

有四五只喜鹊从那边飞过来，落在一棵小树上，又挤在同一根树枝上，一字排开，露出白白的肚子。

在沟里走了一会儿，听见那种外表长得像鸡一样的名叫八姑的鸟在上面一声接一声地叫着，叫声让四周显得更空。宋守财折下一根白荆条拿在手里。

“路上骑不骑？”

“不骑。”

“真的不骑？”

“真的不骑，就是让它驮点儿东西。”

“东西多不多？”

“不多。”

“那就说好了，说不骑就不骑，回来后我可是要检查的，要是把驴压坏了，到时候咱们再说。前年的时候，李富雇完驴以后，一声不吭地还回来，我还以为没事呢，谁能想到，当天黑夜，驴就开始吐血……那实际上还是一个小驴呢，是因为它长得大，人们就以为它长成了，实际还不到半岁。后来，我终于调查清楚了，李富那个王八蛋，别看表面上长得挺憨厚，挺善良，实际却心狠手辣，不光他的女人一直骑着那头驴，他自己也骑在上面……驮着那么大的两个人，那还不到半岁的小驴哪能吃得住？有人在路上看见过他们，他们两人刚一骑上去，小驴腿一软，就倒下了，李富还恶狠狠地下来打驴。驴怕挨打，就拼命地想站起来，它很清楚，只要站起来，驮着他们往前走，他们就不会再打它了。"

一条小路像一根白带子一样软软地搭在沟沿上，在沟沿那里飘了起来。

从沟里上来后，宋守财忽然说：

"你等着看吧，总有他倒霉的那一天。"

"你说的是谁？李富？"

"我听人们说，公社的李书记也没他有钱。"

我愣了一下，过了一会儿后，我明白过来，他说的是友邦，不是李富。像李富那种人，别说是不可能有钱，就是有了钱，也不会把那么好的砖铺在院子里，要铺也只能铺在他的心里，脑子里，铺在一个只有他本人才能时时看得见感觉得到的地方。

快走进村里的时候，宋守财忽然又没头没脑地说道："这哪能行呢。"

二

这个名叫小四的驴是它娘的第四个孩子。去年秋天，它的娘在拉高粱的时候跌断了腿，跌得很厉害，骨头都断了，只剩下一点儿皮还连着。看着它疼的那样，人们说，快杀了吧，杀了它就不疼了。有人不同意杀，理由是人跌断了腿以后都要千方百计地想办法治疗，为什么驴断了腿就只有一条出路，只想到杀？队长说，啥也不为，就因为它是一头驴，而不是人，要是一个人跌断了腿，我们谁也不敢做主把它杀了。队长是主张杀的。队长说，别以为我就是一个恶人，驴跌断了腿，我比你们谁都心疼，比你们谁都麻烦，以为我心里不麻烦？我是从实际出发，这时候要是把它杀了，我们还能落下不少肉；这时候要是不杀，等过些日子，连那点儿肉也没有了，只剩下一把骨头，你们谁要？我这样做也是为了帮助它解脱，让它早死早转生，来世争取转个好命。再说，我不相信兽医能把它的腿弄好，他自己的一条腿还是拐的哩！他要是有办法，还用得着拐这么多年么？而且，看样子他还得继续拐下去，一直拐到最后。队长没有瞎说，说的基本都是事实。

于是，就把小四它娘杀了。

除了皮归公外，肉都分到了各家。皮是因为没有办法分，一分就废了，要是能分，也会分的。每人分得手掌大的一小块驴皮能干什么？吃又不能吃，穿又不能穿，用来做个记号也算不上显眼。总的来说是不能分，就像一扇由好多个小格子组成的窗户，装在一起的时候是一扇完整的能够遮风挡雨的窗户，要是把它一小格一小格地拆下来，那就什么都不是了。还有好多东西，都是这个道理。

太阳还没有落山的时候，不少人家已经在开始煮肉，风箱响得像雷声，火旺得像一场人为的火灾，很多人都在弯弯曲曲的炊烟里到处乱窜，狗夹杂在其中。实事求是地来说，小四它娘的肉算得上结实，耐煮，又费火，直到晚上，天上的星星都出来以后，有的人家锅里的肉才终于煮烂。

也有不煮的，比如老二和我，我们兄弟。一万年太久，一块肉放在锅里要煮那么长时间，老二和我都觉得受不了，尤其是老二。他考虑再三，计划了好几种吃法后，最后还是发现包饺子比较来得快，不需要更长久的心烦意乱的等待，只要事先稍稍忙乱一会儿，事情很快就会有结果，很快就能见到煮熟后的饺子。至于饺子里面的肉真正熟了没有，那倒不是太主要的，熟不熟的无关紧要，只要从外表看上去熟了，那就行了。我们主要是不想等，我们很清楚，等就等于是在实实在在地折磨和消耗，其中的麻烦是那些从来没有等过的人无论如何都不能想象的；所以，无论如何也不能自己把自己往麻烦里面送。有不少时候，一个人的麻烦都是自己无意中或千方百计地找出来的。

于是，兄弟俩就开始飞快地、火速地、一往无前地包饺子。我们的饺子，每一个都有我们自己的拳头那么大，最小的也有小孩拳头那么大，这让我多少有些害怕。

我对老二说："太大了吧？怕煮不熟。"

老二说："不大。"

"没有人包过我们这么大的饺子。"

"管那么多干吗？包你的就是了，别人是别人，我们是我们。爹妈都不在了，这个家我说了算。"

为了安慰和鼓励我，老二又说："你不懂，这样的饺子吃起来过瘾，吃一个，是一个，不会白吃，一个顶一个。再说，我们又不是城市里的人。"

我对他说："人家都是小的，一个比一个小。"

老二说："城市里的人都是王八蛋、狗屎，把饺子包得那么小，像不足月的小耗子一样，我不知道他们到底要干什么。"

天还没有完全黑的时候，我们就开始把那些拳头大的饺子们陆陆续续地赶进锅里。老二一手拿着勺子，一手驱赶着弥漫在脸前的雾气，表情十分严肃地注视着锅里的情形。

看见我也伸长脖子正在向锅里观看，鼻子一抽一抽的，老二就对我说：

"不要看了！你这样看来看去，会把锅里的饺子看坏的。"

我有些委屈地想到，你不是也一直都在看么，一步都没有离开过……想是这样想的，但我没说出来，还是很听话地往后退了几步，站到了他的背后。在这样一个大好的时刻，谁都懂得顾全大局、把握分寸，团结就是力量，明白兄弟之间在这个时候绝不能发生矛盾，要是一不小心打起来，不仅仅是饺子吃不成了，一切也全都有可能完了。

这时，听见老二把手里的勺子高高地往上一举，用一种豪迈而骄傲的口气说道：

"北京喜讯到边寨。老弟，告诉你一个好消息，咱们的饺子快熟了，马上就熟！"

听到这样的消息，听到锅里的饺子不仅没有被看坏，反而形势一片大好，我忍不住从他的身后蹿了出来，一边往前拱，一边说：

"我看看——"

但是老二马上制止了他兄弟的这种十分不自觉的行为，他用自己的身体往前一挡，又严厉地命令道：

"剥蒜去！"

我在雾气里回答说："我们没有蒜。"

“没有就不会想办法吗？出去借去！”

“问谁去借？”

他停下来想了一会儿，然后对我说：“去咱们后面的老安家里借几瓣蒜，就说等过年的时候还他。对啦，还有醋，醋也得借，不过不要在同一户人家里借。让我想想，住在安仁义家后面的是谁……”

我说：“这还用想么，是王文远。”

“对，是王文远，醋就去王文远家里借。记住喽，去王文远那里借醋的时候，一定要把在安仁义那里借的蒜装进兜里，不要让王文远家里的人看见，不要让人家以为咱们既没有醋又没有蒜。”

穿过烟雾，我走了。

那天晚上，老二大约吃了八十多个饺子，我也不少。一开始的时候，我们的脑子里还是很清醒的，每吃一个，都记在心里，记得清清楚楚。但是后来，渐渐地就乱了，越来越记不住了。有时候，我们兄弟俩人会边吃边核对，但结果却是，不核对还好，越核对越乱，变得比原来没核对以前还要乱，我们互相看着对方，像是在一个人生地不熟的地方迷了路一样，不知道是咋闹的，不知道发生了什么事。

后来，我们就不再数了，也不再想努力去记住什么——因为我们发现什么都记不住了。

我们没有喝酒，但两个人好像都醉了。

再后来，我用一只手摸索着想把最上面的几个扣子解开时，忽然发现有一个人躺在我的旁边，我吓了一跳。我有些模模糊糊地想道，这是谁呢？怎么会躺在这里？这以后，我一边费力地解扣子，一边歪着头去看那个人，仔细地盯着看了一会儿后，才明白那个人就是老二。我感到有些奇怪，又有些迷惑，我不知道老二是什么时候躺在这里的，事先竟也没有跟我这个做兄弟的说一声，甚至连哼都没哼一声，就这么已经静悄悄地躺了半天了。我歪着头，用一副醉醺醺的样子在吃力地回想着一些事情，想得很苦，很费劲。过了一会儿，我终于想起了一件事情，不过，应该说那不是一件事情，而是一种现象：我确实已经好半天没有听见老二的声音了……我记得，刚开始的时候，老二还不断地对我指手画脚、吆五喝六，一会儿指派我一个事情，一会儿又告诉我不能这样也不能那样，弄得我这个做兄弟的不知如何是好，甚至像是到了别人家里一样。当时我还十分不愉快地在心里想道，不就是吃一顿驴肉饺子么，至于这样么，用得着这样么？我真是看不惯老二的那种既霸道又吹毛求疵、蛮不讲理的做法，要不是担心饺子吃不成，我真想狠狠地和他打一架。想是这样想的，我却是一直都忍耐着，没有半点儿想要发作的意思；因为无论从哪个方面来说，打架都不能算是一件好事情，而亲兄弟之间要是打得头破血流、你死我活，那就更不是人干的事了……可是后来，随着吃饭声音的响起和延续，我就再没有听到过一声让我觉得委屈和不快的动静。

老二一动不动地躺在我的旁边，眼睛睁着，不知在看哪里，嘴张着，却又说不出话来。

我一个人慢慢地想了一会儿，忽然意识到不能再这么继续吃下去了。我放下手里的筷子，东张西望地看着屋里，屋里明明有我们兄弟两个人，但我却觉得只有我一个人，这让我自己也觉得奇怪，可是又想不明白。另外，我还有一种十分不好的感觉，隐隐约约地好像看见危险和麻烦像两个不祥的披麻戴孝的人一样结伴从外面走进了我们这个家里。

我看见挂在门上的那块紫蓝色的帘子飘动了几下，帘子在动的时候，我的眉毛和眼皮也跟着在跳，这让我相信那两个披麻戴孝的人已经掀起门上的帘子从外面进来了。

我好像还听见他们在靠近水缸的那个地方叹了一口气。

于是，我急忙去叫老二，并用力推他。

老二躺在那里，嘴张着，两个眼睛看着他的兄弟，他在用他的眼睛和一只手在示意、说话，告诉他的兄弟说：他现在喘不过气来。

我把脸靠近老二，看了一会儿，终于看懂了他的意思，老二现在一口气都喘不过来，更不可能一鼓作气。出气、换气，成了他眼前最大的一个困难，每次只能喘那么一点点，刚想接着再喘，但马上就又跌落回去了，跌回到起点，回到一开始的那个地方。

明白了这些以后，我一下就觉得自己没办法了。

我对老二说："这咋闹哩？我也不能替你出气。"

看看老二还是那样，又说："其实我的肚子里也是鼓鼓的，又沉又胀，好像堆满了石头，我觉得至少有一麻袋石头堆在我的肚子里面，想挪哪一块都挪不动。"

又问他："你是不是也是这样，觉得肚子里的石头挪不开？"

老二一动不动地看着我。

我对他说："你是不是想告诉我说，你肚子里的石头比我的多，比我的大？"

老二还是像先前那样一动不动地看着我。

我对老二说："那还用说么，那是肯定的，你不说我也知道，你肚子里的石头肯定比我的多，也比我的大，无论哪一块，都死沉死沉的，互相还压在一起，根本挪不动。你知道这是因为啥么？因为你吃得就比我多。”

这以后，我看看躺着的老二，又竖起耳朵听听屋里的动静，我是想知道那两个像纸一样从外面飘进来的披麻戴孝的人这时候还在不在屋里，我觉得他们肯定还在，因为我没有看见他们出去。

一定是躲起来了。用眼睛把屋里能看到的每一个地方都小心地扫了一遍后，我这样想道。

这以后，我对老二说：“我出去叫人去吧。”

老二看着我，脸上掠过一种树影般的东西。

我想了一下，拿来一个枕头，把老二的头垫高了一些，以为这样就能让他喘过气来。

我很快就出去了。我们的爹妈都死得早，家里现在只有我们兄弟两个。我想，要是爹妈还在，哪怕只有一个在，他们也不会由着老二这么胡吃。我自己呢，很明显管不了老二，哪有小的管大的的道理？倒是长期以来一直被他管制着。我知道，哪里有压迫哪里就有反抗这样的道理，但从来都认为那是书上的事，那是别人的事，我本人从来没有那么想过，倒是一直觉得人就是应该要被管着，不管还长不大呢。我出去叫了两个亲戚，又找来了住在附近的两个人。去村里的医生家里叫医生，才知道医生在晌午的时候就到胡家营奔丧去了，两三天以后才能回来。站在黑洞洞的街上想了一会儿，没办法，才去叫兽医。“兽医也是人，兽医也是医生。”我一边走一边这样安慰自己，劝说自己。不一会儿之后，等走到兽医的家里，并见到兽医本人的时候，我已经完全把自己说服了。

但是兽医却说："别胡闹，我是兽医。"

但是我不管，拉上他就走。

回去的路上，我有些讨好地对兽医说，他医术高明，他就是白求恩。

兽医是个近视眼，一边在黑暗中摸索深一脚浅一脚地走着，一边说："去就去吧，别给俺戴这种高帽子。"

从外面一进来，人们就看到老二像一个即将要临产的女人一样，十分困难地躺在那里，有人嘿嘿地笑了两声。很快，又在一个盆子里看到几个拳头那么大的饺子。我们的一个亲戚拿起一个饺子看了看，然后问道：

"这就是你们兄弟两个包的饺子？"

我说："嗯。"

亲戚说："又没人跟你们抢，你们就不能包得小一点儿么。"

我说："我也说这么大不行，可他不听，他就要包这么大的，我也没办法，我闹不过他去。"

亲戚又问："他吃了多少？"

我说："大概最少也有八十几个。"

亲戚说："都是这么大的？"

我说："都是这么大的，没小的，就没包过小的，哪会有小的。"

这个数字把在场的几个人都吓了一跳，互相看着，说不出话来，每个人都像是被噎住了一样。

亲戚看着躺在炕上的老二，自言自语地说："唉，这个二货，这个愣鬼，他真的是不要命了。"

又对兽医说："快想想办法——"

兽医说："我也没办法。"

亲戚说："你要是没办法，我们就更没办法了。"

兽医叹了一口气，说："唉，不是我说他，他这么大的人了，又不是一个不懂事的孩子。让我看，他还不如那些牛和马呢，它们也能懂得一个道理，无论是吃草还是吃料，只要觉得吃饱了，就不再吃了，怎么让它们吃，它们都不张口，可他呢？唉……我当了二十几年兽医，见过的病也不算少了，还从来没见过这种事呢。"

亲戚说："牛和马就没有撑着的？"

兽医说："没有。"

亲戚说："我不信。"

兽医说："你非要不信，我也没办法，不信就不信吧。"

兽医觉得自己的脸上热烘烘的，又有点儿痒，那时他才发现有好几束目光像手电筒的亮光一样都聚在他的脸上，既让他晃得睁不开眼睛，又像几个钉子一样钉得他一阵阵发紧，这让他觉得受不了。

于是，兽医说："都别那么看我，看我也没用，我没法。"

人们嗡嗡地说："我们这几个人里，就数你有办法了。"

兽医说："我哪有办法？我总不能拿劁猪的小刀把他的肚子划开，把里面的饺子取出来吧？"

人们嗡嗡地说："估计不行，要是划开了，他也就完了。"

兽医说："所以说不能划么，要是能划，我早就划了，还用得着你们说么？我来就是来帮忙的，解决问题的，不是来看红火的，瞧热闹的。肚子能随便划么？"

我们的那个亲戚说："根据现在的情况来看，即使不划，看样子也好不到哪儿去，闹不好也得完了。"

所以，亲戚还是建议兽医把老二的肚子划开，说不定划开以后，情况会柳暗花明又一村哩。此外，亲戚还特别引用了一句名言，不吃梨子，就永远不知道梨子的滋味。

兽医像是被蜇了一下，马上变颜变色地说道：“你想吃你吃吧，我不吃！你别逼我，我上有八十岁的老母，下有老婆，还有一大群孩子，我不能出事，不能出问题，我出不起……”

亲戚说：“谁说要让你出事了？我说了么？就是想让你给他看看，给他治一治。”

兽医说：“看看那当然行，可你别指望我把他的肚子划开，我不干，给多少钱我也不干。”

“你不干我干，把你的刀子借给我。”

“不借，你自己找去。”

……

夜很深了，人声还在嗡嗡地嘈杂着。就在那时候，老二已经静悄悄地走了，他终于再也不喘气了，再也用不着喘气了。

三

这头名叫小四的驴，像是一个刚上小学一年级的孩子，一路上又蹦又跳，看见路边的野花野草，都要过去闻一下，有时候甚至还想追蝴蝶，撵兔子。看见有别的驴或马从路上经过，它也要停下来看，人家都已经走出老远了，它还歪着头在那里看。有一个赶车的人用嘴吹了一声呼哨，它差一点儿跟人家跑了。

我对它说，不用瞎跳，小心蹦到沟里去，先不说摔死的话，就是只跌断一条腿，你也就完了，你会像你的娘一样，很快就会让人们一块一块地分着吃了，然后，把你的那张小皮像一件小大衣一样挂在墙上。

听见我这样说，它用它的那一双黑褐色的大眼睛认真地看着我。我摸了摸它的鼻子，鼻子湿漉漉的、软乎乎的，摸在手里，感觉倒不像是一个鼻子。

一边顺着往南边去的路走，一边我又对它说，我把你雇出来，没有别的意思，主要是想让你在路上和我做个伴；另外，你本人也能见见世面，长点儿见识。我不骑你，肯定不骑，在家的时候我已经和宋守财说好了，说不骑就一定不骑。我可不是李富那种人，嘴上说得好好的，不骑，不骑，一到没人的地方，马上就骑上去了，而且还不是一个人，是两个人一齐上。

它侧过脸来听我说话，用一双水汪汪的眼睛看着我。不时地会飞来一些牛蝇，落在它的头上、眼睫毛上，它把耳朵使劲地一呼扇，一弹，那些东西马上就被扇没了。

路两边的青绿的莜麦地像湖水一样在慢慢地摇晃，一摇一晃，就会在满地里涌现出一轮又一轮的银绿色的波浪，一些黑颜色的鸟在那上面飞着，有的眼看就要一头栽进茂密的地里去了，却很快又嗖地一下翻起来，高高地吊在半空中。

半个多月前，在南边下窑的有才回到村里。当时，我一个人正在家里吃饭，门口那边被太阳照得亮亮的、黄黄的，我吃一口饭，就抬起头朝那片黄亮黄亮的地方看一眼，然后接着低下头再吃，然后抬起头再看。那期间，有两只鸡从那里路过，它们一边低着头，一边踅摸着往前走。

后来，看着看着，我忽然发现那里变得黑了。我一想，坏啦，不是风把门刮得关上了，就是有人来了……还正在想着，就看见有才脸洗得干干净净地来到了我的面前，人走过来的同时，还带来一种味道。

我问他啥时候回来的，他很含糊地说了一声，我没有听清楚。我拿起一个碗，准备给他盛饭，他说他家里已经做好了，是专门为他回来准备的，他要是在我这里吃了，家里的人会说他的。听见他这样说，我也就不再坚持让他了。他在我的屋子里转了一会儿，四处看了看，然后对我说：

“剥皮啊，你也该成个家了。”

我说：“我是王老五，没有人喜欢我，没有人愿意跟我。”

“那是他们对你这个人不了解。”他说，“我认识一个女人，男人死了两年多了，有一个六七岁的孩子。”

“有才，你是来给我做媒的？”

“也不全是，我是看见你这样，一个人做饭，一个人吃饭，才想起来的。我还有别的事要跟你说。”

说着，他搬了一个小凳子坐在我的对面，看着我，然后皱着眉头对我说：

“你知道不知道，元贞死了。”

“你听谁说的？”

“我亲眼看见的。打发她的那天早上，我们正好刚下夜班，刚从窑里上来，太阳红彤彤的，天气倒是个好天气，可是事情却不是一件好事情。”

“我不知道这件事，他们那边没有通知我。”

“怪不得呢，我还在发丧的人里找你，找她在咱们这边的亲戚，一个也没有。”

“她娘家这边也没人了，可能就剩下我这一个了。有才，你知道不知道，她是怎么死的？”

“不知道，我当时也觉得有点儿突然和意外。”

“哎，她咋就能死了呢？我还一直以为她活得挺好，我比她大八九岁哩。”

“他们真的没有告诉你？”

“真没有。我要是知道了，我肯定得去，再难也要去。”

“这件事情他们做得真不好。”

这就是我从有才那里得到的所有的消息，所有的消息加起来，在我看来就是一个意思，就是一句话，那就是元贞已经不在了。自从有才走了以后，我不时会想起这件事情，无论走到哪里，都会想起来，这让我变得像是身上背了一个东西，白天那就不要说了，就是到了黑夜睡觉的时候，也还是放不下来，还是一直在我的身上背着，想找个地方放下来歇歇都不能。我对自己说，得想个办法……三五天，十来八天，甚至一两个月，都能对付过去，可要是长期一直这样下去，这可不是个事啊，这要背到啥时候，背到哪年哪月才算完？

后来有一天，我梦见了元贞。

梦里的季节好像是一个冬天，因为没有下雪，也没有看见结冰，所以不太明显，但至少也应该是在深秋时节，因为我听见冷风在不停地呜呜地叫唤，树上看不到树叶，干树枝显得又黑又硬，像是几百年前留下来的东西。

就是在那样的一种又冷又灰又没人的情景里，我看见了元贞。一开始的时候，她像是有人用铅笔慢慢地描出来的，涂出来的，似乎下面垫着一个模型，上面用铅笔在纸上涂，涂着涂着，就看见有东西渐渐地出来了，最先出来的是她的眼睛、鼻梁和头发，然后显现出来的是她的嘴和左边的一半脸……以后，又看见了她的脖颈，她的胳膊和手，到后来，她整个人完全变得和以前一样了。

看到那些后，我在想，她这是咋了？她为什么要那么一点一点零零碎碎地出来呢？为什么不一下全出来呢？我有些想不明白。我想起一些故事里说的事，有人被砍掉了头，仍然直直地站在那里，一边向远处招手，一边用身体说："头，回来。"听到主人叫它，于是，头马上就从远处回来了，并准确无误地重新安在了脖子上，前后左右转两下，发现还和以前一样，就像没砍过一样。

元贞站在那里，我听见她在说：

"我死了，也没人来看看我。"

醒来的时候，我觉得脸上有东西在轻轻地滚动、滴答，耳根那里热热的。我不是那种特别迷信的人，成天神神鬼鬼地活着，看啥都和别人不一样。四十多岁，快五十岁的人了，至今还是孤身一人，吃，从来也没有吃过什么好的；穿，更没有穿过什么好的，一件羊皮袄，一冬天就够了；住的还是祖宗们留下的两间旧房，蒿草在上面长，耗子在下面跑。无论啥时候回来，无论回来得多晚，只要自己不掏出钥匙开门，就永远进不了屋里，别指望会有人从里面给你把门打开，而且，你回不回来，都永远没有人关心，没有人记得。要是在外面不小心死了，那也就死了，死了就死了，谁也不会想起来。进得屋里，也永远都是一幅冰锅冷灶的情景。几天前用过的一个碗，要是忘了把它拿开，它就会一直摆在那里，一动不动地就那么摆下去，摆半年也是它，摆上一二年也还是它，最多碗里会增加一些灰尘，蛛蛛在上面拉几条线，织一个网……除此之外，你别指望那个碗里会有别的东西出现，不管别人怎么想，我本人从来没有做过那方面的梦，没有那么妄想过。我经常对自己说，我还有啥可怕的呢？神鬼也不会打我的主意，做我的文章，因为本身就没有什么油水和好处让他们可捞。

也正是因为这样，我才不会相信元贞在我梦里出现是为了托梦给我，世上哪有那么灵验的事呢？

说是那么说，但我还是很想去看看她。因为自那天梦见她以后，她说过的那句话每天都要在我的耳朵边响起好几次。有时候，我一个人走着走着，冷不丁就会听到她说：

“我死了，也没人来看看我。”

我对自己说：“得想办法去看看。”

我认为元贞至少比我强，她死了，希望有人去看看她，我就会想办法去看她，虽说她的这个表哥不体面，不成器，让很多人瞧不起，但也毕竟能去看她。我想，等过些年我死了以后，那才不会有这份福气哩，想让谁看都是不可能的，没有一个人会去看我，只能是一种一厢情愿的空想。况且，我也不会给谁托梦，茫茫世间，人来人往，没有一个人可以让我托付，也没有人会听我说这种事。

多少人愿意自己长寿，希望自己能够长年累月地活着，可是在我看来，一个人，要是不小心死在所有人的后面，那才叫麻烦哩。还不如趁大家都活着，能死就赶快死。

就这样，我终于决定去看看元贞。后来又想到，不能就这么赤手空拳地去吧？没有别的，至少也应该赶上一头驴去。我这么做，不是怕那里的人笑话我，而是怕他们笑话元贞，我不想让她在死了以后还让人们说来说去，那会比说我更让我难过。要是说我，我反倒不难过，有什么过不去的。

拿定主意后，我就去找宋守财借驴。连着找了好几个地方，找得天也阴了，又低又暗，后来，终于在一片开着无数小蓝花的胡麻地旁边看见了他。

我对小四说："趁这个时候路上没人，你要是叫我一声爹，我不仅不骑你，还有可能反过来背着你走。"

它看着我，打了一个喷嚏。

走了一会儿，我又对它说："从来都是爹背着自己的孩子走，谁见过当爹的骑自己的孩子？"

有人拉着满满的一车炭从南边回来了，押车的人铺着皮袄，睡在炭上面。问他们是哪里的，赶车的人回答说是白音宝力的，还得半个月才能到家。

我问他们有没有看见察右旗的车，赶车的人说，这会儿他们还在矿上等着，估计最少还得两三天才能返上来。

我熟悉这条路，路上全是粉红色的沙子，都是小米那么大的，坡一道连着一道，路两边的地里，除了莜麦，还有谷子和豌豆，苜蓿和黍子，鹰在上面飞着。最早那些年，元贞经常会带着她的孩子从这条路上回来，有时候骑自行车，有时候坐顺路的马车回来，我还赶着小毛驴车接过她几回。那时候，她的老娘、姐姐、两个嫂子，都还在。有一回，我们刚过了平川，走到一个叫望狐的地方时，我赶的小驴车突然翻了。

正是牛羊们从野地里回来的时候，巷口那边变得雾腾腾的。我牵着小四，背靠着一堵墙站在一边，小四忽然看见几个比它大一些的驴，顿时像个不懂事的孩子看见几个大孩子一样，立即不管不顾地呜里哇啦地叫了起来。放牛的人肩上披着一片用麻和油芯草缝成的雨披，手里拿着一根短短的只有笛子那么长的鞭子，斜着看了我和小四一眼，然后就走过去了，从后面看上去，他像是一个长着翅膀的人，似乎飞了很长时间，这会儿刚刚落下来不久，正在一边慢慢地走，一边歇息。

我拍了拍小四的脸，对它说，不要动不动就瞎叫唤，随便看见个啥都大惊小怪地乱叫一气，你这个样儿，让人一看就知道你是个没见过什么世面的傻小子，要是有人暗地里想打你的主意，我可管不了你，到了别人的地面上，我也没有办法。

小四歪着头，认真地听着。

有些山墙的外面黑黄黑黄的，尤其是那些旧房子的墙，一条河从山前流过，河水被山遮挡得有点儿发蓝，暗暗地流着。山上的向阳处有用白石头拼成的字，在那些不向阳的旮旯里塞着棺材，外面长着乱草，长着那种让人头痛的名叫鬼辣椒的花，风一吹，它们摇晃起来的样子像是在跳舞。

我终于又来到了这个地方。站在街上，我想了一会儿，元贞从我们那个叫捧场的村里嫁到这里快二十年了，这中间我来过几回，每一回离开的时候心里都有些灰扑扑的，所以，有时候即使从这里路过，我也是能不进去就尽量不进去，因为我知道钱生太还不是一般的不喜欢我，而是十分的讨厌我，一次也不愿意看见我，更不想在自己的家里看见我，这一点我是清楚的。不过，也不是从来就清楚，那也是通过日积月累，一年一年地慢慢地看出来的。聪明人和笨人的区别就在于聪明人一下就看出来了，而笨人则需要时间来铺垫，慢慢地才能明白过来。我就属于那种笨人，有时候，等明白过来，也已经迟了。多年来，我的眼前老有一种情景，觉得每次我走了以后，元贞和钱生太都会打一架，即使不打，也会狠狠地吵一次，当然，这只是我在回拒门的路上想出来的，实际是不是我想的那样，我不知道，因为我从来没有亲眼见过。元贞嫁给这么一个人，我也没什么好说的，其实，别说是钱生太，即使换成任何一个人，我也没什么好说的。在我看来，所有的一切都是命里注定的，都是早已提前安排好了的。一个人，在你刚一落地的那时候，一辈子的好歹和结果就已经定了，只不过是你自己一直都被蒙在鼓里，一直都不知道罢了；要是早知道了，那情况也就完全不一样了。定的是要你往东，但是你不知道实情和谜底，你非要往西去，那肯定就会有数不清的麻烦和灾祸在等着你，这一辈子你也别想走通，别想着能够一帆风顺，做什么成什么。说起来倒也简单，因为从一开始你就是错的，你就错了，以后那就会一年一年地一直错下去，运不通，运不顺，永远都没有对的时候，没有好的时候。

我牵着小四，打量着眼前的这个院子。

这个院子姓钱，一同姓钱的还有院子里的那些房屋和住在房子里面的人，如今，我又站在了它的外面，又一次面对面地看见了它。与以往不同的是，元贞已经不在这里面了，无论是谁来了，她也不会再从里面出来了。说心里话，我也不愿意来，可是没办法，该来的时候还是得来，不过，好在这可能也是最后一回了。

我注意到他们的门窗像是刚刚重新油漆过，看上去一片翠绿，站在街门口，还能闻到一股一股的油漆的气味从里面飘荡出来。

房上的瓦好像也换了，蓝雾雾的。

我把小四拴好，走了进去。

四

我睡了一会儿，梦见小四在吃草，它的嘴越吃越绿，到了后来，它的四个蹄子也都成了绿的。四周长满了一眼望不到边的青草，一些白颜色的鸟像银子一样不时地从草里飞出来。

没有人告诉我元贞的坟在哪里，但是我走着走着，一下就找到了，一个黄土堆起来的新坟，后面栽着一棵杨树，从叶子上看去，杨树已经活了。照这样长下去，再过上一些年后，它会变成一棵枝繁叶茂的大杨树。从我们那里来这边的路上，就有好几棵那样的大杨树，也都是长在坟后面，树身像庙里的柱子那么粗，一个人根本搂不过来，上面的树枝又多，看上去黑压压的，还住着一窝一窝的喜鹊。那树头究竟有多密呢？我也说不好，这么说吧，要是你在路上忽然遇到了雨，你跑到那大树下去避雨，保证你一点儿都湿不了。

我是被一阵骂声惊醒的。

“……把那些狗屎铲走！”

我听出是钱生太的声音，于是急忙翻身坐起来，透过窗户，我看见元贞的一个孩子一只手里拿着一把扫帚，正皱着眉头站在小四的尾巴后面。我以为钱生太也在旁边站着，但是没有，我又向院子的东墙和西墙那里看了看，也没有他的人影，好像骂过以后立即就从院子里飞走了，连一丝一毫的痕迹也没有留下。但是，就凭刚才的那种声音，我就知道钱生太肯定又不高兴了，这么多年的妹夫了，他高兴不高兴，我能听出来，也能看出来，也能感觉得到，这样的事情以前也经常有。

另外，明明是驴粪，他非说是狗屎，一个人的心里要是高兴的话，能这么说么？

还有这个小四，有空我得说说它。来的路上，快进村的时候，我还专门在一块山药地的旁边停下来，提醒它，对它说，趁这会儿还没进村，你有要办的事就抓紧办，要拉你就赶快拉，要尿你就赶快尿，不要等一会儿进了人家村里以后让我跟着你丢人现眼。但是，那时候它只顾低头吃草，我说的话它根本没有听进去，甚至完全没有听见。这样，我也就麻痹了一下，没有再接着督促它，再加上有几个蝴蝶老在眼前转，花花绿绿地飞来飞去，很快就把那事给忘了，直接就领着它沿着一片黄芥地的圪梁进了村。人是很容易分心的，很容易被别的事情干扰的，一分心就会把原来的那点儿事都忘得干干净净。现在想起来，这也怨我，不能全怨小四。

于是，我从屋里出来，对那个名叫树声的孩子说：

“让舅舅来替你扫吧。”

树声把手里的扫帚递给我，我一边扫，一边又告诉他说，其实驴粪牛粪并不脏，一点儿也不脏，把世界上的最恶心的东西排起队来，排上一百件也轮不到它们。听见我这样说，树声睁大眼睛看着我。这孩子长得有点儿像他妈，尤其是眼睛，嘴和脸型，一看见他，我就想起了元贞。

“你爹呢？”

“走啦。”

“走啦？”

“嗯。”

“没说去哪儿？”

“没。”

“他去哪儿从来都不说么？”

“不说。”

……

“孩子，你还记得我么？”

“记得一点儿。”

“才一点儿？你小的时候，我经常抱你，有一年，我还带着你走了三十多里，去烟筒山赶过庙会，一路上，你一直都骑在我的脖子上。你要下来尿，我就把你放下来，尿完以后，就又骑了上去。”

“我不记得这些了。”

“也就是在那一年，有人让舅舅到一个叫王家园的地方去相亲，我就想，我总不能就这么乱七八糟地去见人家吧？我总得给自己闹一件新衣裳穿上去吧？可是手里没钱，在供销社里憋气一样憋了好几个钟头，计算来计算去，买一件上衣无论如何是不可能的，就是不买上衣，光买一条裤子也不够。最后，还是卖货的老贾帮我算了一下，他说我手里的钱只能买一顶帽子再加一双鞋，鞋当然是那种白塑料底子的布鞋。我想了半天，我对老贾说：‘这不行吧？一个人，头上的帽子是新的，脚上的鞋是新的，除了这以外，别的地方都是旧的、破的，这要是去了，怪模怪样的，闹不好要出洋相的。’老贾说：‘没办法，只能这样，谁让你的钱不够呢？那样一穿戴起来，模样是有点儿怪，不过，能有一顶新帽子一双新鞋，照我看，那也就不赖了。这是我的一点儿建议，钱是你的，主意最终还得你自己拿。’我说我没主意，拿不出来。我让老贾再帮我计算计算，想想别的办法。老贾也是很认真地在那里憋了半天，一心想帮我，可是也再想不出别的办法了。没办法，后来我想，算了，就这样吧，就买一顶帽子一双鞋吧，有总比没有好，毕竟都还是新的，总比浑身上下一件新东西也没有要好得多。就这样，我买了一顶帽子一双鞋，老贾专门去供销社后院的库房里给我挑出来的。

“也是怨我自己贱——去烟筒山赶会的那天早上，我像是被鬼催着一样，别的东西啥也想不起来，唯一能想起来的就是不久前刚买回来的包在一张纸里的那顶帽子，从我一睁开眼的时候起，它就开始在我的脑子里不停地转啊转啊，一会儿上去了，一会儿又下来了，一会儿转远了，一会儿又近了。那时候，我就在想，它这是一遍一遍地转啥哩？是不是想让我戴它哩？是不是想让我戴着它去三十里以外的烟筒山走一趟？到时候那里会有无数的人，他们都能看见它。我认定它是这样想的，只是它自己不会说罢了，一顶帽子哪能把它自己的意思说出来？那不是要成精了么？后来我又想，我好不容易有了一顶新帽子，加上帽子本身也有这方面的要求，那我就戴一回吧，反正戴一回又戴不烂，也戴不旧，相信等去王家园相亲的时候，它还会和新的一样，和从来没戴过一样，我要是不说，别人谁也看不出来，无论他的眼睛有多尖，也别想看出来……这样一想过以后，我就从纸里把它找出来，戴着它出了门。

“说起来也真是灵验，自从我把它端端正正地戴到我的头上以后，它马上就不在我的脑子里再继续转了。我是这么理解的，它就像一个喜欢到外面游荡的孩子一样，早上一起来就闹着吵着要出去，不出去就不罢休，就没完。现在，它的目的终于达到了，所以它就不再像先前那么不停地转了，也不再闹了，乖乖地、老老实实地跟着我出了门。

“一路上，你一直都骑在我的脖子上，还用手抱着我的头，按着我的帽子。正是因为这样，所以我才一点儿也没有担心我的那顶新帽子会有闪失，会有什么麻烦。我是这么想的，只要你在，我的帽子就会在，一个活蹦乱跳的孩子都丢不了，一顶帽子能丢了么？可是，等后来到了烟筒山的时候，我一摸头上，发现帽子真的没有了，不知啥时候早就不在我的头上了。

“哪去了？丢了呗，不见了呗。

“我把你放下来，交给你妈，然后我自己马上顺原路返回去找，一口气返回去十几里。一路上，我看见一个人就问：‘看见一顶帽子没有？一顶新的从来没戴过的帽子？’人们都摇头，还有的人以为我疯了。其实我心里也很明白，返回去也是白返回去，找也纯粹是瞎找，根本不可能再找得到，它不可能端端正正地搁在路上，等我返回来找。世上哪有那样的事？戏里面也少见。人就是这样，明知道不行了，不可能找得到了，可还是不死心，还是要返回去。

“为啥要那样做？为了能给自己一个交代。返回去找，没找到，那和压根儿就没去找，是不一样的。尽管最后的结果都是空的，都是啥也没有，可那是两回事。

“你想么，那哪能找得到？那么新的一顶新帽子放在路上，就像天上掉下来的一个饼子，谁看见了都会捡，捡到了就等于平白无故地赚了一笔，会也不用去赶了，直接回家吧。

“我气我自己，我是那么没命，那么不走运，好不容易买了一顶帽子，还没有来得及在相亲的时候派上用场，甚至还没有来得及在我的头上捂热，就这么不明不白地丢了，不见了。钱花得窝囊，花得败兴，连一个响声也没有听见，像雨点儿掉进了土里，——雨点儿掉进土里还能听见嘭嘭的响声呢。

“帽子丢了，只剩下一双新鞋，幸亏没穿出来，要是也头脑发热穿出来了，说不定也得丢了，不丢也得破了。路上我就在想，啥也没了，这白眉赤眼的，过两天咋去王家园相亲呢？

“王家园的那门亲事，最终也没闹成。

“相亲的那天，我早早地就去了，穿着那双新鞋，头一天就理了发，可人家一看见我那样儿，当时就认为不行。她妈说：‘坐坐回去吧。’眼里满是那种失望的灰。

“我想不行就不行吧，本来我也就没抱多大希望，要是能成了，完全是老天爷看我可怜。他们家里有两口水缸，我都给他们挑满了水，一共挑了五担。另外，我又把他们院子里的一个快不行了的旧鸡窝拆了，重新帮他们盖了一个新鸡窝。活儿干完以后，她妈过意不去，非要送给我一件用蓝线和白线编织成的毛线衣。

“媒人后来告诉我，他们一家人对我的评价是：‘人是个好人，就是太穷了。’

“唉，不是舅舅不努力，实在是因为命不济。”

我梦见老家捧场那边的燕子在嗖嗖地飞，飞得又低又平，燕子大部分是黑的，但其中有几只是蓝的，还有一只是白的。黑燕子经常见，白的我可是从来没见过。

它们好像是从王家园的那个方向飞过来的。王家园是一个干干净净的小村子，黄土的房子，黄土的墙，黄土是那种十分纯粹的黄土，中间没有掺杂一点儿别的颜色。临走的时候，我记得住在他们旁边的一个老人抓了一把黄土，露出没牙的嘴，对我说，这要是能吃，这要都是面，我们就啥也不愁了。

媒人说，这个死老汉，坐在门前的石头上，就喜欢做美梦。

榆树的轻黑的伤寒般的影子筛了一地。

杏树上的白花在我来以前就落完了。

有些事情我想不明白。家里没人的时候，我到处走，到处看，满心希望能碰到或发现一些比较有用的东西，连院子里的鸡都看出了我的勤快，有时会停下来，斜起眼睛看我。看到它们那种不礼貌的样子，我就压低声音轻轻地朝它们喊一声，有时候光喊还不管用，它们一动不动，根本不尿你，不把你当回事，还需要再跺一下脚，才能把它们吓跑。我说的有用的东西不是别的，就是那种能让我想明白的东西。

树声还是整天往外面跑，有时候带回一些乱七八糟的东西来，一个人坐在那里研究。

我问树声："你妈到底是咋死的?"

听见我问，树声抬起头，很不高兴地看了我一眼，然后说："有一天晚上，我们正要吃饭，我妈忽然说她的眼睛看不见了，一开始我还以为她是在开玩笑，在吓唬我，后来看见她伸出两只手非常没准地往前摸索，我才知道不对了……正常的能看见东西的人是不会那么摸索的，只有那种真正看不见的人才会那么有一下没一下地摸索，而且非常地没准气。我赶快拿来一条毛巾，让她擦擦眼睛，她擦了，可是不顶事，还是看不见。后来，她说她要躺一会儿，我让她先吃饭，她不吃。我一想，眼睛忽然看不见了，也确实没法吃，那就先躺一会儿吧，躺一会儿以后说不定就能看见了。于是，我给她找来一个枕头，就扶着她躺下了。她躺在那里，闭着眼睛对我说：'你吃饭吧，我过一会儿就好了。'我一边吃饭，一边拿眼睛瞄着她，看样子她好像睡着了。我想，那就睡一会儿吧。后来，我吃完饭以后，看见她还睡着，我就悄悄地下来，拿了一件衣服盖在她的身上，她的眼睛动了一下，好像看了我一眼。这以后，我又悄悄地把屋里的门关上，我出去了。那时候，街上黑得已经啥也看不见了，我刚走到街上，就和迎面来的一个人撞到了一起，那个人的身上有一种说不上来的味道……唉，我妈，那一觉睡的，从那以后她就再也没有醒过来。”

我看着树声，我有些不敢相信。

我说：“就这么就死了？”

树声说：“嗯。”

我搓了搓我的脸，觉得有些麻。

我说：“就算她看不见了，看不见就看不见吧，有好多人也都看不见，可也不至于一下就死了啊。”

“你以为我不想让我妈活着？她是我妈，又不是你妈。”树声说。又说：“她一死了，这个家也没意思了。”

这孩子，我要是不问，他还不说哩。

我到村子的外面去走了一圈。南面全是高粱地和玉米地，啥也看不见，最远处有一点点山脉的影子，看上去虚虚的、雾雾的，像是戏里的布景。那虚虚的躺下去的山脉，长却是够长的，从东南方向一带微微地鼓起来，然后一直往南斜，蓝雾雾地斜着，斜着斜着就忽然跌落下去了，好像断了，实际没断，等到了西南方向时，忽然又能看见了，因为在那里又鼓起来了，能感觉到它这一回鼓起来得比较有劲，比较坚固，硬硬的、挺挺的，在相当长的一个时期内是塌不了的。

西面有好几个煤窑，包括有才在内，我们那边有不少人都长年在那里，几个月回一次家。

没有人告诉我元贞埋在哪里，但是我一下就找到了那片坟地，旁边是一簇一簇的小黄花，再远一点，长着那种半人高的细绒一样的毛毛草，风一吹，白茫茫的，太阳一照，也白茫茫的亮晶晶的一片。

我停下来，站了一会儿，后来我忽然觉得元贞好像正坐在她自己的坟前，一些比豆芽高不了多少的小蓝花开在她的前面，它们的样子像是在跳舞，又像是一群小声地吵吵嚷嚷的孩子，互相牵扯着，一个拽着一个的衣裳，闹着要回家。

我往前走了两步，再看坟前时，已经没有人了。

我想起有一年七月里，我去凉沙山上给我的爹妈上坟，那几天我右手的一个手指刚刚被马咬掉，每天疼得钻心，我用左手拎着一个荆条篮子，篮子里是我给他们准备的一点儿吃的和几张纸。顺着一条上山的小路爬了一会儿，后来，我一抬头，远远地就看见我们家的坟前有一个人，我想，那是谁呢？我一边走一边从后面打量着那个人，却一直没看出是谁。我们家里没有姐妹，只有光不郎当的四个兄弟，老大一家在外面，已经有几十年没有回来过了，从道理上说，还算是我们这个家里的人，但从实质上来说，早就不是了，至少我是这么认为的，因为我们之间没有一丝一毫一分一厘的关系，想来他也是这么认为的。我是老三，兄弟四人中最不行的一个。说起来，老四应该是我们兄弟四人中最有出息最有希望的一个，他不仅人长得好看，更比我们机灵，喜欢干净，身上穿的衣裳每天都要洗一遍。穿球鞋，别人的鞋都是脏的、破的，只有他的鞋从来都是雪白的，也不知道他咋洗得那么白。头发也是又黑又亮。可是，就是这样一个人，在他二十多岁，还没有结婚的时候，有一天忽然跳了井，我们至今都不知道他究竟是因为什么，我想了好几年也没有想明白。原因肯定是有，哪能没有原因呢。有时候，即使是一件最小最小的事情，也会有它的原因，何况是这样的事情。只是，我们都不知道，也想不出来，这种事情，猜是不行的。要说因为活得不好，自己没本事，谁也瞧不起，就因为这个就去上吊抹脖子的话，我们兄弟四人中间，首先最应该最有可能去上吊跳井的，应该是我，其次是老二，最不应该也最没有可能的才是老四。

老四跳井后的那几年里，我一直在想这件事，只是，没有一回能想明白。我只知道他和一个叫刘玉的女人好，那也是听别人说的，刘玉比他大十几岁呢。

石鸡在山上飞着，从一片灌木丛里扑棱棱地飞起来，哪里也不去，又落进另一片灌木丛里。

渐渐地走近以后，我终于认出了那个人，是我爹。

认出他以后，我在心里对自己说，这老头，不好好地在自己的坟里躺着，咋跑出来了？真能胡闹。

他面朝北，坐在他自己的坟前，不知在鼓捣什么。

我记得，当初把他放进坟里去的时候，他的脸是朝上的。

山上的花红艳艳的，我突然朝他喊了一声。

我说："嗨——"

听见我的喊声后，他马上就没影了。

我来到坟前，把手里的篮子放下，转了几圈，我觉得他是又钻回到他的坟里面去了。

爹妈的坟旁边，有一片空地，上面长着黄黄绿绿的野花，这个位置是留给老大的，至于他将来死了以后回不回来，能不能回来，那就是他的事了，反正地方是给他留下了。再过去是老二老四的坟，坟头上面都长满了青草。

我再不济我也能明白，在老二老四两坟中间空的那一小片地方就是我的位置了，我死了以后，就要在那里挖个坑，埋进去。

现在，那一小片地方也长满了黄黄绿绿的野花。

我把篮子里的馒头分成三份，一份摆在爹妈的坟前，另两份放在了老二老四的坟前。馒头是我自己蒸的，看上去不像是馒头，主要是因为面有问题，不太好，再加上我的手艺也不好。不过我觉得这已经够不赖的了，他们躺在这里，还有人记着到时候给他们送馒头来，尽管东西算不上好。我想，他们的命比我要好，将来我死了以后，即使是再不好的再不像馒头的馒头也没人来给我送。当然，等到了那个时候，爹妈，还有老二老四这里也没人再给他们送了，因为我也和他们一样躺在这里了。

这以后，我又从篮子里拿出一小瓶酒，往出倒了一点儿。酒是那种散装的白酒，从供销社的坛子里打出来后灌到瓶子里的。转过脸，我又看见了老二的坟，于是，我又拎着酒来到他的坟前，我把瓶口斜起来，在他的坟头上倒了一点儿。我对老二说：

“你也喝一点儿吧。”

一只喜鹊喳喳地叫着，从那边飞过来，落在坟后的树上。

就在那天夜里，我梦见我爹怒气冲冲地站在门口，他嫌我白天的时候惊吓了他，后来又数落我。我对他说，还不满意？你们死后，唯一能给你们去上坟的人就是我，只有我！不管好赖，我每年都要去一回，有时候，碰上我正好稍微宽裕一点儿，就去两回。我自己呢？吃没吃上饭，从来没人管，有了病，全靠扛着，扛过去算是命大。我去饲养场里给马添草，饿疯了的马咬断了我的一个手指，我疼得钻心，白天疼，黑夜疼，没有一个人过问过一下……

他说，你的手让马咬了？

他没说要看，我也没让他看。

后来，我忽然疼醒了。我爬起来，用另一只手划了一根火柴，看见又有血洇出来了。

五

临街的一间房子里，有人突然在大声说话。

声音是在我从那里经过的时候猛不防传出来的，我吓了一跳。看那道窗户，是四方的，像是开在街上，一道一道的木格子，上面糊着白麻纸。

街上没有人，空气里有一种木薯粉的味道。

一头大猪带着一群看上去还不一定满月的小猪正在穿过那边的街口，小猪们都肉乎乎亮光光的，互相挤在一起，像耗子一样边走边吱吱地叫着，生怕把自己丢了。

正要离去，忽然又听到有歌声从那扇上面糊着一层白麻纸的窗户后面飘出来。

歌声唱得颤颤悠悠的，断断续续的，让人担心一不小心会接不起来，会像断了的线头一样飘走。

我停下来，我想看看是谁在唱歌。这歌我也会唱。

但是后来，那歌声果然就像一个线头一样断了，从此再没有接起来，白麻纸的后面一片寂静。

也没见有人从那里面出来。

天快黑的时候，我再从那里经过，那里已摆出一具棺材，油漆味老远就能闻到。

蝙蝠擦着人的耳朵嗖嗖地飞过。

这些家伙们，一到这个时候就都出来了，白天的时候从来看不见它们，也不知它们都住在哪里。

一个孩子说："我喜欢闻油漆味，不喜欢棺材。"

这时，一个披麻戴孝的人像是从地里长出来的一样，忽然出现在棺材大头的前面，对那个孩子说：

“我捂住你的眼，你闻吧。”

从高处稀稀拉拉地流下来的云彩，像是从远处回来的雾蒙蒙的牛羊，到了地里的时候，就不再是云彩了，也不再是牛羊的样子，而是变成了丝丝缕缕的风，手一样摇晃着庄稼，舌头一样一遍一遍地舔着叶子上的茸毛和合在一处的花瓣。用不了一会儿，那些先前一直都还悄无声息的花瓣就都被舔醒了，一片一片地活了过来，然后开始伸展，嫩嫩地颤动，胀大，舒卷一下后完全张开，像敞开的门，尽可能地将里面的东西甚至秘密暴露出来。

还有的一路跑着，从长满葛蔓和丛草的崖头上跌下来，像是闪断了腰。

这样一来，经常总是动不动就能听到一些声音，也说不上是什么声音，要是往清楚里说，也说不清楚，反正是有声音，有东西，不是白纸一张。不过，这样的事不能硬追究，也不能去刨根问底，因为最终的结果，闹得好了是啥也没有，要是稍微不好一点儿，那就会被一些从来都既没有想过也没有梦过的麻烦事给缠住，要是稍微再厉害一点儿，再鬼森森一点儿，就会在最短的时间内被活活地缠死。以前，有人死了，周围的人就认为是狐狸干的，我认为不是。

不要啥都怨狐狸。

一个脸挺白，头发却有些黄的女人对我说：

“我认得你，你是元贞的表哥。”

我说：“对，那就是我。”

“有一年，你还帮我们家栽过两棵树。”她说。

我看着她。

有过这样的事吗？我不记得了。

“那年，公社让每家都栽树，”她说，“我们家没有人手，正好那时候你来了，元贞就把你领过来给我们家栽了两棵树。这会儿，它们都已经长大了，长得又高又大。”

顺着她的声音，我的记性在一点一点地往回倒。倒到一个山坡上的时候，忽然停了下来，像是坏了，再不往前走了。路上是粉红色的沙子，沙子上浮现着马蹄的印和车轱辘印，还有的像是牙印。

我在村前村后走了一会儿，看见一棵一棵的树，却不知道哪两棵是我栽的。我想，它们要是会说话那就好了，它们会突然把我叫住。

“哎——”

我好像听见它们这样在叫我。

我停下来，站住，回头看看，没有人，有小股的风在那里低低地刮着，树叶像一些耳朵在动。

吃饭的时候，还是没有看见钱生太。

我对树声说：“你爹好像在躲着我？”

“‘好像’？”树声说，“不是好像，就是，他就是在躲着你。你才看出来？”

我看着树声，有些话我不愿意在孩子面前说起。

“就是因为你在，他才不回来。”树声说。

我说：“我知道，他不喜欢我。”我是笑着说的，我有意把话说得轻描淡写，为的就是让这个刚刚没了妈的孩子感觉到这不是个事。

树声说："不光是不喜欢，你以为不喜欢就完了？他还很讨厌你，最主要的是看不起你。"

看见我愣愣地坐在那里，又说：

"别说是你，就连我他也不太喜欢。"

"连你也不喜欢？"

"嗯。"

"那他喜欢谁？"

"不知道。"

"你姐姐呢？"

"姐姐在公社接电话，不常回来。"

饭是我做的。树声要做，我没让他做，我对他说，你一个小孩子哪能做得了，还是我来做吧。尽管我也不太会做，但好在只是两个人的饭，能对付。家里就我们两个人，我坐在一个小板凳上，一边拉风箱，一边和树声说话。蒸气有时候会像一场大雾一样把我罩在里面，看不见周围任何的东西。我在雾里听见树声好像在几十里以外的一个地方跟我说话，周围还有嚓嚓的镰刀割草和画眉鸟的叫声。树声说："我看不见你了，你是不是回捧场去了？"我说："对，我早就回来了，我正在梁上割莜麦。"树声问："莜麦熟了吗？"我说："熟了，黄澄澄的一大片，黄澄澄的又一大片。"树声说："我也要到梁上去割莜麦。"我说："你哪能割莜麦，别把腿割了就不错了，我给你找一头小牛或小驴你骑一骑吧。"树声说："你不是说公家的东西不能随便骑么。"我说："按说是不能，不过，那也得看是谁，你是我们捧场的外甥、客人，又是小孩子，浑身没有二两重，骑一骑也压不坏的，再说，也没人看见。"树声说："我看见有人。"我说："哪有人？人在哪儿？"树声说："那不是么，有两个女人，正在河边洗衣裳，还有一个两三岁的孩子坐在旁边。"我朝河边瞭了一下，然后对树声说："她们才顾不上管你哩，有那么一大堆衣裳就够她们洗的了，根本顾不上管你是骑小牛呢还是骑小驴哩。"我们队里的这块莜麦地在去石灰窑的路上，这时候，我听见石灰窑那边正在放炮，嗵嗵地响了两声。

大雾一样的蒸气慢慢地散去，我和树声两个人像水里的两块一大一小的石头一样渐渐地露了出来，我看见了树声，树声也看见了我。

树声看着我，说："你还在？"

我说："你以为真的不在了？真的回捧场的梁上割莜麦去了？"

树声说："这么半天，你一直都在拉风箱？"

我说："当然在拉，不拉饭哪能熟了。"

"饭熟了？"

"熟了。"

"真的熟了？"

"真的熟了，这还有假么。"

树声十分怀疑地朝锅里看了一眼，然后又把那种眼神落在我的脸上。

"还是再等一等吧。"他说。

他说这话的时候，像是一个遇事不慌不忙、不急于求成的大人一样，老成得让我觉得有些古怪。

我说："不用再等了，再等就熟过了头了。"

听见我这样说，他这才不再认为是生的了。

也不怨他，他这样怀疑也是有根据有道理的。头一天黑夜，没有电，也是只有我们两个人在，我摸着黑做好了饭，事先，我还跟树声说，我要给他露一手，让他看看，别看天是黑的，天黑也没关系，天黑不要紧，只要手艺好。可是，等到后来我们把饭盛进碗里，开始吃的时候，才发现面还是生的，像泥一样。不过，我还是就那么黑咕隆咚地吃下去了。这么些年来，类似这样的生饭、夹生饭，还有烧焦了的、煮煳了的，我也不知道吃过多少了。我好说，但是我不能让树声吃，他还是个孩子，无论如何不能让他像我一样跟着我黑咕隆咚地瞎吃。于是我把他碗里的饭重新倒回锅里再煮，每隔几分钟，我就划一根火柴，看一看，除了担心夹生，还怕煳了。

现在，吃着熟饭，我和树声都觉得很高兴。想到就凭我们两个能把那些生东西弄熟，也真够玄的，真够不容易的。万一无论怎么鼓捣，它就是不熟呢？那我们也没办法。这种可能不是没有。

有狗在外面叫，声音叫得有些烈，是黑洞洞的半夜里才会有的那种叫声，捧场那边的狗也经常这么叫，在那些长长的黑夜里，它们一直醒着，站在那里，眼睛瞪得大大的……多少年过去了，人们一直这样认为，它们所以那么叫，叫得蝎蝎螫螫的，是因为它们看见了鬼。

我看看屋里，钟在正面的墙上走着。

我正想说真安静啊，小四忽然在院子里的木桩子旁边张开大嘴嗷嗷地叫了两声，突如其来的叫声把我想要说的话顶了回去，又像是被一下浇灭了。我从窗户上向院子里看了看，没有人，也没有别的东西。

树声对我说："它饿了吧？看见咱们在里面吃饭，它一定是生气了。”

我说：“不饿。它还小，还不懂得生气。”

“它几岁了？”

“几岁？两个月还不到哩。”

“才两个月？那它长得可够大的。要是一个两个月的孩子，无论如何也长不了它这么大。”

“人和驴是不一样的。别看人长得慢，却活得长，大多数的人最少也能活六七十岁，闹好了能活八九十岁，极少数闹得更好的人甚至能活到一百来岁，可它们不行。”

“它们能活多大？四五十岁？”

“可活不了那么大，最多也就十几岁、二十岁……不行，二十岁也活不了。我活了这么大，还没见过一个二十岁的驴哩，也没听说过哪个村里有一个二十岁的驴。二十岁的驴肯定老得不行了，啥也不能干了，就算能熬到那个时候，那也没用了，也没人养活它们。”

“云龙的爷爷死了，他们把他埋到一个老远的地方，可他还是能够顺原路找回来，经常回来吓唬他们，跟他们要东西，有时候还要噩梦门、砸玻璃……把云龙他爹愁的，一点儿办法也没有。有一天，云龙他二爷爷上了房，站在房上看看下面的院子，院子里是空的。云龙他二爷爷用手指着他们那个空院子说：‘这老鬼，不是说好了再不回来了么，咋又回来了？赶快走哇！他们都没忘了你，等过七月十五的时候，我一定让他们去看你，给你带吃的、穿的、花的。’”

“这老头没意思，死都死了，还老想让别人记着他。”

“我妈就从来不回来。我觉得，鬼也和人一样，也分好鬼和赖鬼，云龙他爷爷就属于赖鬼。”

有风吹过来了，我在风里闻到了胡麻和黄芥混合在一起的香气，蝴蝶在翩翩地飞，蜜蜂在嗡嗡地叫，电线也在嗡嗡地响，好像有人要从电线上来了，从很远的地方一路呜呜地滑过来。早些年的时候，我以为电线，特别是高压线，是世上最快的东西，比汽车和火车不知要快多少倍，能够把每一个出门的人送到他想要到的地方去，人只要骑在电线上面，就会比长了翅膀还要快，这样的一种认识一直坚持了好多年，并时常在好多别的方面左右着我，影响着我，不知不觉地改变着我。后来，通过开会、看电影，通过劳动，通过忆苦思甜，通过认真学习马列主义毛泽东思想，才知道那是不行的，才明白那是根本行不通的。高压线，高高在上，嗡嗡作响，离地三尺三，好上难下来，人只要上去了，就会被牢牢地吸住、粘住，就别想再下来了。有一年，在白草坡放牛的黄闷香不好好放牛，看见电杆上有一只很好看的碗，就“私”字作怪，想上去取下来拿回自己家里去，结果上去以后马上就被粘住了，像是蜘蛛网里的一只苍蝇。后来，电工剪断了电线，黄闷香才像一个包袱一样从空中掉了下来。

另外，电话也让我觉得奇怪，我一直以为，人的声音是顺着电话线一路爬过来的，像虫子一样窜过来的。可是，让我觉得难办的是，要是两个人同时开口说话，他们的声音就会在途中碰上，像是一座独木桥上迎面来了两个人，必然有一个人会被挤下去，闹不好两个人同时都得下去。带着这样的迷惑和疑问，有一次我去请教我们的队长。队长认真地想了一会儿，然后摇着头说，不对，你说得不对，事情不是你说的那样，比如你给我打电话，你说话的时候，你的声音走的是这根线，而轮到我说话的时候，我的声音走的是另一根线，井水不犯河水，不是一回事，明白了吧？我想了想，觉得明白了。但是，没过一会儿，我很快又发现队长的话也不对，也有问题和漏洞。我对他说，既然不是同一根线，我这边说话，你那边——你在另一根线上又怎么能听到呢？两层皮，不可能么。听见我这样说，队长盯着我看了一会儿，然后忽然说，去把牛栏和马圈的地出一下，里面的草和粪堆得快有一尺厚了。看见我愣着，又说，没事多为集体想一想，想想如何为集体和国家做贡献，琢磨这些没用的事情干什么呢？你又不打电话，也没人给你来电话，你就是琢磨清楚了又能怎么样呢？这事和你有关系么？和你没关系，和我也没关系。

我出圈的时候，感到身上轻飘飘的，觉得我的魂并不在村里，也不在附近的山上或路上。

六

“我爹可能又要结婚了。”

“你是听谁说的？”

“我姑姑给他介绍了一个女的，噢，不是一个，有两个，其中有一个是尹薇薇她妈。”

“尹薇薇是谁？”

“我们的同学。”

“尹薇薇她爹呢？她没有爹么？”

“她爹死了，在矿上被打死了。”

“你和你们的这个同学就要成为一家人了。”

“成不了。”

“为啥成不了？”

“我爹说尹薇薇她妈的颧骨太高，他怕自己成为第二个尹寿山，尹寿山就是尹薇薇她爹，死的时候，我们都去看过，头都烂了，用一块绿绸子包着，看上去有一个量米的斗那么大。我们都觉得奇怪，既然头都烂了，咋还那么大呢？看不懂。看了一会儿，我们就从人缝里挤出来了，大人们把我们挤得厉害，李小山把帽子都挤丢了，只知道哭，也不敢回去找，担心挤得找不见，又怕找到了会沾上鬼气。一个人，头上成天戴着一顶有了鬼气的帽子，那还不头疼等啥？那会疼死。所以，李小山决定不要了，他对我们说：‘谁要是捡到了，就让他戴上头疼去吧。’”

“你爹是怕他自己出事。”

“这是一个原因，一个小原因。实际上还有一个原因，那个原因才是个大原因。”

“啥大原因？”

“他另外还有一个女的。”

“哪儿的？”

“不知道，但是肯定有，他经常鬼鬼祟祟地跑出去，翻墙上房，就是为了去找那个女人。有时候一走就是好几天，有时候回来身上还带着伤，走路一瘸一拐的。最长的一次有二十多天没回来，有人看见他了，说他躲在一个地方养伤，在熬鸡汤……他以为他是谁？新四军伤病员？”

“这些事情……你是从哪儿听说的？”

“他们都瞒着我，怕我知道，不想让我知道。我姑姑就不要说了，我爹也瞒着我，以为我不知道，以为我不懂，其实我什么都懂，什么都知道。”

“噢。”

“表舅舅，我告诉你一个秘密，你不要跟别人说。”

“你说吧，表舅舅保证不跟任何人说，表舅舅才认识几个人，表舅舅常打交道的是驴、牛和马，镰刀和草绳。表舅舅准备把你的这个秘密将来带到他的坟里去。”

“那我就说了。”

“说吧。”

“我还见过脱光了衣裳的女人……”

“啊……”

“你别‘啊’。”

“我没想到……”

“她们那个地方的毛不顺溜，弯弯曲曲的，像是烫过的头发，又像是老年人下巴上的山羊胡子。”

“啊呀呀，我的老天爷呀！你妈要是听说你知道这些乱七八糟的东西，她会难过的，孩子，她一定会难过的，她会担心死的，她会难过死的。”

“担心什么？”

“担心你学坏了，又怕你长不成个人。”

“这种事情，是个人就知道，迟早都得知道，要我看，迟知道还不如早知道。”

“不能那么说。你看表舅舅是不是个人？不管好赖，表舅舅也算是个人吧？我就从来不知道这些。”

“你真的不知道？”

“你说的那些，表舅舅真的没见过。”

“那你还不如我们哩。表舅舅，我前面说过的女人是成年的女人，成年的女人和小女孩是不一样的。有一次，我们几个孩子在王明他们家的草房里，我们让梅梅把裤子脱了，假装成病人。我们当中年龄最大的王明要当医生，要给梅梅检查身体。我们几个都想当医生，都想给梅梅检查身体，但王明不让我们当，只让他自己当。我们说，凭什么你就能当医生，我们就不能？王明举起一只拳头，朝我们晃了晃，然后龇牙说，凭什么？就凭这个！这样一来，我们都不敢当了，只能让他当了，更主要的是，那还是在他家的草房里。为了让他本人更像一个医生的样子，王明飞快地跑回家里，偷来他爷爷的老花镜，戴上以后，真的很像一个医生，连我们也都服气了，觉得还是他最像。王明戴上老花镜以后，就把梅梅的腿分开，开始仔细地给她检查身体，还问梅梅哪儿难受，哪儿不舒服。但过了一会儿，首先感到难受，感到不舒服的，不是梅梅，而是王明。王明对我们说，这个老花镜让他觉得头晕，眼前越来越模糊，啥也看不清楚。我们就说，那你就把老花镜摘了吧，老花镜是老年人才戴的东西。王明犹豫了一会儿，把老花镜摘了下来。我们对他说，不要怕，不要担心，不戴老花镜，你也还是医生，别人都不是。听见我们这样说，王明很感激地看了我们一眼，说，都是我的好兄弟，我王某人不会亏待你们的。这时，梅梅说，我要穿裤子了，我冷。王明马上说，不行，那哪能行？还没检查完呢。不戴老花镜了，果然能看清楚了，也不头晕了，也不模糊了……我们剩下的几个孩子在旁边围成一圈，像是一头蒜上的几个蒜瓣，小心轻声地喘着气，手不动，脚也忘了动，耐心地等待着最后的结果，看看医生怎么说。”

“啊呀！不要看了，不要再看了！听舅舅一句话，这种没天没日头的事情以后再也不要干了，这不是个事。”

“就那一回。”

“孩子，你真让人不放心。”

一个女人，叉着腰，站在院子里，高声地叫骂着钱生太的名字，一边骂一边走来走去。

树声说：“我爹不在。”

“不在我也要骂。”女人说，“我管他在不在！他就是藏在老鼠窟里，我也要把他骂出来。”

树声说：“他又听不见，您这骂也是白骂。”

“我不相信他听不见。”女人说，“我就是要骂得他耳根发热，让他不得不爬出来。”

就又开始骂。

不光是骂，还一边走一边噩梦东西，院子里的东西，凡是能用脚噩梦的，她都要狠狠地噩梦一脚，门、凳子、扫帚、喂鸡用的盆子、拆下来好几天还没有安上去的喇叭、矿灯、水桶、半筐山药……就连小四也挨了她一脚，这是树声后来告诉我的。对于那些噩梦不动的，比如台阶、树、门槛，也要抬起脚来在上面狠狠地跺一脚。

我从外面回来的时候，她正指挥着两个人从正面的屋里往出抬缝纫机。我认得这台缝纫机，元贞在的时候常用它来给家里的人缝衣裳，我在捧场的地里干活儿的时候，有时候因为周围过于安静，耳边会忽然听见缝纫机的声音，听见缝纫机在噔噔噔地响……而现在，这个女人竟说这个缝纫机是她的。

她说：“这个缝纫机本来就是我的。”

她站在窗户前，对着正面的玻璃，像是站在一扇穿衣镜前面一样，照了照自己。

一个抬缝纫机的人问她，要搬到哪儿去？

她说：“搬到我家里去。”

趁那两个人还没有把缝纫机从院子里抬到街上去，我想问问她，这家里现在就树声一个孩子在，她凭什么说抬缝纫机就要往走抬缝纫机？另外，……可是，我刚走到她面前，就被她一下推开了。

她看着我说："想上来，想占我的便宜？想强奸我？你也不看看你是谁。"

啊呀！老天爷呀！这个女人。

她的话让我有些抬不起头来，好像我真的做了什么，我让她说得再也不敢动了。

后来我站到了小四的身边，我用手摸了摸，它的身上有些潮，又看看它的眼睛。它也看了看我。它一看我，我就觉得它好像在用一种软软的声音哀求我，希望我能领它回去，用一种怕别人听到的小得不能再小的声音对我说，咱们回吧，回去吧。

我拍了拍它的头，对它说，放心吧，我不会丢下你不管。我这么一说，它听懂了我的意思，马上把脸伸过来，在我的手上蹭了又蹭。

这时候那台缝纫机已经到了街上，我听见一个人在说："小心，别磕坏了，磕坏了咱们得赔，这哪能赔起？"喊喊喳喳的边说边往远处去了。树声靠着门框站在那里，这半天了，我再没有听见他说过一句话，看着院子里的情形，比看电影看戏还要平静。像他这么大的孩子们，看电影的时候常会忍不住叫喊起来，有时候光叫喊还觉得不过瘾，还要到处乱撞、乱窜。我看着他，我心里在说，这孩子，别看是个孩子，倒是能想得开，看见别人搬他家的东西，在他们家的院子里乱七八糟地又叫又骂，一点儿也不着急。这么看来，小小年纪，他的心倒是够宽阔的，我觉得比我要宽敞许多。这两天，家里一直就只有我们两个人，我看出他和我也混熟了，比我刚来的那时候要好多了，有不少话也愿意和我说了。

有一次，吃饭的时候，我随便问他，将来长大了想干什么，他想了一会儿，说了好几种事情，但每说完一种以后，马上就又一笔勾销了。给我的印象像是一个正在砌墙的人，砌好一堵墙以后，二话不说，马上就又推翻，然后在别的地方另外重新再起一堵，起起来后再推翻，接着再到别的地方再起。就这样一趟一趟地起，只是不觉得麻烦，每一回都觉得新鲜，还有一层甚至几层的意思包含在里面。

没有人来打断我们说的话，也没有人把脸贴在玻璃上使劲地朝里面看，只有燕子不时地在窗户外面飞来飞去，窝里的小燕子像虫子一样在叫。

树声说，将来要是离开家，到外面去，那就不说了；要是不离开家，一辈子都在这里，那就得想想办法了。想什么办法呢？无数的事实证明，在这个地方，做别的都不行，唯一的出路，唯一能做的就是当公社书记。

“只能当公社书记。”

“只能当公社书记？”

“一开始我也不懂，姐姐在公社接电话，我是慢慢地才知道的，在这个地方，公社书记就是天，就是老天爷，就是马王爷，公社书记一声吼，全公社都要抖三抖。”

“一样的，都是一样的，我们那边的也是老天爷和马王爷——有时候看上去比老天爷还要厉害。老天爷只是发一发山水，旱一旱你，至少不捆人吧？他说捆就把你捆起来了。派人到村里来，想捉鸡就捉鸡，想赶羊就赶羊。去年，我喂的一头牛就被活活地拉走了。当时，我正在给它切草、拌料，它刚从地里回来，还没有来得及吃上，就被公社来的两个人牵着笼头拉走了。我端着筛子，对他们说：‘让它多少吃点儿吧，它刚从地里劳动回来，还一点儿东西也没吃上哩。’

“他们说：‘马上就要杀了，还吃什么？吃也是白吃，还是省点儿草料吧，集体的东西，省一点儿是一点儿。’”

“那牛不也是集体的东西吗？”

“他们把牛拉走以后，我身上一下就一点儿力气也没有了，像是病了一样，我一个人坐在铡刀旁边，看着切好的草和掰开的豆饼，哭了半天。”

“要是我，就用铡刀铡了他们。”

“……唉，耗子是不能吃，耗子要是也能吃，他们连耗子也得逼出来。”

“广东人就吃耗子，还吃猫。”

“不能吧？耗子也能吃？”

“能行，凡是天上飞的，地上跑的，没有不能吃的。前两天，景春他们家就用喜鹊的肉包饺子。”

“……这么说来，广东那边的公社书记肯定也吃过耗子。”

“那还用说么，那是肯定的。”

“……就快要吃人了，逮住一个人，洗一洗，褪一褪，砍一砍，然后按进锅里，放点儿盐，再放点儿花椒大料……啊呀！这个世界……”

“所以，我越来越发现公社书记就像一座山，虽然不大，但也堵得厉害，让好多的人都直不起腰来，喘不过气来。表舅舅，我就要让自己变成那样的一座山。”

“孩子，那太难了。”

“世上无难事。”

“你现在连个小土包都还不是。”

“先别管那么多，你先告诉我，我当了公社书记以后，你都有哪些要求？”

“我还真没想过，让我想想……噢，我想起来了，舅舅也年纪大了，不想做别的了，我想专门给队里放马、喂马，不知行不行？到时候麻烦你和我们那边的书记说一说。”

“就这？”

“就这。”

“这不应该是个问题。”

“舅舅知道你能熬到公社书记不容易，舅舅不会给你添麻烦的，能让舅舅放马、喂马，舅舅就知足了。”

“这不行，我觉得还不够，我要让一个女人嫁给你，让她给你做饭、洗衣裳、收拾家、生孩子，给你生一儿一女，或者两儿两女。你不能再一个人做饭了。”

“那好啊！就是不知道人家愿意不愿意？”

“她愿意不愿意并不重要，个人服从组织，组织上愿意她就得愿意。要是都由着每一个人的性子来，那世界早就乱了，早就乱得不成样子了。”

“孩子，你可不能胡来。”

“我不胡来，我会打击坏人，保护好人。像我姑姑那种阴险毒辣、胡搅蛮缠的女人，不用和她商量，统统抓起来，扔到黑屋子里去。”

“我会等着那一天，我没想到我还会有那样的时候。孩子，舅舅一定好好地活着。”

“坚持就是胜利，女人会有的，孩子也会有的，舅舅，我认为你会一年一年地好起来的。”

“谁不想好呢？可有时候就是没办法，该成的事情总也不成，不该成的事情一不小心就成了，紧小心慢小心就成了。”

“暑假的时候，我想去一趟捧场，自从姥姥死了以后，我就再没有去过。”

“去吧，要不我来接你。我还说呢，这孩子怎么也不来了，小的时候年年在我们这儿，长大了，不会是把这边给忘了吧？那边好多人都记得你，有的女人，你还吃过她们的奶。你去了，我领你骑马、骑驴。”

“上一趟大青山。”

“我领你上大青山，上凉沙山、满汉山。这两天，大青山上的青杨树已经都绿了。”

“再去一趟灰腾梁。”

“去个灰腾梁，就像去咱们自己家的自留地一样，想去就去。舅舅认识一个采药的老汉，骑的车子是一个没闸的车子，七八十岁了，还像猴子一样，几丈高的树，说上就噌噌地上去了，连鞋也不脱。”

“不脱鞋就上去了？”

“嗯，我问过他，他嘻嘻哈哈地告诉我说，有时候脱了鞋，再认真地准备一番，紧一紧裤带，再往手心里吐一口唾沫，反而倒上不去了，身子也忽然笨得像个口袋。”

“我当了公社书记以后，我也要骑自行车，戴墨镜，穿白绸衬衫，腰里别着枪，最好是两把枪，双枪，从公社一出来，一路上铃声大作。”

“……你说的那不是公社书记，那好像是汉奸。”

让那个女人一闹，我们的饭也没吃成。后来，树声啃了一个萝卜，我喝了一碗水。

那两只出去打食的燕子其实早就回来了，但就是吓得不敢进窝，嘴里含着谷子，一直躲在附近等着，听见它的孩子们张着嘴在窝里饿得又哭又叫，干着急，也没办法，直到院子里慢慢地安静下来，再没有声音时，它们才出现，也不停留，不耽搁，立刻慌慌张张地回到屋檐下的窝里。

听见它们一家人在热烈地吃饭，我在心里说，这就好了，这一下就好了。

我把那些东倒西歪的东西一个一个地扶起来，有的摆正，有的放回到原来的地方，又拿起扫帚把整个院子扫了一遍。我在做这些的时候，有时抬起头朝四周看看，看见房顶上的瓦楞之间的低洼处蹲着一声不响的猫，看见树后的天还是红的。

看见那只在高处闭着眼睛养神的猫，我忽然想起了树声说过的话。我想，也就是在我们这种地方，它才能够像退休干部一样悠闲自在地在外面坐着吹风、乘凉，高高在上地休养、看热闹，这要是在广东，估计它也不能够也没胆量这么大模大样、随随便便地公开露面，恐怕早就让人套住吃了，它就是有那份闲心也没那个胆量。以我的估计，它每天都活得非常紧张、十分警惕，闲心是不应该有的，也不能有，有了就麻烦了。

周围的东西，包括空气，包括地，不知从什么时候起，一下就都黑了。

我想起捧场那边，这时候黑得可能比这里还要厉害，街上又没有人，从墙外的豁口吹进来的风，用力地摇晃着一些栅栏，狗又在蝎蝎螫螫地叫。

好多个黑夜都是这么过来的。远处的山上拉起了黑幕，水车也不转了，杏花如同撕碎了的白纸一样在悄悄地一片一片地往下落，黑石头垒起的墙上湿漉漉的，流星嗖嗖地滑向更远更黑的山里，有的像是一个寻短见的人一样，趁夜深人静的时候，一头栽进河里，顺着水流的方向一点点地远去。第二天天亮以后，河水照旧平稳地流着，没有人知道在几个时辰前，村里短了一个人，河里多出了一个东西。

已经很迟了，旁边的院子里还有人在说话。

“我们多会儿才能吃一顿饺子？”

一个孩子在问。

“多会儿也不吃。”

一个女人没好气地回答道。

“多会儿也不吃？”孩子小声地重复了一句，后来想了想，忽然又大声地问道：

“过年的时候也不吃？”

“对，不吃。”

女人喘着气，好像在从高处往下搬一个东西。

“过年也不吃？别人家都吃。”

“我说不吃就不吃，别人家吃你到别人家去，你出去看看，看看有没有人要你。”

“别以为我不值钱，没人要，铁桶爷爷不止一次说过，想让我当他的孙子呢！”

“他？他自己连稀的都喝不上，能养活得了你？他是怕将来死了没人埋，先占住一个。”

“不说铁桶爷爷。还有别的人呢，比如梅姨姨，她也想收我做她的干儿子。”

“梅青要你，那你就去吧，门还开着，我不拦你。”

听见孩子的鞋在地上磨蹭了一阵，却没有去。

“咱们家真的过年也不吃?”

“我说过了，你就死了这份心吧。”

“……”

有一阵子再没有听见那孩子说话。

过了一会儿，忽然听见女人说：

“别琢磨了，赶快进去帮我把那桶猪食提出来，猪吃不饱就不睡，我原以为能省一顿，看来也省不了，这些挨刀的货。”

“那我呢?”孩子说，“我吃不饱，我也睡不着。”

“你是人，人吃不饱能扛过去，能克服一下，睡着了就忘了。猪不懂事，不给你克服。”

“我也不懂事。”

“别看它们长得又傻又黑，心里也有数，也鬼精鬼精的，哪一顿没吃都记得清清楚楚的。”

“我哪一顿没吃，我也能记得。”

“我让你不学好，我让你跟猪比。”

女人边说边操起一个东西，听见孩子在院里咚咚咚地跑了起来，四处躲闪。

跑了一会儿，停下来了。有一根棍子“啪”的一声倒了，在很硬的院子里发出一声脆的响。

孩子说：“唉。”

一边唉着一边走进屋里去了。

七

透过最上面的一层窗户，我看到外面没有月亮，却有着一捧一捧的碎银子一样的星星。我想起那些在这种时候正在走夜路的人，没有别的依靠，全靠这些忽闪忽闪的碎银子在上面指引、帮助。有一年，我和吴龙去草地上买马，马没买成，回来的路上正赶上这样的一个时候，满地露水，满天碎银子一样的星星，吴龙走一会儿就抬起头朝天上看看。

因为没有给队里买上马，我们觉得我们没有脸也没有资格去住店，更何况身上买马的钱也不能随便动，所以我们就一直不停地在走。满天的星星，我们在下面走着，吴龙不时地抬起头朝天上看。

我记得吴龙对我说：

“老天爷派人给我们打出这么多灯笼，路上就是有再多的店我们也不能住，住了说不过去。”

我一直都记着吴龙说过的这句话。多少年过去了，每到这样的时候，要是再赶上正好没有别的事，我就会想起来，想起那个满天星星、满地露水的黑夜，耳边感到有风，有黑夜的风，同时却又觉得热烘烘的——那热烘烘的东西正是他那时说过的话。

前年秋天，割高粱的时候，吴龙死了。

那天，我没去割高粱，我和六队的一个人临时被派到河边的那片小树林里去锯树，锯倒一棵，我就听见小树林里传来一阵细细的哭声，哭得嘤嘤咽咽的，我觉得是那些住在树上的鸟在哭，一家子都在哭。

锯完树，回家的路上，我听说吴龙在割高粱的时候死了。那时，天早已看不见了，我的心里有个东西狠狠地往下坠了一下。

吃过黑夜饭以后，我去吴龙的家里看了看，大门外糊了白纸，院子里点着汽灯，棺材已经起来了，就差一个盖子了，满地的刨花，像一堆一堆的雪。我问吴龙的女人陈秀花，请画匠了没有？陈秀花说，已经请过了，他们的大儿子去请的，是黄土口的王步兵，明天来。

第二天，我去的时候，王步兵已经挽着袖子，戴着眼镜，翘着山羊胡子在那里画开了。

我在旁边站着看了一会儿。后来，我走到棺材旁边，小声地问王步兵，能不能在吴龙的棺材上给他画几颗星星。画在大头上当然最好，要是大头上不能画，画在棺材的两侧也行。

我没敢往多了说——按我的意思，画一捧，画一片，画一大捧，画一大片——只说少画几颗就行。心里想，就这也怕是不行。

果然，王步兵停住手里的毛笔，一双眼睛从眼镜框的上面很奇怪地看着我。

“你说啥？星星？啥星星？”

“就是天上的那种星星，给他在这上面画几颗。”

“画星星？这是谁的意思？他们家里的意思？”说着，从棺材后面探出头，朝正面的屋里张望。

“是我的意思。”

“你？你见过谁在棺材上画过星星？”

那倒没有，确实也没有见过。

“这上面只能画些祥瑞的云彩。”

我心里说，人都死了，还祥什么，瑞什么？这不纯粹是既在糊弄活人又在哄鬼吗？再说，吴龙难道是一个喜欢腾云驾雾的人吗？事实恰好相反。

“他喜欢星星。”

“他喜欢的东西多了，他的孩子们，他不喜欢么？崭新的钱，他不喜欢么？好看的女人，他不喜欢么？好吃的东西，他不喜欢么？好的衣裳，他不喜欢么？我不能把这些东西都画上去吧？我总不能在他的棺材上给他画一个商店吧？不光是大头上不能画，哪儿也不能画。”

“在这些东西里面，他最喜欢的还是星星。”

“别害我。知道的人会说是你在这儿胡搅和，不知道的人还以为我不会画，是在糊弄人，混饭吃，弄上这样一个名声，以后谁还敢请我？”

好话说了足有满满一棺材，看看还是没有希望，根本说不动王步兵，我就到地里干活儿去了。

在去地里的路上，我在心里对吴龙说，不行啦吴龙，这事不成，我本想让他们给你画一片星星，可没有人听我的，王步兵也是死活都不画，我也没法子，我总不能亲自拿起颜料上去画吧？那非打起来不可，王步兵也肯定不会让我的。看来，再也不会有人给你打出那么多灯笼了，你以后只能摸黑走了。

在地里干活儿的时候，我觉得心里像是有草在摇晃，我拿着镰刀，看着远处，感觉毛毛躁躁的。

我看看身边的树声，他也没睡着。

“小小年纪，不好好睡着，想啥哩？”

“你盯着房顶使劲儿地看，看得时间长了，就能看见有一群羊在慢慢地动，在吃草。”

“我在捧场放马的时候，马在旁边吃草，我躺在地上看天，看得久了，就会发现天好像烂了，左一个洞，右一个洞。除了洞以外，还有穿花衣裳的女人，打着伞，慢慢地出来，骑的那个东西很奇怪，又像牛又像骆驼，又像苏联羊。”

“真好看！你看见的，比我看见的要好，羊也比我的羊大。我们这里原来有好多苏联羊，有的像小牛那么大。”

“白天来搬缝纫机的那个女人是谁？那么厉害，那么不饶人。”

“我姑姑。”

“啊呀！那个女人——”

“我妈也斗不过她去，一看见她就头疼。”

“这么多年来，我从来也没听你妈说起过这种事。”

“我妈不说，对谁也不说，无论有什么事，她总是都装在她自己的心里。”

“孩子，晌午放学以后，到前面杏树院里智奶奶家吃饭，智奶奶做好了饭在等着你。”

“你不回来了？家里没饭？”

“我有点儿事要出去一下，晌午不能给你做饭了，你回来家里也没人，门上挂一把锁子。”

“你要去哪里？”

“我有事要出去。”

“我也要和你一起去。”

“又不听话了？你还得上学呢。”

“……那好吧。”

“记住，到智奶奶家里要听话，不要爬墙，不要上树，更不能去摘树上的杏。另外，智奶奶给你做什么，你就吃什么，不能由你自己挑着要，知道了吗？另外我告诉你，智爷爷可是个练过武功的人，能飞檐走壁，他要是发起火来，一百个你也能对付得了。”

“妈，我想跟智爷爷学练武，不知他愿不愿意教我？我也想飞檐走壁。”

“那就要看你自己的表现了，你要是表现好，听话，是个好孩子，智爷爷就会想，哎，这个孩子不赖，挺乖的，我教一教他吧，或许就真的教你了。”

“我保证听话，保证没问题。我还能帮他点烟，帮他捶背，帮他捉虱子。”

“行。”

四周十分的静，她在那一带转悠了半天也没看见一个人，有几棵树显得披头散发的，带着一种倦倦的睡意。正在疑惑的时候，忽然听见有人长长地叹了一口气，她急忙前后左右看了一遍，却还是并没有看见一个人。

附近的几堵墙上，用白粉画着一些圆圈。

街是土黄色的街。

街上有字，红字、黄字、白字、黑字，都有，甚至还有一行绿莹莹的字，但她没顾上看，实际的情形是，顾上了也不一定看。连自己也觉得奇怪，不知道人为啥常常总是为一些并不打算去做的事情而找借口，不做就是不做，却又不愿意坦白地痛痛快快地承认，还要千方百计地东挪西借地找出一些托词，拽出一些理由……真是让人不明白，真是让人觉得昏暗，为啥要这么做呢？

后来她有些犹犹豫豫地来到一扇门前，门是关着的，单从门上看，也看不出个啥，但仔细又一看，看到门楣上方有一个木制的蝴蝶趴在上面，一边的翅膀有点儿翘，比真的蝴蝶要大许多。

她问自己，是这个门么？

一个人，自己问自己，多半是由于一时没有答案，事情在摇摆。她问了两遍，两遍都没有人回答她，于是她走到一边，装作一副若无其事的样子，看着趴在门楣上方的那只木制的蝴蝶，越看越觉得心里不踏实。

她想到附近一带再转悠一会儿，但是，刚走出去几步，很快又像忘了什么东西似的返了回来。

那个很大的蝴蝶好像就落在她的头上。

她想，应该就是这里了。

没有人看见那只蝴蝶，只有她一个人看见了，后来，就真的有一只蝴蝶老在她的眼前飞，忽上忽下地飞，飞得她的心里也忽上忽下的，乱糟糟的，松一下紧一下。她嫌它飞得麻烦，伸手扑打了几下，那只蝴蝶飞走了；但等她停下手不再扑打时，它很快就像一朵会飞的花一样又回来了，它好像观察了她一下，然后就继续像先前那样在她的眼前不住地晃来晃去。

她觉得有些轻浮。

她站在那里，看着那只蝴蝶花枝招展，翩翩地舞动，忙了上面忙下面，总共加起来就那么薄薄的两片东西，她不知道它在干什么。她想，想飞你就飞吧，不嫌麻烦你就飞吧，你就绕吧，我又不是一朵花，顶多算是一种枯枝败叶。枯枝败叶，连牛都不怕，还能怕一只蝴蝶么。

在她身后不远的地方，她听到有两个人正在说话。

“我抓了一把，一看，都是瘪的。”

“我那也是瘪的。”

“放在手里，一吹，都跑了。”

“老财，你知道我为啥一看见你就跑？”

“还不是因为那二十斤黑豆么？”

“就是因为那，我恨不得找个窟窿钻进去。”

“你也不用钻，我又没上门跟你要去。”

“你没要，那是你仁义，我不行，我麻烦得厉害。我跟你说，我这会儿出门，啥也不怕，天塌下来都不怕，狼也不怕，就怕碰见人。”

“那你活着总不能不见人吧？”

“唉，麻烦就麻烦在这里。”

“你也别麻烦，都不好过。”

“老财，人比人，不能比，实际上有的人连猪也不能比，比不过去。有一回我背着一捆柴火，从胡家的猪圈外面路过，看见他们家的猪正闲事不管、舒舒服服地跷着二郎腿躺在里面。老财，我好眼红啊！我趴在猪圈墙外问它，我说：‘哎，愿不愿意和我换一换？你出来，让我进去，你去当我，去养活我那一家人，让我来当你。’它不愿意和我换，动也没动……”

“等等，先不要管他们家的猪会不会跷二郎腿，老坛，首先你有这种想法就是不对的。”

“老财啊，不是我不想把自己当人，实在是没法当，你看他们那个猪，我都愿意当它，它都不愿意当我。哪有这种猪。”

“你光看到猪这会儿自在，就没看见它们挨刀的时候？过年的时候，他们肯定要杀了它。你愿意被杀了？愿意替它去死？”

“唉，我小的时候，有一天在马棚里睡着了，有人半夜起来添草，说看见我的胸前有一片红光，从那以后，周围的人们就都相信我将来很有可能是一个大福大贵的人。我十岁的时候，人还没有柜子高，就不断地有人来给我提亲……这会儿想起来，全是骗人的鬼话。”

“你不对。”

“我知道我不对，我从来就没有对过。哪怕对过有数的几回，哪怕是一两回，也不是现在这样儿。”

“谁又能老对呢。”

“老财，我这一辈子算是完了。”

“那不一定，我看你家房后的那几行小葱长得挺好的。”

“老财，我听出来了，你这是在讽刺我。”

“老天爷在上面作证，绝对没有那个意思！你想想，我又能比你好到哪里去？”

“日本人快要来了，咱们还是躲一躲吧。”

“不躲，你去躲一躲吧，我不躲了，我不能再躲了，我得想办法把我的那些东西要回来。”

“啥东西？”

“两只鸡，一个羊，还有半口袋米。”

“能要回来？”

“我这不是正在想办法么，实在不行，我就豁出去了，我也要硬一回。”

“你硬不过他们去。”

“我想过了，米就算了。”

“依我看，米倒是说不定能要回来，鸡和羊反倒是肯定不行了，肯定要不回来了。”

“我就想要鸡，哪怕一只也行。上个月我新垒的鸡窝，最少能放十几只，可这会儿里面空空的。”

“老财，你这是在给你自己出难题，想方设法地和自己过不去，没别的。”

“你说的也有道理，可这能怨我么？”

“依我看，就算了，不要因为半口袋米、一只鸡，再把一条命搭上，那可就真赔了。”

“唉，你是不知道，你要是去我家里看看就都知道了，我的孩子们饿得都快站不起来了，你要是去了，他们想起来迎接你都不行了。”

“老财，我真难过。”

“你走吧，去躲一躲吧。”

“你也小心一点儿，要不回来就不要再硬要了。”

一阵脚步声载着一个人渐渐地走远了，剩下的那一个人好像还在原地站着。

她等了一会儿，又朝四周听了听，但从那以后再没有听见他们的声音。

她想，这是说的哪一年的话呢？

八

“今天天气真好。”

“是呀，总算晴了。”

“天一晴，喇叭里唱的京剧也比那两天亮多了，你听——”

“是《杨门女将》么？”

“不是，是《杜鹃山》。”

“啊，那是我看过的颜色最鲜亮的一个电影，红花真红，绿草真绿。”

“我也喜欢。”

“连他们胳膊上戴的袖章也是那么红，咱们的供销社里就没有那么红的布，从来都没有。周围的几个供销社里我也去过，也没有。你问他有没有红布，他不说有，也不说没，给你抱上来一卷黑红黑红的东西，咚地往柜台上一扔，问你要几尺。不要吧，已经拿上来了，要吧，布票又不一定够，那就来上五六尺吧。我说的是五六尺，他看也不看，眼睛瞅着门外，哧——的一声，扯下来八尺。张十一斤回来骂我，嫌我不会过日子，他说，你这个蠢女人啊，最大的本事就是能胡闹，善于胡闹，想方设法地胡闹，布票那么紧，你又不是不知道，弄回这么多红布要干什么？是要把你自己再嫁出去么？”

“怪不得你们家的孩子每个人身上都带着红。”

“既然买回来了，总得都用吧？谁的裤子短了，我就给他用红布接一圈，谁的袖子短了，我就再用红布给他接一圈。张十一斤不喜欢穿红的，不喜欢也不行，能全由他么？不喜欢我也得给他做，衣裳是我在做，又不是他在做，做好了，他就跑不了，他就得穿。我把属于他张十一斤的衣裳拿给他张十一斤看，让他看个清楚，闹个明白，并告诉他说，这几件衣裳都是你的，永远都是你的，‘六月里的包子，臭了也是狗的’，不承认不行，不认账哪能行？……一开始的时候，他坚决不穿，死活都不穿，我也不再说他，也不再给他做别的。等过了一个时期，他自己就悄悄地不声不响地皱着眉头穿上了。我看在眼里，乐在心里，但表面上却装作根本没看见，完全不知道的样子。男人，我算是把他们看透了，你要是硬，他就软，你要是软，他就跟你硬。他们都是小孩儿的鸡鸡，越拨拉他，他就越硬，越来劲儿，你要是不拨拉他，他也就硬不起来了。”

“女人要是都能像你这样，那就真的解放了，真正地翻身了。”

“我告诉你，你也不能拨拉他。”

“我不拨拉他。”

“对啦，哪天我还得用一下你的缝纫机。”

“用吧。”

“我还有一块布。”

“又要给张十一斤缝衣裳?”

“不给他做了，再做就真的和我打起来了，论体力，我还真的打不过他去。再说，我也发现了，男人的确也不适合穿红的，也不能全怨张十一斤不想穿，我要是个男的，我也不想穿。这一回，我是给我自己做的，就剩下最后一块了，我替他们排忧解难，我穿了算了，要不然把他们父子愁得不行，一看见红布就过敏，就哆嗦。”

“这一下就好了，他们可以放心了。”

“我对张十一斤说：‘我倒是想好好收拾收拾，把自己再嫁出去，别的都不担心，唯一担心的就是怕没人愿意要。’我这么一说，张十一斤马上就像灌了苏打水一样，觉得自己一下被抬高了，膨胀了，变得又虚又大，趁机会气喘吁吁地说：‘你的担心是对的，肯定是没人愿意要。也就是我，活得一点儿办法也没有，一点儿前途也没有，才会要你，你过了我这个村，再也找不到我这个店，没有啦。’他就是这么说的，你别不信，他真是这么说的。我对他说：‘别把你自己的女人说得那么不好，那么不值钱，她要是一个没人愿意要的货，你自己本身也不光彩，也好不到哪里去。你要是不信，你就好好想想，想想这中间的道理。’听见我这样说，他眨着眼睛认真地想了一会儿，可能是琢磨出我说得有点儿道理，就闭上嘴不再吭气了。……以后，直到最近，也不再像以前那样动不动就说我不好了。我想，他可能主要是怕因为说我而牵连到他自己，怕连累了他，这至少也是一个原因。他不说我不好，并不是他不认为我不好。”

“他好像明白过来了。”

“对，我说的就是这个意思。‘张十一斤同志各方面都很好，都很不错，怎么就会娶了一个最不好的女人？这说明了什么呢？这说明他本身也有问题，说明他也不怎么样。’他怕的就是这个。——这就是他们男人。”

“你这么一说，我也让你说醒了，我想起一些事情。”

“你来是有事么？”

“……没有。”

“要是有，就尽管说。”

“……”

“那就帮我拣豆芽吧，那两个下乡干部要来吃饭，轮到我们家了。”

“又轮过来了？”

“我也觉得转得有点儿快。”

“好多人都有这种感觉。”

“真的，在我的印象里，他们好像刚走不久，一边说话，一边抹着嘴相跟着出了门。我还清清楚楚地记得上一轮我给他们做的最后一顿饭，饭端上来了，他们像研究地图一样看着，灶里的火不仅没灭，还又红又旺……那天，张十一斤去地里锄谷子，逮住一只黄鼠狼，我给他们做的就是黄鼠狼的肉，他们当然不相信这五黄六月的天气里会有肉，所以才惊奇得不得了，看了又看。武装部的那个郭副政委看了一会儿，然后笑着对我说：‘不会是人肉吧?’我说：‘算你猜对了，是哩，就是一个人，才杀了一会儿，让你们尝尝鲜。’那顿饭他们吃得很高兴，我和张十一斤也很高兴。郭副政委对那个名叫王文火的干部说：‘你看看，人民群众对我们这么好，这么诚心实意，我们还有什么理由不用心用力地好好工作呢?’名叫王文火的干部说：‘我不准备请假了，母亲病危与眼前的革命斗争比起来，实在是渺小至极；再说，人固有一死，现在就算是我回去，恐怕也救不了她了。既然救不了，那还不如不回去，不如踏踏实实地留在这里，我保证，我要在这里干到年底。’郭副政委放下筷子，一只手在空中挥动了一下，纠正道：‘不是年底，是要一直干下去，永远干下去，生命不息，战斗不止，过年也应该在这里过。’王文火红着脸说：‘对。’停了一下，看看意气风发的郭副政委，马上又深有同感地说：‘对，要在这里过个年，一定要在这里过个年，欢欢喜喜过个年。’”

“他们要在这里过年?”

“看样子像。”

“我真怕他们在这里过。”

“那有啥，他们过他们的，我们过我们的，大不了轮过来再管他们一顿饭，就当他们是来走亲戚的客人。”

“豆芽也拣完了，我该回去了。”

大水坑像一面斜放着的镜子一样从背后照着她，她不知道有柳絮一样的反光正在她的身上乱飞乱窜，又蹦又跳，但是，那棵她常见的又粗又黑的老树却忽然把她叫住了——

她像是猛不防被绊了一下，抬起头后，看到有几根树枝在摇晃，在朝她招手。

她问自己，树也会说话？

她不信树会说话，但是树说自己会说话，它用它那种一听就是上了年纪的声音对她说：

“来，过来帮帮我——”

帮帮它？帮什么呢？那声音把她吓住了，她觉得腿有些酥，似乎只要迈一步，整个人立即就会坍下去，化成水。……后来，忽然看见不远处有拖拉机在突突突地冒烟，虽然离得远，听不见声音，但用眼睛一看，就知道它正在油乎乎地突突突地响着。这就够了，她从拖拉机的烟里好像吸到一股力量。但是，这还不算，紧接着，好事——能够给她壮胆的事情正在接二连三地到来。旁边的一条公路上，出现了十几辆运煤的汽车，那些草绿色的是上海的汽车，灰蓝色的是北京的汽车，车门上喷着“宣武区”“东城区”的字样，他们都常年驻在这个山区里运煤。她看到所有的汽车忽然都停住了，双方的司机都从车上下来，站在路上开始吵架，纷纷摘下手上的白手套，互相操对方的祖宗。

她听见北京人正在用流利的北京话操上海人的祖宗。上海的司机说话叽里咕噜的，她一句也听不懂。但是，她想，不用问，也不用把上海话翻译过来，上海人也并没有闲着，这个时候他们也肯定正在针锋相对地操北京人的祖宗，事情到了这一步，大家谁也都不客气。

有那两股人马在路上互相对骂，她顿时就觉得自己再也不害怕了。与此同时，她还发现世界其实很热闹，很有趣，一点儿也不荒凉，一点儿也不没意思，就看你能不能发现，有没有运气……这以后，她撩了一下跑到眼前的头发，几步就到了那棵会说话的树下。

一位很老的老人坐在树后。看见她过来，老人赶忙对她说：“快来帮帮我。”

听到那熟悉的声音后，她不禁皱了一下眉头，她本想对他说“我以为是树在说话”，但没有说出来。她看到老人背靠树坐着，一条腿上系着一根绳子，绳子没有一丈长，但至少也有七八尺。顺着绳子的方向，她看见绳子的另一头拴着一个五六岁的孩子，绳子拴在孩子的腰上，孩子正在一次又一次地努力地往前拱，他像是不知道有一根绳子在控制着他，所以脸上充满了疑惑和急切，无论往哪个方向奔，都没有用，好在他看上去并不灰心。

“给我紧一紧。”

她顺着老人的声音弯下腰去，看到他腿上的那个绳扣果然有些松了。老人告诉她说，他担心自己一不小心迷糊过去以后，孩子会挣脱绳子跑掉。“这个小鬼头，一得空就想跑，看也看不住，我根本对付不了他，根本不是他的对手。”听着老人的述说，她把绳子解开，重新系了一下，老人从她的动作中感到自己的腿又回来一点儿力气，脸上于是浮现出一种满意和高兴的笑意。

“行啦，这一下就行了，我又能放心地睡一会儿了。”老人说，“这我就不怕他了，他再怎么扑腾，也扑腾不到哪里去了，我放心了。”

她看了看孩子，问道：“这是谁的孩子？”

老人说：“不知道。”

“不知道?”她感到奇怪。

“我真的不知道他是他们谁的孩子，我只知道他是我的一个重孙子。”

“您能肯定他就是您的重孙子么?”

“能吧？他叫我祖爷爷，我一想，这还不是我的重孙子么？别人谁能这么叫我？这中间隔着好几辈呢。”

“您知道您重孙子的名字么?”

“你把我问住了。不怕你笑话，别看我每天都看着他，可我连他的名字都记不住，就说这个孩子吧，好像叫个小虎，还是小龙？我真的不知道。我想记，可是记不住。”

老人的话让她笑了。

“我跟他们说，我老了，不行了，替他们看不住孩子，可是他们不听，每天我一出来，他们随后就乱七八糟地跟来了，也不问我，也不和我商量，不管我愿意不愿意，二话不说，不管三七二十一地把绳子往我的腿上一套，然后就走了……他们把我当成一棵能系绳子的树了。”

老人乱七八糟地坐在树下，看上去比他身后靠着的那棵树更像是一棵树——一棵只剩下一堆根须的树。有时候他打盹睡着了，被他的那个拖着一根绳子，时刻想跑的重孙子用力一拽，马上就又醒了。就那样醒一会儿，睡一会儿，有时候昏昏沉沉地听见炮火连天，有人在埋地雷，有人在扔手榴弹，有时候猛然睁开眼睛，看到四周一点儿声音也没有，鸡不飞，狗不走，树也不动，年幼的重孙子也出溜到他的脚边睡着了。

九

"我又来了。"

"这一回没有豆芽让你拣了。"

"我来是有事。"

"上一回我就看出来了。说吧。"

"他们都不在么?"

"就我一个人。"

"你能不能……哎,我真是说不出口。"

"说吧,世上只有做不到的事,没有说不出口的事。"

"我是说……你能不能……"

"你的脸红了。"

"我想让你明白我说的意思。"

"你啥也没说。"

"别再让我说了。你已经明白了,对不对?你早就明白了,还让我说,成心看我的好看。"

"我明白了一点点。"

"那你说说,你……愿意么?"

"我倒是没问题。不过,我觉得你这样做是不对的,你会把他惯坏的。"

"我也知道不对,可我总觉得对他有亏欠。那年冬天,他们几个干部私分麦子,后来,紧接着,快过年的时候,他又偷偷地放跑了那个头上有疤的锡林人,还给了人家五块钱的路费……后来,工作队找我的时候,我就都说了。"

"那事,你不说,别人也会说的,结果还不是都说了么,没有谁能靠得住,你用不着觉得亏欠。"

"那个锡林人倒好,一直往北跑,到了坝上,又到了河套,在河套刚一露头就落网了,倒把他给出卖了。想想,也不是个东西。”

她看着正从路上经过的弯弯曲曲的牛车和马车，看了一会儿，忍不住大声问道：

“是不是去捧场的？”

“不是。”

坐在一辆车上的一个人看着她，回答道。

别的车上没有人说话，但她相信他们不是不想回答她，而是没有听见，他们的帽子太厚了，严严实实地捂着头和耳朵。走这么长的路，耳朵对他们来说实在不太重要，有一双眼睛就足够了。

他们说不是。按道理也应该不是，因为她看了半天也没有看见一个她认识的人，但从他们的样子尤其是说话时的样子上看，肯定都是那一带的，相隔都不远，一个地方距另一个地方几里、十几里，鸡叫声狗叫声，相互间都能听得见，遇上天气晴朗的日子里，能看见一些人正在他们自己的村子里说话、走动、弯着腰干活儿……鸟站在牛背上，牛隔一会儿回一次头，想狠狠地咬一口，但没有一次能够得着，心里麻烦得厉害，尾巴不停地甩来甩去。鸟说，想甩你就甩吧，反正我不走。你还能就这么一直甩下去，一下也不停？我就不信你能一直不停地甩下去，总有你累的时候，总有你不想甩，甩不动的时候。牛说，我今天犁完地以后，又拉了两趟车，我累了，我不想和你计较，你小小年纪，也怪可怜的，等这个秋天一过去了，你也就完了，像一朵小黄花一样灭了。鸟说，我完了，你也快了，庄稼已经收过了，人们还在嚓嚓地磨刀，你不会不明白他们准备要做什么，你肯定知道，比谁都清楚。

你站到我的头上来吧。

不。

来吧，这是我的头，这个主我还是能做得了的。

把我哄过去，好用你的角把我挑下去，是不是？我不过去，我站在你的背上就挺好。

大风刮断了田野里的电线。

晚上，她早早地做好了饭，到了吃饭的时候，天已黑得吓人。她对他说：

“你们吃吧，我想出去走一走。”

“这么黑了，你要去哪？”

“不去哪儿，就在周围一带。”

听到她这样说，他从灯下抬起头，看着她。他想了一会儿，然后说：

“你留在家里，我出去吧。”

“你出去？你出去替我走一走？这又不是个能顶替的事。”

“我是说外面冷，女人都怕冷，我比你耐冻。”

“我只是去走一走，不是去为了受冻。”

“既然出去了，那就肯定要受冻，天气可不管你是谁。”

大约一个多小时以后，她开始顺着原路往回返，漆黑的、过于浓稠的夜色，让她后来忽然觉得有些不干不净，她很快地走着，像是要尽力甩掉什么。没有人看见她，但她认为自己已经被黑夜染过了，已变得很黑。

以前她从没有过这种感觉。

熄灯号已经吹过了，红瓦的营房在南面的树林里悄无声息地睡着，只能听见河里的水在哗哗地流，有时候声音突然会大一下，像是有人跳了进去。

营房后面有一条路，像是他们扔出来的一根飘飘忽忽的白色的绷带，一直向这边的村里飘来。

李小兰最初就是顺着那根白色的带子，从红瓦下面向这边的村里飘过来的，以后，他就像走钢丝一样在那根软软的白带子上来来回回地跑来跑去，有时候背着一军用挎包大米，有时候怀里抱着一棵白菜。

李小兰就是那个经常拿着自己破了的军装找人缝补的小战士，没有人告诉他村里谁家有缝纫机，哪个女人的手最巧，但是，当他顺利地从小树林子后面的那根软软的白带子上慢慢地飘过来的时候，他一下就找到了她……这件事，以后每次再回想起来的时候，她都觉得有点儿奇怪。同样，作为李小兰本人，他自己也觉得说不清楚，不知是因为什么，不知是什么在其中作怪。

补过几次以后，他不知不觉地迷上了她的那双手。在她的身边坐着的时候，在回营房的路上，在那根软软的白带子上边走边浮想联翩的时候，他无数次地对自己说："真叫个巧啊！"除了巧，还白，还软，还有些瘦，但瘦是非常必要的，因它直接通向修长。他不喜欢那种看上去肉墩墩胖乎乎的手，连做梦都怕看见那样的一双手，幸好她不是，要是，补一回就够了，连第二回也不会有，更不会有后面的那些个回合。

看着他军装上那些破了的地方，像是新添的伤口，她不禁越补越疑惑。

有一天，她一边给他补，一边随口说道："这口子扯得这么整齐，不会是你专门划破的吧？"

听到她这样说，李小兰吓了一跳，她在那一刻的那种说不上来的样子很像是他部队里的某位首长，这让他好半天没有反应过来，后来才说：“哪能呢。”

她笑了笑，继续给他补他的那个口子，没有再问下去，但从此心里洇出一些痕迹，多出了一些道道。她觉得，凭他的那种性情，他不是那种动不动就把身上的衣服挂破了或磨烂了的人，那得是那种十分鲁莽非常粗心的人，而他不是。这个李小兰，有时候真的很像是一位名叫李小兰的姑娘。他坐在一边，很安静地看她给他补衣服，连喘气都是细细的，几乎接近于虚无，要是不用心去听是根本听不出来的。有时，他会忽然轻声地唱起来。“……为咱亲人补军装……”唱一会儿，然后停下来，是因他唱着唱着发现了问题，意识到了一些东西……那时候，他看着她，然后对她说，这歌其实应该由你来唱，你唱才对，你唱才贴切，才符合实际。

“你唱吧，我不会唱。”

她说，连头也没有抬，整个人都伏在缝纫机上。缝纫机铮铮铮地响了一阵，后来忽然又不响了，她停了下来，从针头下面抽出他的衣服，拿起来对着窗户仔细地看着，嘴里却对他说：

“你唱得就挺好的。”

好也不能老唱吧？他想。她的鼓励像是给他的身上楔进去一个东西，说不上是一个什么东西，但很明显那个东西是个活的，会动，有血，有气，还很有劲，不停地在动，不停地在闹，在挣扎，在和他搏斗，什么也不是，这样拼命地闹，不停地动，目的只有一个——就是想出来，想痛痛快快地舒展无比地出来，想不顾一切地出来，想大喊大叫地出来，想肆无忌惮地天王老子也挡不住地出来，想意气风发斗志昂扬地出来，想自力更生艰苦奋斗地出来，想独立自主地出来，不崇洋媚外，不故步自封，当然更不需要由人搀扶或护送着出来……是的，就是这样，金猴奋起千钧棒，玉宇澄清万里埃，要奋斗就会有牺牲，枪杆子里面出政权，没有贫农，便没有革命，凡是反动的东西，你不打他就不倒，无产阶级要想解决全人类，首先得要解放自己，不解放自己，一切都是白搭，不过是白受苦，瞎捅一气而已。先把头露出来，然后整个儿都出来，就像鱼翔浅底，就像鹰击长空，就像红日跃出了东海，待到山花烂漫时，她在丛中笑。

李小兰的目光在她的头发上趴了一会儿，迷糊了一会儿，然后来到她的脸上，很快又走到她的嘴上，并停了下来。她的眼睛由于被头发遮挡着，使他无法看清，所以他走不去，要是能过去，他早就过去了，他不是没想过。李小兰，你这狗日的好暖和噢！李小兰听见有人在这样喊叫。他被夹在她的两片嘴唇之间，感受到一种柔软的挤压，就像两座山中的一片金黄碧绿的草地。人这一辈子能寻到这么一个地方，就算一头碰死，就算死在这里，也值了。一个人对另一个人说。另一个人想了一会儿，然后说，你不是要碰么？你碰呀！

他湿漉漉地从她的嘴里上来，像是从河里爬到了岸上。

一抬头，却看到她仍然端坐在缝纫机前，用心地对付着手里的活儿，她的两条腿藏在缝纫机的下面，只看见上面的轮子在转，却看不见她的腿在动。

她用牙咬断一根线，然后一边用手抚平补过的地方，一边说，李小兰？你咋叫了这么个名字？

李小兰说，他上面有两个哥哥、两个姐姐，但不知因为什么，两个哥哥都没有能够在住。后来，有人说，男的要是起了女的名字，就比较容易活，正好家里该生他了，他就赶上了。

“女的为什么就容易活？”

“他们说是贱，贱了就好活，容易活。山上的野花野草，谁管过？谁去浇过水？每年都活得好好的，旱也旱不死，太阳也晒不死，被人踩倒了，用不了多久又站起来了，今年让牛吃了，第二年又冒出来了。可是，家里养的花儿呢，都把它当个东西培养，紧掇弄慢掇弄，紧小心慢小心，求爷爷告奶奶，该死的时候照样死，神仙也救不活，一个不小心就死了。”

“我是不是很贱？”

“你不贱。谁说你贱？我才贱呢，李小兰……唉，要不是这个名字，也许我还活不到现在呢，说不定也像我的那两个哥哥一样早早地就完了，早早地就从人生的舞台上下去了，连个躬都没来得及鞠。”

“我老家有个表弟，不到二十岁的时候，就跳了井。”

“因为什么？”

“因为一些事情。”

“唉……这一点我比他强，我能想得开。”

“那就好。”

那时候她忽然想起一个叫唇红齿白的词，跳了井的表弟大体上长得就是那样，现在想起来，竟和眼前的这个李小兰在好多方面有些相像……啊，怪不得没费什么劲这么快就和他熟了，给他补衣服也补得心甘情愿、高高兴兴，甚至满心欢喜。这样一来，倒让她不知不觉地把原来的好多事情差不多都忘了，有的虽然还没忘，这会儿暂时也被压下去了，成为几件压在箱底的衣服，难得想起来，几百年也不拿出来一回。

每次从那些红瓦下面出来，顺着房后的那根软软的白带子向这边飘过来的时候，李小兰都不会空着手，除了拿着他翻箱倒柜千方百计地搜寻出来的要补的衣服，另外还有别的东西，有时候是一军用挎包大米，有时候是一棵正在茁壮成长的白菜，有一次甚至是几盒让她感到莫名其妙的葡萄糖注射液和青霉素针剂……她不像别的女人那样见了这些会觉得高兴，她觉得自己无论如何都高兴不起来。

“不要再偷偷摸摸地拿这些东西来，你们首长知道了，一定会拔出枪来崩了你。”

“崩不了，我会小心的。”

“不行，小心也不行。”

“你生气了？”

“有点儿。”

“我听你的，以后再不拿了。”

不知是有意还是无意之间，李小兰忽然轻声地叫了她一声姐，这让她的身上情不自禁地颤抖了一下，仿佛有一只柔软而洁净的手在她的心上轻轻地抚摸了一下，给她带来一种异常酥痒而微麻的感觉。

阳光呈几何形状堆砌在屋里，有一层一层的梯形，有透明的三角，还有的像光滑而倾斜的圆柱。

忽然，她说：“你的小名是不是叫个丫头？”

李小兰吃了一惊，说：“你是怎么知道的？”

“我只是随便瞎说的，”她说，“看你这样，莫非你还真的就是叫个丫头？”

“就是。”

“真的是叫个丫头？”

“真的。”

听到李小兰这样说，她忽然伏在面前的缝纫机上笑了起来，从后面看她的两个肩膀，像是在哭。

“你别笑。”李小兰说，“听我给你从头细说，我的小名就是叫个丫头。十二岁以前，我一直穿花衣裳，穿那种上面带着一根带的鞋，还留着辫子。后来，随着一天天地长大，花衣裳还能穿，但辫子实在是再也留不住了；因为无论是谁，只要看见了，就都想过来揪一揪，拽一拽。我妈和我姐姐都说，不能再留了，再留下去要戳鬼。到了上学的时候，要正式给我起名字了，全家人有一个总的意向，就是我的名字不能男人味太足了。我爹愁得厉害，说，那么多名字，没有一个适合咱们的，真是难闹哩。又说，总得差不多吧，总不能直接叫个李小花李桂花吧？又过了两天，我爹兴高采烈地从外面回来，一进门就说，有了，这回终于有了，我看就叫李小兰吧，咱们公社的武装部长就叫赵小兰，一开始我还以为他是个女的呢，等开会的时候一看，那家伙长得又黑又大，还满脸胡子，一下我就踏实了，我就不怕了，回来的路上我就想，他叫赵小兰，咱们就叫李小兰吧，这个名字好，不荤不素，不男不女（我妈在一旁插话说，听上去还是偏向女的一些），不冷不热，正好好，就这样吧，叫个李小兰也就可以了，真要是红艳艳粉嫩嫩地给他起个女人的名字，那让他以后怎么做人呢？”

她抬起头来，脸上的笑容如同外面的阳光，而窗外的光线像一片正在越升越高的山梁，金黄、明亮、疏松，大头鸟随着地势的起伏也在一点一点地往上浮动。

“部队要吹号了，你该回去了。”

“我不想回去。”

“部队可不是幼儿园，不能想不去就不去，快走吧。”

"……"

"快去吧。点名的时候要是没你，你不怕么?"

"我想过了，以后我一定要找一个人，找一个可靠的人，点名的时候替我答应一下。"

"那你这兵也就当到头了。"

"我走了。"

"跑步回去吧，跑步还来得及。"

"恐怕不行了，来不及了，我已经把他抓住了，这回看你还往哪跑?"

"……你回来了?"

"我当然要回来，我在峰之涧住得不踏实，越住越没底，眼皮老跳，不闭上跳，闭上了还跳，我就知道不对了，有了问题了，肯定有了问题了。我的一个死了好几年的姨姨有一天忽然找到我，对我说：'别光顾着挣钱，挣钱也得看个时候，不能啥都不顾，还有比挣钱更要紧的事。'上一辈人说话，都是那样，也不往明了说，不往彻底了说，要不你就干脆别说，可他们还是要说，说吧，又不往清楚了说。我不喜欢一个人这样。我问她：'二姨，您到底什么意思?'她看着我，那张白白的脸一闪，一阵风一样就不见了。"

明明是钱生太带着峰之涧那边的露水和土回来了，却又像是一块一人多高的铁板，黑雾雾地立在门口，她看得有些糊涂了。

那时候，钱生太的手里拎着一个人，像是拎着一个刚刚打到的猎物。她看了几眼，然后在心里祷告说，可千万别是李小兰！只要不是他，别人无论是谁都行。可是，当钱生太手一松，那个猎物咚的一声掉到地上时，竟就是李小兰……她顿时不禁泪如雨下，在心里对李小兰说：

“你是一颗灾星。”

钱生太让他自己说，李小兰就说：

“我有了病了，无论是集合号还是熄灯号，只要一听见吹号，我就忍不住想尿，真去尿的时候吧，还尿不出来，最多一小股，有时两三滴，只有那么两三滴。”

“那么，吹冲锋号的时候呢？”钱生太问。

“那还用说么，那就会更想。”

“老弟，种种迹象表明，你已经不适合再当兵了。”

她睁开眼，感到有湿热的东西正在脸上慢慢地滚动，流泻，胸口还在很厉害地跳……是一个梦，她长长地出了一口气。她想起在峰之涧的钱生太，不禁苦笑了一下，就算是在梦里，他也忘不了和她吵一架。不是冤家不聚头，她一年一年地开始信服这句话了，不信服不行。

黄昏时分是一个流光溢彩的时候，绵延的晚霞让人想起童年，她带着一身簌簌作响的金线刚回到屋里，有人就从后面把她抱住了。

她没有动，任由他抱着，因为她知道他是谁，她甚至不知不觉地闭上了眼睛，这以后，那双手像一对性急的初出茅庐的兄弟，在她的身上分头出发，开始到处奔走。她先是感到她的两个乳房被高高地举了起来，托在红色的霞光里，不久又慢慢地落了下来，重新回到了原来的地方，重新回到了她的身上，物归原主。她看到屋里的东西仿佛漂在水上，有的正向她这边游过来，她向旁边闪了几下，最先游过来的那几个东西相继从她的身边游过去了，但是，事情并没有完，后面还有别的东西正在接连不断地向她游过来，并十分明显地想撞到她。她听见一个绿颜色的瓶子尖声对她说，躲得了初一，你还能躲得了十五吗？我就不信你连十五也能躲过去，十五不行，还有三十呢，还有下一个初一和十五呢，你都能躲过去？这话让她变得浑身软弱无力，酥烂如泥，她昏昏沉沉地回答说，我没想躲。

那时候，她忽然感到自己从下面被分开了。

“我好像管不住自己了——”

这句话本来是在她心里说的，在她的心里低低地盘旋，但不知怎么就滑到了她的唇外，浓浓地又胭脂一样地抹在她的脸上。

他先是一愣，然后对她说：

“管不住就不要管了。”

这以后，她感到自己像是坠落进了耀眼的阳光里，听见轰的一声，响声像是来自她的心里，又似乎在一个很远的地方。部队的白菜、红马，远远地站着。

不知过了多久，她听见他低低地在她的耳边说着话。他说他本来不信命，现在信了。他说他喜欢过一个姑娘，但是因为两个人都站在原地不动，所以后来就完了，没有人从中破坏，就像是一件东西，谁也不动，谁也没动过，就那么放着放着就放坏了，再也不能用了。

他说他第一眼看见她的时候，就不想走了，哪儿也再不想去了。

他说他找过原因，但是没有找到，他自己也说不清楚，为什么一看见她就觉得亲得不得了，永远没有够的时候。

他脸朝下趴了一会儿，后来侧过来，脸贴在她的胸上。

她睁开眼，充满深情地看着他。

看了一会儿，她说：

“部队要吹号了，你赶快走吧。”

“我找了一个新兵，让他点名的时候替我答应一声。”

“你不能那样，你会连他也一起害了。”

“我听你的，我走了。”

“部队要吹号了，你快走吧。”

“嗯。”

“孩子，晌午放学后，到前面杏树院里智奶奶家吃饭，智奶奶做好了饭在等着你。”

“我不回来了？家里没饭？”

“我有点儿事要出去一下，晌午不能给你做饭了，你回来家里也没人，门上挂一把锁子。”

“你要去哪里？”

“我有事要出去。”

“我也要和你一起去。”

“又不听话了？你还得上学呢。”

“……那好吧。”

“部队要吹号了，你快走吧。”

“我跑步回去。”

“你不能再来了，他捎话回来了，明天就回来。”

“我也有一件事要告诉你。”他脸朝下趴了一会儿，后来侧过来，脸贴在她的胸上。

“说吧。”

“我们住在这里本来是为了打仗的，听说又不打了，打不起来了，可能要全部撤走。”

“啥时候走？”

“好像就在最近几天。”

“走吧。”

“我……”

“最后一次了。”

有一天，她忽然听说南面那片小树林子里的营房空了，村里的孩子们都去那里捡子弹壳。

她一个人坐在家门口，坐着坐着，忽然看到他从外面跑了进来，他兴奋而又不得不压低声音对她说，我回来了，我说过我会想办法的。

她看看他，看着看着，院子里又成了她一个人。

这一天留给她的最后一个印象是，一只蚂蚁扛着一颗很大的谷子在走，蚂蚁走得极慢，不仔细看是看不出在走的。

她看了一会儿，叹了一口气，对那只蚂蚁说：“不会换一颗小的么，那么大，你什么时候能拿回去？”

原载于《锺山》二〇〇六年第二期

编后记

除了另外三部长篇小说以及部分短篇小说由于版权等原因未能收入外，这次编辑出版的作品系列囊括了我目前面世的全部作品，共计有长篇小说六部、中篇小说四十四部、短篇小说三十七部。在各册的编排上，力求和谐。不过，因篇幅字数的差异，有时又确难做到内容与风格上的高度一致甚至相近，如此，同一册之中，有时会有完全不同面目的作品并存。阅读一本风格内容相近的书犹如在一个熟悉宁静的地方漫步，反之，则如同在同一座山上浏览四季；对于阅读者来说，很难说哪一种方式更好。也许，这中间并不存在可比性。此外，部分篇章中偶有另造之词句，我视之为自己之词句，更视之为一个写作者对于语言、对于表达所做之努力或曰贡献。我不喜并厌恶被无数人咀嚼过无数遍的词句及语言，故在与各册编辑商榷后，使它们得以保留。保留它们，也意味着保留了我之所思所想，更是一次与它们生离死别之苦痛的避免。

这套作品系列，贯穿了我迄今为止的写作生涯，从最早到最近。

感谢此系列最早的策划者续小强、孟绍勇二位青年才俊，感谢北岳文艺出版社，感谢北岳文艺出版社众位编辑朋友在此系列的编辑、校阅、出版过程中付出的大量艰辛的劳动和努力，她们认真、求真、严谨细致的工作作风和编辑精神给我留下了深刻难忘的印象，也使我深为感动。

吕　新

二〇一七年十月二十四日